우리의 길은 여름으로

우리의 길은 여름으로

채기성 장편소설

차례

눈 오는 길 ___ 7

경모와 해원 ___ 19

해원과 해령 ___ 32

말 없는 아이 ___ 45

마주침 ___ 56

세정과 해원 ___ 68

해령과 연서 ___ 76

경모의 기도 ___ 84

세정이 해원에게 ___ 100

해원의 일들 ___ 111

세정과 정욱 ___ 123

경모의 여름 ___ 131

해령의 마음 ___ 145

오래전의 편지 ___ 154

세정의 사명 ___ 163

자전거 ____ 175

라디오 ____ 185

그 여름의 일 ____ 201

기대 없이 사는 일 ____ 214

연서의 시선 ____ 223

뒷모습 ____ 231

빈자리에 남은 것 ____ 245

셋의 낮과 밤 ____ 254

Delivery Failure Notice ____ 265

시간 속에 머무는 일 ____ 279

이어지는 삶 ____ 297

해령과 해원의 계절 ____ 305

5개월 후, 여름 ____ 312

작가의 말 ____ 317

눈 오는 길

 건물 안으로 들어서자 신발에 엉겨 있던 눈송이들이 바닥 위로 흐트러졌다. 발밑에서 금세 녹아버린 눈이 물기를 머금고 묽게 퍼졌다. 해원은 그게 자신의 마음처럼 느껴져 한동안 바라보았다. 결심한 듯 해원이 성큼성큼 안으로 들어서다 뭔가에 홀린 듯 뒤를 돌아보자 어느새 쏟아지듯 눈이 내리고 있었다. 해원은 앞을 향해 고개를 돌리고 다시 발걸음을 옮겼다. 계단을 올라 3층에 이르자 이주민지원센터라는 입간판이 보였고 해원은 망설임 없이 그 안으로 들어섰다.
 "어떻게 오셨어요?"
 문 앞에서 마주친 여자가 해원에게 물었다. 밝은 카키색으로 머리를 물들이고 은색의 다각형테 안경에 후드 점퍼를 착용한, 대학생쯤 되어 보이는 여자였다.

"저 오늘, 처음 출근해서요."

"아……."

여자는 주위를 둘러보며 누군가를 찾는 듯하더니 "이쪽으로 오시겠어요?" 하고 손으로 한쪽 방향을 가리켰다. 뒤돌아선 여자의 점퍼 뒤에 서울에 위치한 대학교 이름이 영문으로 적혀 있었다. 방학이라 집에 내려와 아르바이트를 하는 모양이었다. 여기서는 흔한 일이었다. 앞서가던 여자가 몸을 반쯤 돌리더니 해원을 향해 꾸벅 고개를 숙였다.

"전, 자원봉사하는 주은이라고 합니다. 하주은이요."

"어머, 주은!"

해원이 채 인사를 건네기도 전에 맞은편에서 진회색 수녀복 위에 검은색 카디건을 걸친 수녀가 빠르게 다가왔다.

"오늘따라 주은이 왜 이렇게 안 보이나 했네."

주은이라고 불린 여자가 두 손으로 해원을 가리키며 수녀의 시선을 이끌었다.

"스텔라 수녀님, 오늘 새로 출근하신 분이에요."

경황없고 부산해 보이던 스텔라 수녀가 어느덧 진지한 눈빛으로 해원을 바라보았다. 해원은 어쩐지 그 눈빛이 이제껏 펼쳐낸 적 없는 자신의 이력을 고스란히 읽어내는 것처럼 느꺼졌다.

"춥죠? 추운 곳입니다, 이곳은."

스텔라 수녀가 양손으로 덥석 해원의 두 손을 잡아 들었다.

"어서 와요. 잘 왔어요."

하며, 미소 짓는 스텔라 수녀의 입가에 가는 주름 여러 개가 잡혔다. 그저 형식적인 인사치레였겠으나 그게 어째서 다르게 들리는지 해원은 곱씹어봤다. 자신은 이곳에서 환대받을 사람이 아니라는 자기부정이 그 말을 낯설게 독해하도록 하는 것은 아닐까 하고.

"오늘 급하게 병원을 가야 할 일이 있는데, 주은아. 다들 간담회에 가 있어서 병원 갈 사람이 없어."

감싸고 있던 해원의 손을 내려놓고 스텔라 수녀는 고개를 돌렸다. 뒤쪽의 후미진 곳으로 시야가 열리면서 작은 공간에 혼자 앉아 있는 여자가 보였다. 스텔라 수녀의 고개가 제자리로 돌아온 뒤에도 해원은 여자에게서 시선을 거두지 못했다. 어딘가 낯익은 모습이었다.

"스텔라 수녀님. 저 오늘 서울 올라가는 날인데요……. 꼭 오늘 병원 가야 해요?"

주은이 불안한 표정으로 창밖을 살폈다. 굵은 눈송이가 창턱으로 툭툭 박히고 있었다. 눈이 계속 쌓이면 답이 없다는 표정이었다. 그렇지, 이 지역은 요새처럼 사방이 산으로 둘러

싸인 분지니까. 폭설이 내리면 교통편이 끊기기가 예사였다.

"그러니? 이런, 다른 수를 좀 내봐야겠네."

다급하고 난처한 기색이 뒤섞인 표정으로 스텔라 수녀가 안경을 치켜올렸다. 해원은 고개를 옆으로 비틀어 다시 한번 여자를 쳐다보았다. 그러곤 알 것 같았다. 얼마 전 질척한 어둠 속에서 집 앞에 선 자신을 지나치며 말을 건네던 동남아시아 국적의 그 여자라는 걸. 작고 왜소한 몸집의 여자를 떠올리며 해원이 불쑥 끼어들었다.

"제가 갈게요."

스텔라 수녀와 주은의 시선이 동시에 해원에게로 향했다.

"……그래도 될까요?"

뜻하지 않은 상황에 반색한 것도 잠시 스텔라 수녀가 염려하는 표정으로 해원을 바라보았다.

"안 될까요, 수녀님……?"

그렇게 되물은 건 주은이었다. 주은의 얼굴에는 초조한 기색이 덕지덕지 묻어 있었다.

"그런데 첫날부터 바로 일을 해도 될지……."

"되죠!"

동시에 대답하고서는 민망한지 주은이 해원을 보며 쑥스럽게 웃음 지었다. 해원은 순간 가슴이 저렸다. 그 미소가 오래전 이곳에 놓고 간 것만 같은, 잃어버리고 만 자신의 일부 같아서였다.

"그럼요. 그러려고 온 건데요."

해원이 스텔라 수녀를 안심시키듯 말했다. 골똘히 고민하는 표정이던 스텔라 수녀가 마지못한 듯,

"그럼, 부탁할게요, 간사님."

해원의 손을 마주 잡았다. 센터 일자리를 소개한 세정으로부터 직위에 대해서는 들은 바가 없었지만, 별다른 직위가 없는 이에게는 그렇게 부르는 건가 싶어 해원은 별말 없이 알겠다고 했다.

"그럼, 저, 잠시만 볼까요?"

주은을 보내고 스텔라 수녀는 사무실 안쪽으로 들어갔다. 칸막이로 부서를 구분한 작은 사무실이었다. 해원을 구석에 놓인 테이블로 안내한 뒤, 스텔라 수녀가 티백 차가 담긴 종이컵을 가져와 내려놓았다.

"이 지역에서 이제 젊은 사람들을 찾기란 쉽지 않아요. 그 자리를 이주민들이 채우고 있고요. 우리가 하는 일이 그거예요. 소통을 돕고 잘 살아갈 수 있게 도와주는 거죠. 큰 어려움은 없어도 자잘하게 해결해야 할 일은 많아요. 괜찮으시겠어요?"

해원이 고개를 끄덕였다. 센터는 원래 수도회에서 사목 목적으로 운영하다 군에서 지원하게 되면서 구조적으로 확장

된 곳이라고 했다. 자원봉사에 기댈 수밖에 없었던 과거와 달리 지금은 지원체계가 자리 잡혔다며 스텔라 수녀는 해원에게 오래 함께 일하면 좋겠다고 말했다.

"젊은 사람들은 어쩔 수 없이 금세 떠나가니까요."

마지막에 덧붙인 스텔라 수녀의 그 말이 해원에게는, 해원 역시 길게 머무르지 못할 거라고 여기는 것처럼 느껴지기도 했다.

"병원에 데려가야 할 사람은 베트남 국적의 타오라고 해요."

스텔라 수녀가 여자의 증명사진과 이름이 적힌 서류들을 가지런히 챙겨 해원 앞으로 내밀었다.

"어디가 아픈가요?"

"HIV(인체면역결핍바이러스) 검사를 받아야 하는 상황이에요."

해원은 자신이 병원에 데려가야 할 사람이 HIV 보균자일지도 모른다는 사실에 내심 당황했지만 이내 마음을 추슬렀다.

"타오가 공장 사장 동생한테 성폭행을 당했다고 경찰에 신고했는데 가해자가 이미 보건당국으로부터 감염자로 추적을 당하고 있었대요. 타오에게 HIV 검사가 시급한 상황이에요."

"검사 결과가 만약 양성으로 나오면요?"
"추방돼요."
스텔라 수녀가 간결하게 답했다.

건물 밖에 먼저 나와 있던 해원은 출입문 사이로 얼굴을 내미는 타오를 보고 담배를 바닥에 비벼 껐다. 주위를 두리번거리던 타오가 해원을 발견하고 살며시 웃었다. 성근 눈발 사이로 비친 타오의 웃음은 티 없이 해맑았다. 그 모습이 해원으로 하여금 타오의 가려진 상처를 가늠해보게끔 했다. 그러나 오히려 헤아릴 수 없이 밝은 그녀의 모습이 해원의 가슴을 이유 없이 아리게 했다. 어쩌면 며칠 전 저녁 해원을 지나치던 그녀의 웃음을 보고 가슴이 철렁했던 이유가 혹시 오늘의 만남을 운명적으로 예감했기 때문이었을까. 그건 지나친 생각이겠지. 해원은 타오에게 다가갔다. 타오의 푸석한 피부가 버들거렸다. 타오는 떨고 있었다. 이런 날씨와는 도저히 어울리지 않는 얇디얇은 바람막이 점퍼만 입은 채로. 해원은 자신의 차콜색 캐나다구스 점퍼를 벗어 타오에게 건넸다. 타오가 마다했지만 해원은 그녀의 뒤쪽으로 가 점퍼를 어깨에 걸쳐주었다.

"전 방한 조끼를 입어서 괜찮아요."

타오가 그 말을 듣고서야 점퍼 옷깃을 손으로 잡아 여몄다.

"갈까요, 이제?"

타오가 고개를 끄덕였다. 해원은 어쩐지 마음이 놓였다. 발걸음을 옮겨 눈길을 걷는데 타오가 한 차례 발을 헛디뎠다. 넘어지기라도 할까 해원이 얼른 붙잡은 타오의 팔이 대파만큼이나 얇게 느껴졌다.

"밥 먹었어요, 타오?"

"괜찮……아요."

양 볼이 우묵하게 꺼진 얼굴로 타오가 대답했다. 챙겨 먹은 것 같진 않고 그저 공복을 견디기 괜찮다는 말처럼 들려 해원은 한 번 더 물었다.

"밥 먹고 갈래요, 밥?"

손으로 떠먹는 시늉을 하며 식사를 할 만한 식당을 찾는 해원의 팔을 잡아당기며 타오가 조그맣게 속삭였다.

"정말, 괜. 찮. 아. 요."

해원은 타오가 밥 먹을 기운조차 없다는 것을 눈치로 알았지만, 그런데도 웃어 보이는 타오가 순수해 보이면서도 한편으로 미련하게 느껴지는 건 어쩔 수 없었다. 눈 때문에 차선의 경계가 사라진 도로 위를 느리게 주행하던 택시가 해원의 손짓을 보고 다가와 섰다. 택시에 탄 뒤 해원이 말했다.

"타오 씨는, 저 기억 안 나요?"

"가홀면."

타오도 해원을 기억하고 있었다. 며칠 전, 집에 찾아온 엄마의 친인척을 배웅하고 들어가는 길이었다. 짙은 어둠 사이로 누군가 걸어오는 게 보였다. 혹시 아는 사람인가 싶어 한 발자국 다가선 해원은 이내 동남아시아 계열로 보이는 외국인 여성이라는 걸 알고는 멈칫했다. 안녕하세요. 여자의 입에서 흘러나온 한국말은 비교적 또렷하고 분명했다. 여자는 이를 드러내며 활짝 한번 웃고는 언제 그랬냐는 듯 입을 닫고 해원을 지나쳐 갔다. 아마도 마을 안쪽에 사는 외국인인 모양이라고 해원은 생각했다. 마을에 외국인들이 눈에 띄게 많아진 건 사실이었다. 집 담벼락을 따라 걷던 여자가 뒤를 돌아보다 해원과 시선이 마주치자 다시 한번 미소를 지어 보였다. 둘 사이를 잇는 기억의 끈 같은 그 미소에 대해 얘기해 보려 했지만, 타오는 이미 눈을 감은 채 머리를 좌석에 기대고 있었다. 살풋 웃던 해맑은 미소의 흔적은 온데간데없고, 대신 피로와 걱정이 겹으로 쌓여 차갑게 굳은 얼굴이었다. 해원은 그런 타오를 한동안 멀거니 바라보다 창밖으로 고개를 돌렸다. 입자가 또렷이 보일 정도로 느리게 차창에 떨어진 눈송이 하나가 뚫어지게 해원을 응시하고 있었다.

 택시에서 내릴 무렵 눈발은 꽤 거세진 상태였다. 신발이 눈 속에 파묻힐 정도였다. 병원 건물로 들어가 안내를 받은 후 엘리베이터에 올랐을 때 타오는 적잖이 긴장한 눈치였다.

엘리베이터에서 내린 후 대기석에 앉아 기다린 지 얼마 안 돼 방호복을 입은 여자 간호사가 다가왔다.

"서류 갖고 오셨죠?"

간호사는 나지막한 목소리로 얘기하며 차트를 들여다봤다. 해원은 스텔라 수녀에게서 건네받은 서류 봉투를 간호사에게 내밀었다.

"보호자분은 여기서 기다리세요. 타오 씨만 저 따라오시겠어요?"

타오가 발걸음을 옮기려다 말고 해원을 돌아보았다.

어디 가지 말아요.

그런 눈빛 같았다. 자신의 운명을 내맡기러 가는 사람의 표정을 하고서 타오는 고개를 앞으로 돌렸다. 병원 안은 이상하리만치 고요했다. 오가는 사람은 물론 환자도 병원의 직원들도 보이지 않았다. 해원은 주위를 둘러보다 조용히 자리에 앉았다.

한 시간쯤 지났을까.

"검사는 모두 마쳤습니다."

간호사가 밖으로 나와 해원에게 말했다.

"결과가 나오는 데 2주 정도 걸립니다. 만약 양성반응이면……."

설명하는 간호사의 어깨 너머로 몸을 잔뜩 움츠린 타오가 검사실에서 걸어 나오는 게 보였다.

병원 밖으로 나오자 타오가 해원의 소매를 살짝 건드렸다.
"혹시, 담배 있어요?"
뭔가를 요구하는 타오의 모습은 낯설었다. 해원은 가방을 뒤적여 담배 케이스를 찾았다.
"저 에이즈인가요?"
해원의 손이 멈칫했다.
"기다려봐야죠, 결과를요."
해원은 애써 담담하게 말하고는 케이스에서 담배 한 개비를 꺼내 타오에게 건넸다. 이어 자신도 하나를 꺼내 입에 물었다. 타오의 담배에 불을 붙여주려는데, 타오가 라이터를 켠 해원의 손을 자신의 두 손으로 꽉 감쌌다. 갑작스러운 행동에 놀란 해원이 반사적으로 손을 빼내려다가 또다시 멈칫했다. 타오가 HIV 보균자일지도 모른다는 사실을, 자신은 그러지 않는다고 했지만 사실은 내내 의식하고 있었다는 것을 순간 깨닫고 만 것이었다. 해원은 마음을 가라앉히고 다시 라이터의 부싯돌을 돌렸지만 바람 때문인지 불이 잘 붙지 않았다. 그러자 타오가 해원의 얼굴과 거의 맞닿을 듯 바짝 앞으로 다가섰다. 감싼 손 사이로 바람이 새어 들어올까, 타오는 해원의 손을 더 꽉 부여잡았다.

그런 그녀의 모습이 웬일인지 간절해 보였다. 해원은 얽힌 네 개의 손을 바라보다 문득 뭉클해졌는데, 누군가 이토록 자신의 손을 단단히 잡아준 적이 있는지조차 기억나지 않을 정도였다. 세상의 절벽으로 내몰린 사람으로부터 낯선 위로를 받는 듯한 이상한 기분에 사로잡힌 해원은 담뱃불을 켜다 말고 타오를 안았다.

"그러니까 어디 가지 말아요. 걱정하지도 말고요."

해원이 타오를 안은 채 속삭이듯 말했다. 왜 그런 말이 튀어나왔는지는 해원 자신도 알 수 없었다. 그저 타오의 눈빛에 서린 두려움과 어떤 절망감이 자신의 것과 다르지 않음을 느껴서인 것도 같았고, 뜻 모르게 명치끝을 아려오는 타오의 불운과 슬픔을 조금이라도 헤아려주고 싶은 마음에서였던 것도 같았다. 타오를 안은 해원의 손등 위로 눈송이들이 겹겹으로 내려앉았다.

경모와 해원

 경모가 자기도 모르게 문 쪽을 바라본 건 순전히 불어온 바람 때문이었다. 문이 열리면서 사람보다 먼저 틈입한 바람이 그의 얼굴을 베듯 스쳐 지나갔을 때, 경모가 자연스레 떠올린 건 어떤 상처의 결이었다. 혹시나 하는 예감 같은, 어디로도 벗어날 수 없을 것 같은 굴레처럼 여겨지는 익숙한 내음이기도 했다. 그게 이질적으로 느껴지면서도 이곳에 돌아온 이상 체감하지 않을 수 없는 어떤 본래적인 감정이기도 하다는 사실을 경모는 받아들였다. 생각하면 상처로 기억되곤 하던 장소에 어쨌든 돌아와 있는 것이니까.
 그래서 문 앞에 선 해원을 마주 보고서도 경모는 확신할 수가 없었다. 어째서 해원이 자기 앞에 서 있는 것인지. 오래전에 떠나 사람들의 눈에도 귀에도 잡히지 않던 그녀라는 존재가 어째서 지금 여기에 와 있는 것인지 경모는 아무래도 알 수 없었다.

해원 옆에 선 타오를 인지하고 나서야 경모는 오늘 새로 출근한다는 사람이 해원이었음을 짐작했다. 해원의 눈빛이 자신을 알아본 것도 같았지만 경모는 별다르게 아는 척을 하지는 않았다. 해원과 타오 둘 다 머리와 어깨에 온통 하얀 눈을 뒤집어쓰고 있었는데 어째서인지 해원은 외투도 입지 않은 채였다. 스텔라 수녀가 둘을 알아보고는 "눈을 흠뻑 맞았네요" 하며 적잖이 놀란 기색으로 회의실로 데려가는 동안에도 경모는 해원에게서 눈을 떼지 못하고 가만히 바라보기만 했다.

해원이 지나치는 복도의 천장 위로 청록 잎사귀가 뻗어나가고, 웃자란 들풀들이 걸음마다 밟혀 눌렸다가 제자리로 돌아오기를 반복했다. 해원이 사박사박 풀을 헤치며 나아간 자리에서 들리는 소리와 내음은 여기에 없는 것이었다. 해원을 처음 알고 겪었던 일들은 다른 어떤 날도 아닌 하나의 계절 안에 존재했다. 경모에게는 해원을 보게 된 지금이,

바로 그 여름이었다.

그날은 버스가 다니지 않는 날이었다. 군내의 모든 버스가 정오를 기점으로 파업에 들어가 운행하지 않는다고 했다. 마침 하굣길에 그 소식을 미처 듣지 못한 아이들은 정류장에서 지친 표정으로 버스를 기다리고 있었다.

"버스 파업이래! 기다리지 말고 가!"

경모는 자전거를 타고 그 앞을 쌩하게 지나며 팔을 휘휘 내저었다. 아이들의 찡그린 얼굴이 경모의 뒤를 따랐다. 국도변 가로수 길을 시원하게 내달리면서 경모는 자전거 핸들을 꽉 쥐었다. 자전거는 겉으로 보기에는 크게 이상이 없었지만, 부쩍 한쪽 방향으로 자꾸만 쏠렸다. 그래서 자전거의 균형이 쏠릴 때마다 손잡이를 잡은 양손에 힘을 줘서 방향을 바로잡아야 했다.

"안경모!"

누군가 자신을 부르는 외침을 들은 건 정류장을 한참 지나쳤을 때였다. 뒤돌아보니 교복을 입은 여학생이 이쪽으로 뛰듯이 걸어오고 있었다. 처음에 경모는 알아보지 못했으나 가까이 다가올수록 선명해지는 얼굴의 윤곽을 보고 해원이라는 걸 알았다.

"너, 집에 가?"

"어."

서슴거리며 멈춰 선 경모가 어색하게 대꾸했다.

"우리 집까지 좀 태워주면 안 돼? 버스가 다니지 않아서."

경모는 같은 마을에 사는 해원을 어릴 때부터 알고는 있었지만 서로 친분을 나눈 것은 아니었기에 당황스러운 마음이 없지 않았다. 뒤에서 몰아치듯 불어온 바람이 한순간 해원의 몸을 휘감았다. 해원의 머리칼과 옷자락이 사납게 펄럭였지만, 경모를 바라보는 시선만은 움직임이 없었다.

"급해?"

경모는 자전거 핸들을 곁눈질하며 물었다. 고개를 끄덕이는 해원의 눈 밑이 웬일인지 불그스레하게 보였다. 좀처럼 사람을 태우고 다닌 적이 없는 데다, 오늘따라 제 마음대로 움직이는 자전거가 내심 불안하긴 했지만, 경모는 이내 결심했다.

"그럼 타."

경모가 핸들을 손으로 꼭 움켜쥐며 말했다.

"좀, 빨리 가줄 수 있어?"

뒷자리에 앉은 해원이 경모의 허리춤을 잡으며 말했다. 성마르고 다급한 말투였다. 그 순간 단순히 집에 빨리 가기 위해 하는 부탁이 아니라는 걸 경모는 깨달았다. 해원에게 잡힌 허리춤의 옷이 뒤로 당겨지는 걸 느끼며 경모는 페달을 힘차게 내밟았다. 두 손에서 배어 나온 땀에 어느새 손잡이가 축축해졌다. 어떻게든 빨리 해원의 집에 닿아야 한다는 생각과 다르게 거리는 연푸른빛으로 환하고 평화로웠다. 길을 따라 양옆으로 늘어선 활엽수 잎들이 바람결에 부딪혀 우수수 떠는 소리만이 소란스러웠다. 나무들이 한꺼번에 일렁이는 모습을 올려다보며 경모는 이상하게 다른 시간의 공간을 통과하는 기분이 되었다. 청신한 바람의 촉감을 얼굴에 느끼면서 경모는 힘차게 페달을 밟았다. 잎사귀 사이를 뚫고 내려온 빛이 머리 위에서 번들거렸고, 그 위로 느리게 오후의 구름이 지나고 있었다.

가흘면으로 이어지는 언덕배기에서는 어쩔 수 없이 자전거에서 내려야 했다. 경모는 페달을 딛고 일어서 안간힘을 쓰며 오르려 했지만, 그 모습을 지켜보던 해원이 "여긴 걷자" 하고 말을 건넸다. 그세야 경모는 안장에서 내려섰다. 자전거를 끌며 걷는 동안 길은 몹시도 고요해 경모는 자신의 가쁜 호흡이 옆에서 나란히 걷고 있는 해원에게 들릴까 숨을 억눌렀다. 힘들어하는 모습을 보이고 싶지 않은 마음 너머로 바라본 해원의 얼굴은 핏기 없이 창백하기만 했다. 나뭇잎 새로 어른거리는 새들의 지저귀는 소리를 들으며 경모와 해원은 말없이 언덕진 길을 넘었다.

자전거에 문제가 생긴 건 가파른 언덕을 지나 완만하게 펼쳐진 내리막길에서 다시 자전거에 올라 달릴 때였다. 길을 내려가다 갑자기 한쪽으로 꺾인 핸들이 아무리 힘을 줘도 수

평 상태로 돌아오지 않았다. 그 바람에 자전거가 심하게 비틀려 경모는 제대로 중심을 잡지 못했다. 온 힘을 다해 핸들을 부여잡아도 소용없었다. 그 적막한 투쟁 속에서 경모는 어쩌다 이런 상황에 해원마저 놓이게 한 건지 뒤늦게 후회했다. 하지만 알 수 없었다. 자전거 균형이 맞지 않는다는 걸 알면서도 해원의 부탁을 거절하지 못한 이유와 해원을 서둘러 집에 데려다줘야 한다는 생각 외에는 할 수 없었던 자신에 대해서조차.

내리막길에서 속력이 붙은 자전거는 빠른 속도로 휘청휘청 쓰러질 듯 달리더니 연석을 지나쳐 가드레일을 들이받았다. 쇠가 갈리는 듯한 날카로운 마찰음과 함께 해원의 외마디 비명이 들리는가 싶더니 경모는 길바닥으로 나뒹굴며 몇 차례를 굴렀다. 잠시 후 쓰러진 상태로 몸을 움직이자 어깨와 허리에 시큰한 통증이 느껴졌다. 길가에 곤두박질친 자전거를 보다가 경모는 급히 위쪽을 올려다봤다. 해원이 쓰러진 채로 발목을 움켜쥐고 있는 게 보였다. 가까스로 몸을 일으킨 경모는 해원 쪽으로 절뚝거리며 달려갔다.

"가자."

경모가 막 다다랐을 때 해원이 간신히 통증을 참아내는 듯한 목소리로 말했다.

"괜찮아?"

"가자니까."

경모의 물음에도 아랑곳하지 않고 해원이 몸을 펴며 말했다. 화가 난 목소리인 것 같기도 했다. 해원이 움켜쥔 발목의 양말에 피가 비쳤다.

"많이 아파?"

부축해 일으키려 경모가 뻗은 손을 해원이 세차게 뿌리쳤다.

"아냐, 아냐, 안 아파!"

자리에서 몸을 일으킨 해원이 소리 지르듯이 말했다. 경모는 그만 얼어붙고 말았다. 눈시울이 실룩이더니 해원의 눈에서 송골송골한 눈물이 후드득 쏟아져서였다.

"어서 가자, 지금 가야 해."

두 볼을 타고 흘러내리는 눈물을 닦아내지도 않고 해원이 말했다. 그 모습이 경모에게는 통증 때문이 아니라 어떤 울분처럼 느껴졌다. 경모는 고개를 돌려 핸들과 앞바퀴가 완전히 꺾인 채 넘어져 있는 자전거를 맥없이 쳐다봤다. 더는 굴러갈 수 없을 것처럼 처참한 모양새였다. 그사이 해원이 비척비척 자전거 쪽으로 걸어갔다. 경모는 해원이 넘어진 자전거를 일으켜 세우는 걸 멍하니 바라보기만 했다.

"가지 않을 거면 자전거 좀 빌려줘."

정말 자기 혼자라도 타고 갈 것 같은 표정이었다. 해원의 얼굴 위로 흘러내린 잔머리가 눈물과 뒤엉켜 달라붙어 있었다. 해원이 고장 난 자전거를 혼자 타게 내버려둘 수는 없었다. 경모가 다가가 해원이 붙잡은 손잡이를 빼앗아 억세게 움켜쥐었다. 해원의 고집스러운 눈빛이 어느새 원망 어린 눈초리로 바뀌었다.

"내가 태워줄게."

그게 얼마나 무모한 말인지 경모는 알았지만, 왜 그런지 어쩔 수 없다는 생각뿐이었다.

"대신, 저기 내리막길 끝나는 데까지만 걸은 다음에 타."

경모가 길 아래 평지 쪽을 내려다보며 말했다.

"왜?"

"자전거가 고장 나서."

"고장 난 걸 어떻게 움직이는데!"

울음을 삼키며 그르렁거리는 목소리로 해원이 말했다. 고개 숙인 경모의 시선이 문득 해원의 발목에 닿았다. 작게 맺혔던 피가 점점 퍼져 동전만 한 크기로 번져 있었다.

"나는 고장 나지 않았으니까……."

자신을 못 미더워하는 해원에게 할 수 있는 말이란 게 고작 이런 것뿐이라는 사실과 어떤 것으로도 그 애의 다친 마음을 해소할 길이 없다는 사실에 경모는 아득함을 느꼈다.

"어떻게든 꼭 데려다줄게."

스스로에게 다짐하듯 경모가 말했다. 그렇게라도 하지 않으면 자신이 해원의 무엇인가를 망쳐버리고 말았다는 죄책감이 마음으로 밀려드는 걸 막을 수 없을 것 같았다. 경모는 자전거 핸들을 잡고 경사진 언덕 밑으로 발걸음을 뗴었다.

"혹시, 급하게 집에 가야 할 일이 뭔지 물어봐도 돼?"

앞서서 걷던 경모가 몸을 돌려 해원에게 물었다. 아치 모양으로 푸르르게 우거진 나무 이파리 사이로 이따금씩 새어 들어온 흰빛의 무늬가 해원의 눈가를 어지럽히는 것을 경모는 잠시 바라보았다. 해원이 설감은 눈을 뜨려고 할 때, 경모는 재빨리 몸을 앞으로 되돌렸다.

"뭐라고 했어?"

"아냐, 아무것도."

뒤에서 들려온 해원의 물음에 경모는 말을 얼버무리며 갑자기 생거난 마음의 흔적을 지우려 애썼다. 온통 번들거리는 낯설고 희디흰 빛의 무늬와 같은 흔적이었다. 달뜬 마음이 되어 누군가를 바라보는 것이 그처럼 부끄럽고 내밀한 일인지 경모는 알지 못했다. 하지만 그런 감정과 무관하게 지금 자신이 인생의 어떤 한 순간을 통과한 것처럼 경모는 느꼈고, 그 느낌이란 더 이상 바로 전의 자신과 같을 수 없음을 의미하는 것 같았다. 자전거 핸들이 한쪽으로 꺾여버린 상태이기는 했지만, 쓰러지기 직전처럼 아예 움직이지 않는 것은 아니었다. 경모는 핸들을 좌우로 움직여가면서 수평을 맞추려고 애썼다. 그때 가볼 만하다는 생각을 했던 게 정말 가능해서 그렇게 생각한 건지 아니면 그저 억지스러운 고집에 불과했는지는 훗날 몇 번이나 돌이켜봐도 경모는 기억해낼 수 없었다.

거의 평지에 다다랐을 즈음, 경모가 한쪽 다리를 자전거 안장 위에 걸친 순간 해원이 기다렸다는 듯 뒷자리에 걸터앉았다. 그러고는 상체를 일으킨 채 페달을 굴리기 시작한 경모 허리춤의 옷가지를 부여잡았다. 경모는 이후에도 그것에 대해 생각하곤 했다. 달리기 시작했을 무렵부터 느껴지지 않던 해원의 존재에 대해, 경모의 몸과 닿지 않기 위해 해원이 온 힘을 다해 옷 끝을 붙잡고 버틴 것에 대해. 뒤에 아무도 타지 않은 듯 경모는 힘껏 내달렸고, 페달 구르는 소리와 반복적으로 절그럭거리는 체인 소리만이 경모의 거친 호흡과 뒤섞여 들판을 가로질렀다. 좌우로 비칠거리거나 쓰러지지 않고 달리던 그 순간을 경모는 가끔 기적처럼 떠올리곤 했다. 뜨거운 빛으로 열기가 아른거리는 길 한가운데를 뚫고 경모는 달렸으며 곳곳의 작은 구릉들이 솟았다 낮아지는 동안 주위의 풍경이 보였다가 사라지기를 반복했다. 문득 경모는 자신과 해원이 그 정경 속의 하나가 되어 움직이는 듯 느끼기도 했다. 해원과 함께 나아가며 같은 곳을 바라보고 공유하고 있다는 점이 경모에게는 낯선 감흥을 불러일으켰다.

구름에 가려 빛이 사라진 잿빛의 대지를 달리다 보니 어느새 해원의 집 근처였다. 경모는 지금껏 자신을 휘감싼 여러 감정의 무늬들과 불가능한 방식으로 함께 달려온 해원과도 결별해야 함을 갑작스럽게 깨달았다. 페달을 더디게 굴리며 경모가 흘긋 뒤를 돌아본 것과 동시에 해원이 뒷자리에서 뛰어내려 집을 향해 달음박질쳐 갔다. 순간적으로 가벼워진 무게 때문에 한 차례 휘청인 것도 잠시, 경모는 자전거를 멈춰 세우고 집 안으로 뛰어 들어가는 해원을 무연한 눈길로 바라보았다.

대문 안쪽에서 서성이던 중년 여자가 해원을 발견하고는 부둥켜안았다. 해원이 여자에게 쓰러지다시피 안겨서 현관으로 연결된 계단을 올라가는 모습까지 지켜보고 경모는 무심코 페달 위에 한 발을 올렸다.

아빠!

집에서 새어 나온 해원의 외침에 경모는 무의식적으로 고개를 돌렸다. 열린 현관문 사이로 여러 사람이 해원을 감싸 안고 다독이는 게 보였다. 집 안쪽 깊은 곳에서부터 흘러나온 흐느낌이 문 앞의 사람들에게로 전해지다 해원의 울음까지 뒤섞여 슬픔이 한 줄기로 흐르는 것처럼 들리더니, 이내 현관문이 닫히면서 소리가 멎었다.

이윽고 정적 속에서 경모는 문득 통증을 느끼고 왼쪽 손을 들어 보았다. 손아귀 부근이 온통 먹보랏빛으로 멍들어 있었다. 자전거 수평을 억지로 유지하느라 손잡이를 부여잡은 손에 내내 힘을 주어 생긴 흔적인 모양이었다. 집을 향해 뛰어 들어가던 해원의 한쪽 발목 양말에 번진 피를 경모는 떠올렸고, 조금 전의 통증이 손이 아니라 어깻죽지에서부터 느껴지는 것임을 깨닫고 돌아봤을 때 교복 소매 한쪽 면이 검붉은 피로 물들어 빳빳하게 굳은 걸 그제야 알게 됐다. 자전거 핸들을 붙잡고 걸어서 집으로 향하는 동안 경모는 어깨의 상처와 다른 부위의 통증이 어떤 고문의 자취처럼 느껴졌다. 자신조차도 대답할 수 없는 것들에 대한 자의식의 추궁 때문이었다. 문제가 엿보이는 자전거에 해원을 태운 것부터가 그랬고 그래서 결국 사고를 일으켜 상처를 입힌 일, 무엇보다 온전한 상태로 집까지 데려다주지 못했다는 게 경모의 가슴을 후벼 팠다.

　그날 해원의 아버지가 돌아가셨다는 사실을 경모는 며칠이 지나 엄마에게서 들었다. 울분과 조급함으로 얼룩져 있던 해원의 얼굴을 경모는 한동안 떨쳐버릴 수가 없었다. 그때를 떠올리면 경모는 해원의 눈가를 아른거리던 흰 무늬와 함께 그녀의 복숭아뼈 부근을 피로 적시던 상처에 대해서 생각하지 않을 수 없었다. 수년이 지나도 지워지지 않는 자신의 어깨 위 상처에 대해서도. 그러고 나면 뒤따라 연상되는 낯선 이의 죽음에 관한, 그 서늘한 기억도.

"안경모."

찬기 묻은 목소리였다. 계절만 뒤바뀐 듯 그해 여름 해원에게서 처음 이름이 불리던 그 목소리 그대로였다. 경모는 다시 해원을 볼 수 있을 거라는 생각을 해본 적이 없었다. 몸을 돌리자 해원이 어느새 옆에 다가와 있었다.

7년 만이었다.

해원과 해령

 경모는 해원에게 있어 하나의 잔상이었다. 유리가 깔린 테이블에 비친 바깥의 풍경 같은. 이곳을 생각하면 자연스레 떠올리게 되는 잔상. 그런 경모가 센터에서 일한다는 사실을 친구인 세정에게서 들어 알고서도 출근을 결심한 것이었다. 해원에게는 다른 선택지가 없었다. 이곳에서 살아갈 방편이 필요했을 뿐이었다. 경모와 물리적으로 마주칠 일이 없진 않겠지만, 그렇다고 감정적으로 휩쓸리지는 않을 거라 여겼다. 그게 얼마나 과신이었는지 해원은 새삼 곱씹었다. 경모와 겪은 시간이 마음처럼 모두 지워진 건 아닌 모양이었다. 잔상이라기보다 그리움은 아니었을까, 되묻다 해원은 께름칙한 기분에 휩싸였다. 그러면서 해원은 경모에 관한 모든 생각을 잘라내자고 굳게 다짐하는 것이었다.

언제 잠든 지 모르다 해원은 그릇끼리 부딪히는 소리를 들으며 눈을 떴다.
해령인가, 입속말을 하며 해원은 이불을 걷었다. 창으로 스며든 새벽빛이 방 안을 푸르스름하게 밝히고 있었다.
"왔어?"
기지개를 켜며 해원은 싱크대 앞에 선 해령에게 말을 걸었다. 그릇들을 닦는 소리만이 허공을 부유했다. 해원은 그대로 서서 해령의 뒷모습에 서린 긴 우울을 우두커니 바라봤다. 해령이 고개를 반쯤 돌렸다. 그 정도가 해령의 대답이라는 걸 해원은 알았다. 말도 웃음도 희박한 아이. 그 아이가 내 동생이었지. 해원은 속으로 숭얼거렸나. 말을 걸어도 해령은 좀처럼 시원스레 대답하는 법이 없었다. 그저 못 들었거니 하거나, 다시 물어보기 뭐해 해원은 해령에게 말을 거는 걸 주저하곤 했다. 그냥 지나치려다가 오늘은 그러고 싶지 않아 "병원은?" 하고 넌지시 말을 건넸지만, 역시나 해령은 묵묵부답이었다. 해령은 언제나 물을 가장 세게 틀어놓고 설거지를 했다. 사방으로 튀는 물에 무감하거나 아니면 늘 화가 난 사람처럼.

"얘기 좀 하며 살자."

해령은 해원의 말에도 아랑곳하지 않고 마저 설거지를 마친 다음 물을 잠갔다. 고무장갑을 벗고 머리를 틀어 긴 앞머리를 넘기는 해령의 얼굴을 보고 해원은 가슴을 쓸어내렸다. 지나치리만치 창백하고 무미건조해 보이는 표정 때문이었다. 그건 단순히 일상의 노곤함에서 오는 게 아니었다. 오래 어딘가에 생기를 뺏겨온 사람의 얼굴이었다.

"새삼스레 뭘."

건조한 투로 해령이 말했다. 해령에게는 감정의 고저가 없었다. 어떤 자극도 흡수해버리는 해령에게서 해원은 무기력을 느꼈다. 엄마가 돌아가셨다고 해도 나아질 게 없는 사이였다. 게다가 이제 엄마라는 접점마저 없어 더 멀어질 일만 남은 건지도 몰랐다.

"휴가. 한 달간."

해령이 식기 건조대에 스테인리스 냄비를 엎어두며 말했다. 앞으로 얼마간은 같이 지내야 할 모양이었다.

"짐 정리해서 서울로 올려 보내고 갈 거야. 그리고 엄마 집에 살려면 있잖아……."

해령의 냉랭한 어투 하나하나가 해원에게는 자신을 향해 던지는 날카로운 표창처럼 느껴졌다.

"설거지 정도는 하고 살아."

"넌, 뭐가 그렇게 잘났는데."

해령의 뾰족한 말에 결국 마음이 상한 해원이 지지 않고 받아쳤다. 해령이 뒤돌아서 해원을 노려보았다.

"왜 엄마 집에서 살려는 건데. 여기 집, 별로 좋아하지 않았잖아."

해원은 숨을 고를 뿐 대꾸하지 않았다.

"엄마에 대한 부채라도 있는 거야?"

창밖으로 희끗한 눈이 내리고 있었다. 이곳은 눈이 자주 오는구나. 아니면 유독 올해 눈이 많은 건가, 해원은 그런 생각으로 해령의 물음을 애써 희석하려 했다.

"이제 와 뭐라도 어떻게 할 생각으로?"

그러나 연이은 해령의 냉소적인 말이 기어이 해원의 마음을 건드렸다.

"아니."

해원이 말했다.

"그럼?"

"여기서 죽고 싶어서."

그 순간 해원과 해령의 눈빛이 싸늘하게 교차했다.

"그래도 상관없을 것 같아서. 무슨 이유가 더 있어야 해?"

"언니는 항상 그렇지."

해령이 독기 오른 얼굴로 받아쳤다.

"뭐가?"

"늘 극단적인 칼로 상대방을 찌르지. 온건하게는 대화가 안 되잖아. 엄마도 나도 항상 그 칼에 찔렸어."

"야."

해원이 눈을 부릅뜨고 해령을 쳐다보았다.

"몰아세우지 마."

날 선 말들이 오고 가는 사이 밖에서는 고요하게 내리는 눈이 덧쌓이고 있었다. 그 풍경을 시야에서 애써 걷어내며 해원이 중얼거렸다.

"당장 죽어버릴 거니까."

그렇지 우리는. 서로를 미워하고 상처 주다 못해 스스로를 난도질하는, 그런 관계지, 우리는. 굳은 표정을 지으며 해원은 자포자기의 심정이 되어 속으로 읊조렸다. 마음이 헤질 대로 해진 서로에게 다가서지는 못하고 끝까지 혐오하는 그런 관계라고.

해령이 참을 수 없다는 듯 얼굴을 일그러뜨린 채 뒤돌아 방으로 들어갔다. 목재 문틀이 빠그라지는 소리가 날 정도로 해령은 방 안쪽에서 문을 세차게 닫았다. 해령이 발뒤꿈치로 내려찍으며 방을 울리는 소리, 물건을 잡아끌어 내려뜨리는 소리가 연이어 들렸다. 해령이 분노를 분출하는 장면을, 해원은 보지 않고도 알았다.

그렇게 살아왔다.

되돌릴 수 없는 방식으로 서로를 멀리하며.

쑥부쟁이가 있네.

한숨 자고 일어난 해원이 현관문을 열고 집 밖으로 나오자 마당 텃밭에 서 있던 해령이 혼잣말처럼 중얼거렸다. 해원은 해령의 그런 모습이 낯설지 않았다. 그건 처절한 민낯으로 서로를 할퀴고 난 후 먼저 손을 내미는 해령의 방식이었다. 그렇게라도 다시 마주하지 않았더라면 훨씬 오래전에 자매가 절연했을 거라는 걸 해원은 잘 알고 있었다.

엄마는 여름이면 쑥부쟁이를 뜯어 살짝 데친 후 된장과 들기름에 버무려 반찬으로 내놓기도 했다. 가족들 먹거리를 챙기기 위해 산을 돌아다니며 열심히 쑥 나물을 캐던 대장장이의 딸이 죽은 후 그 자리에서 꽃이 피어나자 사람들이 쑥부쟁이라는 이름을 붙였다는 건, 어렸을 때 엄마에게 들은 얘기였다. 가족들이 언제든 뜯어 먹기 좋게 딸이 들에서 꽃을 피운 거라고.

—너도 크면 가족 생각을 해야 한다.

엄마가 쑥부쟁이를 버무리다 말고 진지한 표정으로 굽어보던 걸 해원은 기억해냈다. 사는 동안 내내 투명한 얼굴로 해원의 의식을 비추던 엄마의 목소리였다. 엄마에 대한 들끓는 감정의 시발이 되고는 하던 그 목소리는 이제 형체 없이 텅 비어버린 상태였다. 해결하지 못한 미완의 감정은 죄책이 되기도 한다고 해원은 생각했다.

"이런 것도 잘 키울 수 있겠어?"

쑥부쟁이는 한눈에 봐도 야위어 있었다. 해령의 말이 미묘하게 해원의 마음을 건드렸다.

"무슨 뜻이야?"

의도치 않게 해원의 말투도 차가워졌다. 만나자마자 서로의 마음을 짓이긴 지 채 반나절이 지나지 않아 또다시 서로를 베는 것이었다.

"언니는 이 집 감당 못해."

때로는 헤어날 수 없는 늪으로 빠져들고 만다는 걸 알면서도, 서로가 그걸 주저하지 않았다.

"내가 엄마를 감당하지 못한 것처럼?"

해원이 작정한 듯 입을 뗐다.

"무슨 말을 그렇게 해?"

"네가 그렇게 얘기하고 있잖아."

해령의 얼굴이 서서히 일그러지더니 "말자" 하고는 손을 털며 일어섰다. 해원은 해령의 뒷모습을 벽처럼 느꼈다. 다가서면 이미 멀찌감치 달아나버린 닿을 수 없는 벽. 해원에게는 그렇게 느껴지는 이가 한 사람 더 있었다.

엄마.

―아무에게도 알리지 않았다.

이혼 소송을 마무리하고 집에 내려왔을 때 엄마는 해원에게 대뜸 그렇게 말했다. 당시 해원은 아예 집에 내려와 살 생각을 하지 않은 것도 아니었다. 살았던 집에서, 도시에서 어떻게든 떨어져 있고 싶은 마음이 거셌다.

―사람들에게 떠벌려서 좋을 게 뭐 있다고. 우리가 친척이 많은 것도 아니잖니. 있는 친척이야 1년에 한두 번 볼까 말까 한데. 동네 사람들은 말할 것도 없고.

침묵하던 해원이 나지막이 물었다.

―내가 창피해서?

일순 날카롭게 꽂히던 엄마의 시선을 해원은 상처로 기억했다.

―무슨 말이 그러니.

엄마의 언성이 살짝 높아졌다.

―네 처지를 동네 사람 하나하나 붙잡고 얘기하라는 거니?

엄마의 감정을 건드리고 말았다는 낭패감을 넘어 자신을 향한 엄마의 은근한 원망을 해원은 읽었다.

―그렇게는 못 하겠다.

감정이 엉키면 좋은 얘기가 나올 수 없었다. 서로의 상처를 후비고 들쑤셔대는 길밖에는. 잠자코 있다가 고개를 돌려 엄마를 쳐다봤을 때, 해원은 복잡한 그물망에 빠져버린 기분이었다. 충혈된 눈자위에 맺힌 눈물 너머 베일 듯 날카로운 엄마의 눈빛 한편에서 여실히 느껴지는 건, 응어리진 원망의 감정이었다. 엄마와 같이 사는 건 상처를 돋우고 불거지게 하는 일일지 몰랐다. 해원은 엄마 집에 내려와 머무는 걸 그 순간 포기했다.

해원이 성인이 되어 해령과 한집에 산 건 그때가 유일했다. 엄마의 집에 들어가지 않기로 하고 해령에게 당분간 같이 살게 해달라고 부탁했던 그때. 이혼한 전남편과 살던 곳을 나와 새집을 알아볼 시간이 필요했다. 더도 말고 딱 그때까지만. 하지만 공교롭게도 그 시기의 해령은 예민했다. 누가 살짝 건드리기만 해도 반사적으로 거칠게 반응하던 때였다. 엄마는 해원의 합류를 기다리기라도 한 사람처럼 자주 해령의 안부를 해원에게 묻곤 했다. 언젠가 해령이 집에 내려왔을 때 그만두고 싶다는 얘기를 했다며 조바심을 냈다. 이후 엄마는 병원의 몇몇 선배들이 좀 못살게 구는 것 같다면서 해령이 낙담하지 않게 잘 살펴보라고 때마다 연락해 주문했다. 해령이 힘들어하는 걸 엄마는 나름 눈치챈 기색이었지만, 그게 병원을 그만둘 정도라고는 생각하지 않는 듯했다. 하지만 엄마의 기대와는 다르게 해원에게도 해령의 일상을 살뜰히 봐줄 여유까지는 없었다.
　—전보다는 많이 괜찮아.
　해원은 그런 말들로 해령에 대한 엄마의 걱정을 매번 갈음했다. 자신 역시 괜찮지만은 않은 시기를 보내고 있다는 걸 알아봐주지 않는 엄마에게 내심 서운함을 느끼면서. 그러면서도 해원은 해령에 대해 걱정스러운 면이 없지만은 않았다. 해령이 종종 근무가 없는 새벽에도 집을 나선다는 사실을 알게 된 이후부터였다. 근무 일정이 담긴 스케줄이 냉장고 옆면에 항상 붙어 있었기 때문에 해령의 비번이 언제인지 아는 건 어렵지 않았다. 그즈음 해령이 만나는 사람이 있다는 것도 엄마를 통해 알게 됐다. 같은 대학 병원의 의사라고 했다. 그 사실을 같이 살지도 않는 엄마에게 들어야 했을 정도로 해원과 해령 사이의 대화는 빈곤했다.
　—아유, 너도 이혼한 마당에 남자 만난다는 얘기를 차마 못 했겠지. 미안해서라도.
　한집에 살며 그런 얘기조차 하지 않는 해령이 은근히 서운하다며 볼멘소리를 하자 엄마가 꺼낸 말이었다. 되레 타박하는 듯한 엄마의 태도에 해원은 기가 질렸다.
　—걔 성격에 네 앞에서 좋은 티라도 제대로 냈겠니?
　엄마는 해령이 같은 병원 의사를 만난다는 사실에 썩 만족해하는 눈치였다. 그러면서 해령에게 무슨 힘든 일은 없는지 관계가 흔들리는 것 같지는 않은지 매번 물어왔다.

　—괜찮다니까, 해령이. 내가 잘 보고 있잖아.

　주로 그런 대화들을 엄마와 주고받던 시절이었다. 해령에 대해서는 모르는 게 더 많으면서, 본인도 괜찮지 않았으면서 해원은 해령에 대해서만큼은 착실하게 안부를 챙겨야 했다. 한집에 살면서 해원은 해령이 활짝 웃는 걸 제대로 본 적이 없었다. 그런데 근무가 없는 새벽, 집을 나서는 해령이 전에 볼 수 없던 엷은 미소를 짓는 걸 몇 번인가 본 적이 있었다. 알 수 없는 희열에 휩싸인 듯 달뜬 얼굴이었다. 그때 해원은 본능적으로 알아챘다. 그 두 사람 사이가 수평으로 이뤄진 관계가 아니라는 것을. 서로 시간을 맞춰 만나는 게 아니라 한쪽은 일방적인 요구를, 해령은 일방적인 수용을 하고 있다는 사실을. 하지만 자신의 추측만으로 해령의 사적인 연애를, 삭막한 일상 밖의 기쁨을 막아설 수는 없었다. 그것도 해령의 인생이니까. 그때만이라도 웃는 모습을 볼 수 있었으니까. 만나는 사람과 결혼 날짜를 잡았다기에 해원은 다소 의아한 감이 없진 않았지만 담담하게 받아들였다. 때로는 자신의 예감이라든가 촉각이 틀릴 수도 있다는 걸 인정하기로 했다.

　하지만 얼마 지나지 않아 결혼이 없던 일이 되었을 때, 해령은 무덤덤해 보였다. 상처받지 않은 사람처럼 보였다. 하지만 시간이 지날수록 어딘가에 생기를 뺏겨버린 사람처럼 위태롭고 시든 표정이 얼굴에 깃들었다. 사랑을 잃은 사람의 얼굴이 어떤 모양인지 누군가 묻는다면 해령을 대입해도 무방할 것 같았다. 어떤 때는 수분이 다 빠져나가 바스락거리는 낙엽처럼 보이기도 했다. 그렇게 위태위태해 보이던 해령이, 왜 아직까지 그 병원에 다니는지 해원은 그때도 지금도 이해하지 못했다.

"엄마 때문에 아직 병원 다니는 거야?"
해원이 등을 보이며 집 안으로 들어가는 해령을 시선으로 붙잡고 물었다. 의미 없는 물음이었을까.
"왜 그렇게 생각해?"
해령이 발걸음을 멈추고 맞받아쳤다.
"넌 지금도 엄마를 불쌍하게 여기잖아."
서로를 황폐하게 만든다는 걸 알면서도 한번 시작되면 좀처럼 멈춰지지 않는 대립이었다. 언제나 완전히 비워내지 못해 또다시 반복하고 마는.
"꿈에서라도 엄마가 실망할까 봐 그만두지 못하잖아."
해령이 질렸다는 표정으로 돌아섰다.
"언니의 가장 큰 단점이 뭔지 알아?"

"뭐데."

"사소한 것까지 진지하게 생각한다는 거야. 아주 크게. 심각하게. 돈 벌러 다니는 거 말고 딴 이유가 뭔데!"

"태움까지 당하면서?"

상대하지 않고 재차 돌아서려던 해령의 눈이 번득였다.

"그렇게 길들여져 사는 게 사는 거야?"

해령이 매서운 얼굴로 해원을 쏘아봤다.

말 없는 아이

 해원이 이주민지원센터에서 일할 수 있게 된 건 순진히 고등학교 동창이자 동갑내기 친구인 정욱과 세정 부부의 도움 덕분이었다. 정욱은 군청의 별정직 공무원이었다. 군에서 설립해 운영하는 가족지원센터에서 근무하는 정욱이 아내 세정으로부터 생계가 막막한 해원의 사정을 전해 듣고 일자리를 알아봐준 것이었다. 낮은 임금 수준과 열악한 근무 조건으로 채용 공고 후에도 몇 개월째 지원하는 사람이 없다는 이주민지원센터 실무자 자리였다. 그래도 정욱과 세정의 도움이 아니었다면 해원은 살아갈 방도를 찾지 못했을 것이었다. 이 지역에는 젊은 사람들이 일할 수 있는 곳이 드물었다.

세정은 중국 자본으로 지어진 거대한 리조트의 호텔 시설에서 일했다. 리조트는 별다른 산업 자원이 없는 군에서 그나마 고향을 떠난 대학생들이 방학 때 돌아와 괜찮은 파트타임 일자리를 구할 수 있는 곳이었다. 정욱은 세정이 그곳에서 일하는 걸 좋아하지 않는다고 했다. 정욱은 아이를 갖고 싶어 하는 눈치였지만, 세정에게는 현실적으로 감당하기 힘든 문제였다. 세정이 프런트에서 주야로 교대 근무를 해야 하는 데다 시간외근무가 잦은 점은 정욱과의 주된 갈등 요소였다. 하지만 세정은 호텔 근무를 포기할 생각이 없었다. 이 지역 어디에도 그만큼의 연봉을 받을 수 있는 일자리는 존재하지 않았다. 게다가 비록 시간외근무를 해야 하지만 대신 수당을 꼬박꼬박 챙길 수 있었다. 무엇보다 세정은 중국어를 전공한 자신의 전문 분야를 살리고 싶어 했다. 일과 시간, 미래에 대한 견해 차이로 세정과 정욱이 사사건건 부딪친다는 것을 해원은 들어 잘 알고 있었다.

정욱이 이주민지원센터에 찾아온 건 해원이 근무를 시작한 지 며칠이 지나서였다. 정욱은 같은 건물 5층 행정실에서 일했다. 그가 맡은 업무는 가족지원센터 건물에 입주한 각각의 지원센터들이 잘 운영될 수 있도록 지원하고 관리하는 것이었다. 이날 정욱이 이주민지원센터를 찾은 건 인력 지원을 요청하기 위해서였다. 가흘면에서 혼자 사는 여자아이가 발견되었다는 신고가 들어왔는데 어찌 된 일인지 아이는 혼자 남겨진 이유에 대해 입을 다물고 있다고 했다. 그래서 우선 아이가 편하게 대할 수 있는 여자 직원의 동행이 필요한 상황이었다. 마침 해원이 가흘면에 거주하기도 했고 아직까지 아주 바쁜 편은 아니어서 지원 인력으로 정욱과 동행하게 되었다.

가흘면으로 향하는 차 안에서 정욱은 해원에게 센터의 일은 할 만한지, 불편한 점은 없는지 물었다. 해원은 며칠 전 타오와 함께 병원에 다녀온 얘기를 꺼냈다. 정욱도 타오의 일을 알고 있었다.

"가해자가 타오 씨가 일하는 공장의 사장 동생이잖아. 둘 다 쓰레기 같은 인간들이야. 공장 사장도 술 마시고 외국인 여자 직원들 기숙사에 찾아가 수작을 부린 적이 한두 번이 아니었대. 그 형에 그 동생이지. 시기 전과에 HIV 보균자라니. 잘못 걸려도 어떻게 그런 인간한테."

"에이즈일 가능성이 클까?"

"글쎄. 타오 씨가 그때 일을 잘 기억 못해. 원래 타오 씨는 술을 한 모금도 못 마시는데, 강제로 취할 때까지 먹였다고 하더라고. 어느 정도 정신을 차린 후에 사장 동생하고 모텔 방에 들어와 있는 걸 알고 겨우 탈출한 거야."

"그 정도였어?"

"응. 하의가 벗겨진 채로 도망 나왔다고 하니까. 모텔 주인이 신고해주지 않았다면 어떻게 됐을지 모르고. 그나마 다행이라고 봐야 할지. 감염까지는 아닐 거 같긴 한데 어쨌든 검사 결과가 나와봐야 알겠지."

한숨을 몰아쉰 정욱은 잠시 뜸을 들인 후 말을 이었다.

"요즘은 이주민과 내국인들 사이에서 일어나는 갈등이 많아. 젊은 사람들의 빈자리를 외국인 이주민들이 메꾸고 있어서 더 그런가 봐. 그런데도 아직 이주민에 대한 차별은 여전히 존재해. 통계상으로는 우리나라도 이제 다민족국가나 마찬가지인데."

정욱이 조심스럽게 코너를 돌았다. 덩치는 산만 하지만 뭐든 조심스럽게 행동하는 모습은 고등학교 때나 지금이나 변함없었다. 그때 함께 다녔던 고등학교는 지금 존재하지 않지만.

"저기…… 근데 경모는 만났니?"

정욱이 곁 눈치를 보며 묻는 말에 해원은 말없이 고개를 끄덕였다.

"괜찮고?"

"안 괜찮을 게 뭐가 있는데."

"그래, 세월이지, 세월. 시간이 지나면 모두가 바래지잖아."

정욱과 세정은 해원에게 이주민지원센터 일자리를 소개해주면서 한 가지 걸리는 게 있다고 했는데, 바로 경모가 그곳에서 일한다는 점이었다. 스페인 수도원의 수사가 되어 그곳에 머물던 그가 어째서 다시 한국에, 그것도 이곳에 와 있는 것인지 해원은 그때 잠시 아득해졌다. 그가 어머니의 병환 때문에 안식년 휴가를 내고 집으로 돌아와 있다는 얘기를 들을 때까지도 해원은 그래서 약간 멍한 상태였다. 그러나 이내 마음을 다잡았다. 그가 이곳에 머문다는 것과 원치 않게 마주칠 수도 있다는 사실도 실은 과거로부터 흘러온 빛바랜 시간의 흔적일 뿐, 해원이 현재 마주한 생계의 고민에 비할 바가 아니었다. 살기 위해 나아간다는 건, 그 조건에 부합하지 않는 것들은 지워가는 과정에 지나지 않는다고 여겼다. 그래서 그때 해원은 그들 부부에게 이 일과 경모는 아무 상관이 없냐고 딱 잘라 말했다.

　시간이 지나면 바래진다고 말하는 정욱의 얼굴 너머로 햇살이 뭉근하게 퍼져왔다. 그때 차마 드러내지 못한 마음의 기색을 밝은 빛에 들킬까 해원은 고개를 뒤로 젖혔다. 문득 처음 안 이후 오랜 시간이 지난 얼굴, 덧쌓인 일상처럼 아무렇게나 헝클어진 더부룩한 머리칼의 정욱을 바라보면서 그렇게 어떤 시절로부터 지나온 시간의 흐름을 해원은 바라봤다. 시간에 마모되거나 변형되는 사람의 모습만큼이나 누군가에게 가졌던 마음 역시 변하게 되는 걸까, 생각하자 두려웠다. 지난번 경모와의 만남이 그렇지 않아서. 변하지 않고 머물러 있는 스스로의 마음이 해원은 두려워서.

지구대의 안내를 받아 들어간 방에 그 아이가 있었다.
까무잡잡한 피부에 짧은 단발머리를 하고 입술을 앙다문 여자아이. 패딩 점퍼 안에 기모 후드티를 껴입고 트레이닝바지를 입은 차림이었다. 공격성 같은 건 없어 보이는 순한 눈망울의 아이 이름은,
"연서예요, 이름이. 장연서."
라고 옆에 선 담당 경찰관이 아이를 내려다보며 얘기해주었다. 제 이름을 듣고 연서는 정욱과 해원을 차례로 빤히 쳐다봤다. 할 말을 머금고도 억지로 말을 참는 사람처럼. 경찰관과 정욱이 얘기를 주고받는 동안 해원의 시선은 연서에게로 향해 그 아이가 한 차례 고개를 떨구었다가 들어 올리는 모습을 온전히 바라보았다. 그 순간 연서가 입 밖으로 긴 숨을 내뱉다 해원의 눈길을 의식하고는 재빨리 표정을 감췄다. 그러고는 아무 일도 없었다는 듯이 다시 앙다문 입과 커진 눈으로 바닥을 내려다보기만 했다.
연서가 있는 방을 나온 후 경찰관과 정욱, 해원은 테이블 하나에 둘러앉았다. 경찰관은 연서가 빈집이나 다름없던 돌

아가신 할머니 집에서 발견되었다고 말했다.

"그 앞집 사시는 분이 며칠째 어른 없이 아이 하나만 그 집에서 보인다고 신고를 했지 뭡니까."

어떻게 해서 연서가 그곳에 머물게 됐는지는 경찰관도 알지 못한다고 했다.

"애 아빠는 현재 실종된 상태입니다. 휴대전화는 진작 해지됐고 소재지 파악도 안 되는 상황이고요."

"달리 친인척이 있는 건 아니고요?"

정욱이 담담히 물었다.

"아이가 원래 아빠랑만 살아왔고 유일한 혈육은 할머니입니다만, 아시다시피 돌아가신 상태죠."

"그런데 왜 그곳에 혼자 남겨진 것일까요?"

경찰관은 잠시 머뭇거리더니, "이런 일들이 종종 있죠" 하고는 유리 테이블 위에 가운데 세 손가락을 올려놓은 다음 밀듯이 짚었다.

"버리고 가는 일이요."

그 말과 함께 경찰관은 테이블에서 손가락을 떼었다. 유리 위에 희부윰한 손자국이 남았다.

"저렇게 다 큰 아이를요?"

해원이 반발하듯 묻자 정욱은 조금 놀란 눈치였다.

"감당하기 힘들면 뭐든, 누구든 버리지 않나요? 요즘 세상이 그렇죠."

경찰관의 자조적인 말에 정말 그럴까요? 하고 반문하려다 해원은 그만뒀다. 되도록 일에 있어 감정적이 되는 것만큼은 경계해야 한다고 스스로를 다독였다.

"물론 자세한 사정은 저 아이만 알겠지만요."

경찰관이 고갯짓으로 연서가 있는 방을 가리키자 정욱과 해원도 따라 그곳을 바라봤다. 문 너머에서 이쪽을 주시하고 있을 연서가 해원의 눈앞에 그려졌다. 아무 말도 하지 않지만 사람을 피하는 것 같지는 않은 그 아이의 연약한 마음을 해원은 문득 두드려보고 싶었다.

"그런데 뭐 얘기를 해야 말이죠. 말을 못하는 것처럼 보이지는 않는데……."

경찰관이 고개를 갸웃거리며 말했다. 정욱과 해원은 서로를 마주 바라봤다.

"그럼 저희가 아동일시보호소로 인계하기 전에 대화를 좀 나눠봐도 될까요?"

정욱이 묻자, "그럼요. 들어가 보시죠" 아이가 있는 방을 가리키며 경찰관이 말했다. 해원이 막 일어서려는 정욱의 팔을 잡았다.

"내가 먼저 들어가 볼게, 잠시만."

정욱은 일어서려다 말고 해원을 보며 고개를 끄덕였다. 해원은 곧장 연서가 있는 방으로 향했다. 문을 열자 연서가 해쓱한 표정으로 해원을 돌아보았다가 이내 고개를 떨구었다. 해원은 연서 쪽으로 다가가 옆에 앉았다. 연서가 보고 있었을 창밖의 잿빛 풍경이 해원의 시야에 들어왔다.

"연서는 잠을 수 있니?"

연서가 해원을 올려다봤다. 뭘요? 하고 묻는 표정이었다.

"마음이 가만있지 않고 떠돌지 않아?"

해원이 가슴에 손바닥을 대고는 어루만지듯 빙글빙글 돌렸다. 그러나 연서는 골똘한 표정을 지을 뿐 대답이 없었다.

"아빠를 기다리는 거지?"

연서가 아주 작은 움직임으로 고개를 까닥였다.

"언니는 엄마가 없어."

연서의 미간이 꿈틀, 하는 걸 해원은 놓치지 않았다.

"연서 마음 조금은 알 것 같이."

다가서기 위해 한 말이었지만, 이후 해원은 조금 놀랐다. 자신을 바라보는 연서의 눈길이 마치 자신의 속을 헤아리는 듯 느껴져서였다.

"흔들흔들 그거……."

해원이 연서의 손을 조심스럽게 감쌌다.

"잠을 때까지 언니가 기다려줄까?"

감싼 손을 끌며 해원은 앉은 채로 조금씩 뒤로 이동했다.

잡힌 손을 따라 연서가 무릎으로 종종거리며 해원 옆으로 다가와 나란히 앉았다. 그때 휴대폰 진동이 울렸다. 메시지 알림 표시가 액정 화면에 떴다.

—말 안 하지?

정욱이었다.

—기다려줄래, 조금만?

정욱에게 메시지를 보내놓고 해원은 벽에 머리를 기댔다. 연서가 말을 하리라는 기대는 하지 않았다. 그저 편안히 조금만 옆에 있어주고 싶었다. 나른한 게 졸음이 밀려왔다. 밤에 잠을 잘 못 이루는 탓이라 생각하며 눈을 감은 지 얼마 지나지 않아서였다.

잡았어요.

나직한 아이의 목소리. 꿈결에 들은 건가. 해원은 설핏 눈을 떴다.

"잡았어요, 마음."

옆에서 다부진 표정으로 연서가 해원을 올려다보고 있었다.

"어떻게 하면 돼요?"

연서가 입 밖으로 말을 꺼내는 모습이 해원은 정말 꿈처럼 느껴졌다.

"……어?"

"그럼 이제 어떻게 하면 되냐고요."

종알거리듯 작고 힘없는 목소리였다. 아이의 입술이 부르르 떨리는 걸 해원은 놀란 마음으로 바라봤다. 그건 차라리 뭔가를 잡기보다 모두 내던진 것 같은 얼굴이었다. 해원은 연서를 조심스럽게 끌어안았다.

"그럼 돼. 됐어, 연서야."

품에 안은 연서의 몸이 해원은 한없이 가볍게 느껴졌다. 무슨 기운으로 아무 말도 않고 그렇게 버텼는지 모를 일이었다.

"그러면 돼. 잡을 줄 알면 돼."

그러자 가만히 안겨 있던 연서가 어깨를 들먹이더니 덩어리진 울음을 터뜨렸다. 울음소리를 들었는지 정욱과 경찰관이 문을 열고 뛰어 들어왔다. 벽에 기댄 채 서로를 부여잡고 있는 해원과 연서를 그들은 얼떨떨한 얼굴로 그저 지켜보기만 했다. 경찰관 말로는 발견된 이후 연서가 운 적은 한 번도 없었다고 했다.

마주침

타오의 검사 결과지를 손에 들고 바라보다 경모는 창가로 향했다. 바깥은 습설이 쏟아지는 중이었다. 건물 아래로 건너편 시장에서 횡단보도로 향하는 사람들이 보였다. 진기 가득한 눈길을 걷느라 신호등이 빨간색으로 바뀌었는데도 아직 건너지 못한 사람들을 위해 경모는 기도했다. 경모에게 기도는 삶의 한 형태였다. 신의 존재는 교감과 실천을 통해 증명되는 거라고 경모는 늘 생각해왔다. 특별한 형식 없이도 일상의 매 순간에 스며든 기도를 통해 경모는 신의 뜻이 자신을 통해 육화되기를 갈망했다. 그런 기도가 결국 자신을 지금의 모습으로 만들어놓았는지 모른다 여기며. 누군가를 위해 기도하는 자신의 모습을 따져 올라가다 보면 결국 그 맨 앞에는 해원이 있었다.

해원을 집에 데려다준 그때 이후로 경모는 한 번도 자전거를 타지 않았다. 등하교 때는 자전거 대신 버스를 이용했는데, 학교 수업을 마친 후 정류장에서 우연히 해원을 본 적이 있었다. 버스를 기다리다 눈길이 마주친 해원이 인파 속으로 몸을 숨기는 걸 본 후, 경모는 다른 아이들보다 일찍 버스 정류장으로 나서곤 했다. 그럼에도 어쩌다 정류장에서 해원을 발견하기라도 하면 그대로 발길을 돌려 집까지 걸어서 가곤 했다. 다시 마주치는 일이 영 서름서름한 탓이기도 했지만, 혹시나 자신이 해원에게 불편하게 여겨질까 걱정스럽고 두려운 마음이 더 커서였다.

"해원이가 성당에 나오더라."

어느 날 아침 식탁에서 엄마가 갑작스레 해원 얘기를 꺼냈을 때 경모는 생선 가시가 목에 걸린 사람처럼 몇 번이나 마른기침을 해댔다.

"제 엄마랑 같이. 해원이 엄마 살이 쏙 빠졌지 뭐야. 상심이 컸겠지만 그래도……."

"원래는 안 다녔었……나?"

반찬을 집어 먹으며 경모는 무심한 척 툭, 물었다.

"누구, 해원이? 그러게. 너도 해원이처럼 엄마 따라 성당 다니면 좀 좋아."

경모는 대화의 귀결이 결국 성당을 다니라는 엄마의 잔소리로 마무리되나 싶었다.

"원래는 얘……."

엄마는 무슨 말인가를 더 할 듯하다가 주저했다. 별로 좋은 얘기는 아니라는 걸 짐작한 경모는 엄마의 다음 말을 숨죽인 채 기다렸다. 숟가락으로 국을 떠서는 먹지도 않고 밥에 얹어놓으면서 몇 번쯤 엄마를 힐긋거렸다.

"그런데 경모야. 너 대학 무슨 과 갈지는 정했니?"

한참 뜸을 들이기만 하고 엄마가 말을 바꾸는 바람에 낙담한 경모는 식탁 위에 숟가락을 탁 내려놓고 말았다.

"엄마!"

"깜짝이야, 왜?"

"말하다가 자꾸 딴 데로 새는 버릇 좀 고쳐."

그때 경모는 알았다. 해원을 마주치고 나면 느끼던, 그 아이를 불편하게 하지 않아야겠다는 바로 그 감정이 엄마에게 화를 내게 한다는 사실을.

"야, 밥은 먹고 가야지!"

의자를 박차고 나서는 경모의 등 뒤로 엄마의 목소리가 따라 나왔다. 밖으로 나가 얼른 현관문을 닫아버린 후 경모는 서둘러 발길을 옮겼다. 집이 더 이상 보이지 않을 정도로 멀어졌을 즈음 경모는 교복 소매를 걷어 올려 어깨 부근을 들여다보았다. 흔적으로 남은 다갈색의 흉터를 살펴본 다음 다시 소매로 덮었다. 그날 집으로 뛰어가던 해원의 발목 양말에 비친 핏자국을 경모는 이어 떠올렸다. 자신의 상처인 양 아프게 떠올려지는 기억이었다. 그날 자전거 사고가 없었더라면 해원이 조금 더 일찍 아버지의 임종을 지킬 수 있지 않았을까 자책하게 되는. 그 때문에 경모는 해원의 인생에 뭔가 흠결을 남기고 만 것 같은 남모르는 괴로움을 꽤 오래 떨쳐내지 못했다. 어깨의 상처를 의식할 때마다 집요하게 그때의 일이 떠오르는 걸 경모는 어쩔 수 없었다. 그런 생각을 하면 언제나 경모는 해원의 기억 밖으로 빠져나가고 싶었다. 자신과 엮인 기억의 잔재들이 해원에게 조금이라도 불편한 감정을 불러일으키지 않도록 현실에서 아예 해원의 눈에 띄지 않고 투명해지는 편이 좋겠다고 생각할 정도로.

하지만 바람과 다르게 경모는 자주 해원의 집안에 관한 얘기를 접하곤 했다. 우연히 들른 마을 마트에서, 머리를 자르러 간 동네 헤어숍 같은 데서. 무심한 척하면서도 귀를 기울이지 않을 수 없는, 두근거리는 심장을 부여잡고 훔쳐 듣게 되는 그런 것들이었다. 마을 사람들이 두서너 명쯤 모인 곳에서 해원 아버지의 죽음은 심심찮게 입방아에 오르고는 했다. 장소와 사람은 달라도 대화의 내용은 대개 비슷했다. 해원의 어머니가 그 사람으로 인해 그동안 얼마나 속박된 삶을 살아왔는가에 대한 것이었다. 의처증 때문에 해원 아버지가 자주 어머니를 괴롭힌 얘기며, 돈에 인색해 툭하면 아내와 딸들을 꿇어앉히고 카드 사용처를 캐물었다는 건 마을 사람들에게 오래전부터 퍼진 얘기 같았다.

—어떻게 보면 해원 엄마한테 잘된 거지 뭐야, 안 그래?

해원 아버지의 죽음이 해원의 어머니에게는 어쩌면 해소에 가깝지 않겠느냐며 열분을 토하다가 경모를 의식하고는 입을 닫는 이도 있었다. 아마 엄마가 경모에게 얘기하려다 말았던 것도 실은 해원 아버지의 죽음에 대한 안타까움이 아니라 후련함 쪽이 아니었을까, 경모는 나중에 생각하기도 했다.

가끔 경모는 미사가 있는 일요일 성당으로 향했다. 대신 엄마와는 다른 동선으로 따로 다녔다. 그렇다고 성당 안으로 들어가거나 미사에 참석하는 것은 아니었고, 그저 성당 주위를 떠돌기만 할 뿐이었다. 이따금 무엇이 자신을 그리로 이끌었는지 생각해보곤 했지만, 경모는 달리 설명할 방법이 없었다. 까닭 없이 무모하고 의미 없어 보이는 그 행위 속에 무엇이 있었는지.

몇 주 동안 경모는 그렇게 엄마와 다른 길로 우회해 성당까지 간 다음 주변을 서성였다. 처음에는 그저 산책하듯 주변을 걷다 점차 붉은색 벽돌을 쌓아 올린 성당 벽과 뾰족한 첨탑, 외벽에 박힌 스테인드글라스의 이미지에 마음을 뺏기기 시작한 이후 그저 성당 근처에 머무는 게 좋아졌다. 간간이 들려오는 성가 소리라든가, 신자들이 한목소리로 읊는 기도구문과 일요일 아침의 정경 속에서 경모는 언뜻 따분함과 더불어 모종의 편안함을 느끼고는 했다.

"안경모."

그래서 자신의 이름을 부르는 낯설면서도 익숙한 듯한 목소리를 들었을 때 순간 경모는 뭔가 잘못되었다는 생각이 먼저 들었다. 목소리가 들려온 쪽으로 고개를 돌리자 희끄무레한 빛살 사이로 우두커니 선 사람의 실루엣이 보였다.

"너도 성당 안 들어갔어?"

나지막한 목소리였다. 손을 이마 위로 올리고 몇 발자국 옆으로 옮기고 나서야 경모는 상대방의 얼굴을 알아볼 수 있었다.

거기 해원이 서 있었다.

교복이 아닌 사복 차림으로는 서로 처음 대하는 모습이었다.

"난 엄마랑 있다가 나왔어. 미사 끝날 때쯤 들어가려고."

어떻게 대답할지 모르다 경모는,

"……나도."

간신히 입을 뗐다. 그저 그렇게 말하는 편이 해원을 무안하게 만들지 않을 것 같았다.

"저기 가봤어?"

해원이 손가락으로 어딘가를 가리켰다. 관목 덤불이 아치형으로 자라 숲을 이룬 길이었다. 경모는 지나치기만 하고 그 안으로 들어가 본 적은 없었다.

"아니."

"숨어 있기 좋아."

거의 동시에 한 말이었다. 두 사람의 눈길이 얽힌 것도 잠시, 해원이 먼저 몸을 돌려 숲 쪽으로 발걸음을 옮겼고 경모도 곧 따라 걷기 시작했다.

"왜 성당에 있지 않고 나와 있어?"

경모가 앞서가는 해원에게 물었다. 반원 모양으로 늘어진 나뭇잎들 사이로 빛이 새어 들어 해원의 머리에 머리띠처럼 앉았다가 사라지곤 했다.

"무서워서."

해원이 고개도 돌리지 않고 나지막하게 대답했다.

"무섭다고?"

경모가 해원의 뒷모습을 향해 다시 물었다.

"사람들이 너무 다 착해 보여서."

"그게 무서워?"

"응. 난 그렇지 않거든."

"어떤 점에서?"

경모가 재차 묻자 해원이 갑자기 발걸음을 멈췄다.

"넌 좋지 않은 생각할 때 없어?"

해원이 돌아보지 않고 그대로 멈춰 선 채로 물었다. 경모는 어떻게 대답해야 할지 몰라 입술만 달싹였다.

"나는 줄곧 그래왔어."

해원이 옆으로 반쯤 고개를 돌렸다. 흔들리는 우듬지들 사이를 통과한 한 뼘의 빛이 해원의 이마께를 잘랑거리며 비췄다. 어디선가 불어온 바람에 해원의 머리카락이 가느다랗게 흔들리는가 싶더니 어느새 숲속의 이파리들이 쏴쏴 소리를 내며 날갯짓을 했다. 나무들이 한 덩어리로 일렁이는 소란한 풍경이었다.

"그게 어떤 건지…… 물어봐도 돼?"

그렇게 물어도 되는 것이었을까. 하지만 물었고, 묻지 않고서는 견딜 수가 없을 것 같았다. 해원이 빛의 뿌리라도 찾으려는 듯 하늘을 올려다보며 눈가를 찌푸렸다. 경모도 해원의 시선을 따라 고개를 들었다.

"아빠가 죽었으면 했던 생각."

메아리처럼 들린 말이었다. 경모가 고개를 내리자 어느새 몸을 돌린 해원이 자신을 바라보고 있었다.

"나, 나쁜가?"

뭔가를 들켜버린 듯 경모의 얼굴이 황황히 어두운 낯빛으로 뒤바뀌었다.

"넌 누군가를 몹시 미워하면서도 동시에 사랑하는 감정을 느낄 수 있다고 생각해?"

쏟아지는 빛이 칼날이 되어 눈을 베는 듯해 경모는 자기도 모르게 손을 들어 가리개를 만들었다.

"미움조차 남지 않아서 빈 껍데기 같은 사람도 사랑할 수 있을 거 같아?"

드리운 잎사귀가 빛을 가리고 나서야 손을 내린 경모는, 우거진 그늘만큼이나 서늘하고 공허해 보이는 해원의 눈빛이 자신에게 닿아 있는 걸 느꼈다. 미사가 끝나고 사람들이 빠져나오는지 성당 쪽에서 웅성거리는 소리가 들렸다.

"미움 없인 사랑도 없어."

해원이 경모를 향해 중얼거리듯 말하고는 성당을 향해 고개를 돌렸다. 그 말은 마치 해원의 자기 다짐 같기도 하고 은밀한 자기 고백처럼 들리기도 했다.

"가봐야겠어."

경모가 뭐라 할 새도 없이 해원은 성당을 향해 내달렸다. 경모는 손짓으로 짧게 인사라도 건네려 했지만, 해원은 이미 저만치 멀어진 뒤였다. 경모에게는 어느새 익숙하게 느껴지는 해원의 뒷모습이었다.

뒤쪽에서 문이 열리는 소리가 들렸다.
"타오 씨 검사 결과가 나왔다면서요?"
환히 웃으며 스텔라 수녀가 회의실 안으로 들어왔다. 그녀가 열고 들어온 문을 닫으려 경모가 다가가는데 뒤늦게 들어서던 해원이, 그를 발견하고는 고개를 숙여 짧게 인사를 건넸다. 해원이 그를 지나쳐 안으로 들어오고 나서 경모는 문을 닫았다.
"큰 문제 없지요? 타오 씨가 성격도 괜찮고 모난 구석이 없어서 우리가 일 좀 주고 그러면 좋겠다는 생각을 했는데."
자리에 앉기도 전에 스텔라 수녀가 호들갑스럽게 말했다.
"양성반응이랍니다."
"아……."
뜻밖의 결과에 놀란 스텔라 수녀가 잠시 숨을 멈췄다가 탄식하듯 내뱉었다.
"타오 씨가 감염됐다는 말인 거죠?"
안경 너머로 경모를 바라보며 스텔라 수녀가 확인하듯 물었다.
"네, 그렇습니다."
낭패 어린 얼굴로 스텔라 수녀가 해원을 보았다. "어쩐다……." 당황한 건 해원도 마찬가지여서 해쓱해진 얼굴로 스텔라 수녀를 마주 볼 뿐이었다.

"그럼 타오 씨는 이제 어떻게 되는 건가요?"

"출입국관리소에서 타오 씨에게 출국명령을 내릴 거라고 합니다."

"그렇군요……."

스텔라 수녀가 고개를 수그리더니 거의 체념 조가 되어 "다른 방법은 없고요?" 하고 물었다.

"행정심판을 제기하는 것 말고는요."

경모가 담담하게 대답했다. 그때 별안간 스텔라 수녀 옆에 앉아 있던 해원이 벌떡 일어섰다.

"이렇게 보낼 수는 없어요."

스텔라 수녀가 놀란 눈으로 해원을 올려다봤다.

"왜 죄는 한국 사람이 짓고, 여길 떠나는 건 타오 씨여야 하는 건데요."

얼굴에 불그레하게 열이 오른 해원이 경모를 향해 날을 세워 말했다.

"그건……."

"타인의 일방적인 폭력으로 인해 발생한 결과에 대한 책임을 피해자에게 묻는 건, 그건 아니잖아요."

경모의 말허리를 끊고 해원이 이어 말했다. 경모는 순간

침이 마르고 속이 타는 듯한 기분을 느꼈다. 분명 타오에 관한 일인 데다가 갑작스럽긴 하지만 해원의 분노가 이해 안 되는 바는 아니었으나, 왜 해원이 이 상황에 자신을 대입하는 것처럼 느껴지는지 몰라 경모는 가슴 한편이 뻐근해지는 것이었다.

세정과 해원

 외근을 마치고 정욱과 함께 집으로 오고 있을 해원을 생각하자 세정은 조금 초조해졌다. 해원을 밖에서 두어 번 짧게 만난 적은 있지만 집으로 초대한 건 처음이었다. 이 지역에 남은 동창이라고는 없었고, 이제는 해원이 유일했다.
 그동안 세정과 정욱은 도시에서 이사를 반복하며 살았다. 사회복지사 일을 비롯해 여러 직업을 바꿔가며 회사를 옮겨 다니던 정욱이 피로감을 느낀 나머지 고향으로 내려갈 것을 제안했고 마침 번아웃에 힘들어하던 세정도 회사를 그만두고 함께 가흘면으로 내려왔다. 정욱은 가흘면에 정착한 이후 비록 계약직이긴 하나 군청 별정직 공무원에 합격해 일을 시작했지만, 세정은 별다른 일을 찾을 수 없었다. 대부분의 구인 공고가 경력보다는 신입을 원했고, 경력직을 찾는 곳이 있다 해도 자신의 경력을 인정해주는 곳은 없었다.

정욱은 아이를 원했지만, 아이를 키울 만한 마을 인프라가 도시처럼 충분하지 않았다. 마을에 아이를 키우는 사람은 없었고, 있던 학교들과 유치원들도 모두 없어지거나 통합되어 옮겨 간 상태였다. 게다가 경제적으로 빠듯한 현실이 이상을 가로막고 있다는 걸 세정은 정욱에게 자주 주지시켜야 했다. 여러 해 동안 빚을 졌고 앞으로 어떻게든 메꿔나가야 했지만, 계속되는 기준금리 상승에 이자율은 멈출 줄 모르고 오르기만 했다. 그런 와중에 운이 좋게도 세정이 이 지역 유일의 관광 자산인 리조트 내 호텔 프런트 매니저 자리에 채용돼 다니기 시작했지만, 그럼에도 정욱과는 그전보다 언쟁을 벌이는 일이 더 잦아졌다.

3교대를 해야 하는 세정과 근무시간이 일정한 정욱 사이에 늘 크고 작은 마찰이 생겼다. 세정이 정욱보다 더 많은 연봉을 받음에도, 정욱은 세정의 근무조건이 자기 생활의 균형을 무너뜨린다고 하소연했다. 이렇게 살려고 가흘면에 내려온 게 아니라고 했다. 하지만 다른 대안이 없다는 걸 정욱도 세정도 잘 알았다. 세정은 밤새 끝없는 언쟁으로 에너지를 소진한 다음 부은 눈으로 새벽에 출근하는 일이 예사였다.

그렇게 살아가는 일이 힘겹지 않은 것은 아니었다. 어째서 같이 산 해가 늘어날수록 인생의 장막은 짙어지기만 하는지 세정은 알 수 없었다. 요즘 들어 세정은 부부 중 한쪽이 일방적으로 원하는 관계만을 유지하는 게 과연 균형일까, 의구심을 가지기 시작했다.

특히나 그것을 사랑이라고 말할 수 있을지에 대해서는 더욱.

현관문이 열리고, 정욱 뒤로 따라 들어오는 해원이 보였다. 베이지색 셔츠 위에 브이넥 니트를 껴입고 검은 슬랙스 바지를 입은 수수한 차림의 해원은 얼마 전 만났을 때와 다르게 짧은 단발머리를 하고 있었다. 고등학교 때 해원을 알게 된 이후 그녀가 긴 머리를 짧게 자른 모습을 세정은 본 적이 없었다. 세정의 기억 속에서 해원은 긴 머리칼 안에 자주 표정을 감추거나 해사한 웃음을 짓다가도 금세 얼굴이 굳어버리곤 하던 아이였다. 그 시절 해원은 어딘가 수줍어하면서도 할 말은 하는 강단이 있었고, 순한 듯 무심해 보이면서도 예상치 못한 행동으로 세정을 놀라게 하곤 했다. 영화관 안에서 캔 맥주를 꺼내 나눠 마시자고 하거나 버스 정류장 벤치나 잔디밭에 아무렇게나 앉아 시를 읊겠다고 하기도 했다. 그래 시였지. 세정은 속으로 중얼거렸다. 얼핏 기억이 날 것도 같았다. 그 애가 좋아했던 윤지연 시인의 시 같은. 내 키보다 더 자라고 있는 게 뭔지 알아? 하고 물은 다음, 그건 세상의 노년과 욕망의 잎사귀라며 해원이 푸른 잎들을 올려다볼 때도 세정은 그게 시인 줄 몰랐다.

―자꾸만 빛깔을 바꾸어가며 필름처럼 현상되는 기억의 인화지를 더듬거리면 모든 것들이 늘 다르게 반복된대.

그 구절은 어느 날 한 우산으로 빗길을 걷다 갑자기 해원이 입 밖으로 꺼낸 말이었다. 그때 해원의 이마에 빗물이 튀어 묻어 있던 모습을 세정은 하나의 이미지로 기억하고 있었다. 그냥 시야, 시. 대수롭지 않다는 듯 수줍게 웃던 해원의 얼굴 위로 겹겹이 쌓인 시의 구절들까지.

"둘이 같이 사는 게 너무 신기해."

식탁 의자에 앉으며 홍조 띤 얼굴로 해원이 말했다.

"나는 네가 여기 내려와 사는 게 아직도 안 믿겨."

세정이 그런 해원의 어깨를 감싸안았다.

"아직 신혼부부가 사는 집 같아."

"신혼은 무슨."

정욱이 낯빛을 붉히며 대꾸하자,

"왜? 신혼은 신혼이지."

세정이 입을 삐죽거리며 정욱의 어깨를 밀쳤다.

"군에서 주택개조 비용을 융자받아 정욱이 일일이 손을

대서 만든 집이야."

"그래?"

해원이 대들보 아래 기둥을 손으로 어루만졌다. 빈집이었던 구옥을 개조하기 전에는 목재 대들보가 지붕을 지탱하고 천장의 서까래가 그대로 드러난 일자형 주택이었다. 그리 넓진 않았지만 둘이 살기에는 충분한 공간이라 세정과 정욱은 한눈에 마음에 들어 했다. 업체나 인부를 쓰지 않고 직접 리모델링한 집치고는 마감이 꽤 정교하고 이음마다 군더더기 하나 찾기 힘들었다. 말수가 적고 꼼꼼한 정욱의 성격을 빼닮은 집이었다.

"마을을 빠져나가는 사람만 있으니까 전입하면 이런 식으로 혜택을 주는 거지."

"전입?"

해원이 의아해하며 물었다. 부부가 마을을 떠나 있었다는 건 아직 해원에게 얘기한 적이 없었다.

"이제야 말하지만, 우리도 남들처럼 이곳을 벗어나 도시에서 살다 왔어. 정욱이 직장이 있던 안산에 신혼집을 차렸었거든. 알잖아. 여긴 일자리 구하기조차 쉽지 않은 거. 그런데 정욱이가 돌아오고 싶어 해서……."

"전입 혜택 읊어대던 건 누구였는데."

정욱의 핀잔에 세정이 "말이 그렇다는 거지" 하며 입술을 삐죽거렸다.

"근데 돌아와도 힘들더라고. 정욱이는 제법 금방 군청에 취직이 됐지만 나는 리조트 들어갈 때까지 한참을 놀았어."

세정이 슬금슬금 정욱의 눈치를 보며 말했다.

"근데 정욱이는 내가 거기서 일하는 거 되게 싫어해."

"같이 벌면 좋은데, 왜?"

해원이 정욱에게로 고개를 돌려 물었다.

"일하는 시간대가 맞지 않아서 불편해해……."

무표정한 정욱 대신 세정이 대답했다.

"그것 때문에 자주 싸우기도 하고……."

"이런 얘기하려고 해원이 불렀니?"

참고 있었다는 듯 정욱이 발끈하며 말했다.

"이것 봐, 이런다니까."

세정이 정욱을 향해 눈을 흘기며 힛힛하게 웃었다.

"내가 돈 안 벌면 대출은 어떻게 갚게."

혼잣말처럼 중얼거린 세정의 말에 정욱의 표정이 더 굳어졌다.

"그만둬라." 정욱의 음성이 낮게 깔리는가 싶더니, "당장 일 그만두라고!" 돌연 화를 제어하지 못하고 세정에게 쏘아붙였다. 세정이 정욱의 어깨에 손을 올리고 무슨 말인가 하려던 참이었다. 자리를 박차고 일어선 정욱이 방으로 향했다.

"여전하지? 욱하는 거."

정욱의 뒷모습을 바라보며 세정이 잔을 들었다. 세정은 맥주를 한 번에 비웠고 이어 해원도 빈 잔으로 내려놓았다.

"미안한데, 내가 좀 창고에 다녀와야 할 것 같아서. 오랜만에 다 같이 만났는데 미안하다, 해원아. 잘 먹고 가. 차린 건 없지만."

두꺼운 점퍼를 입고 거실로 다시 나온 정욱이 미안한 기색으로 말했다.

"괜찮아. 정욱이 너도 일 봐야지."

해원이 의자에서 몸을 세워 말했다. 정욱이 현관문을 열고 나서자 세정이 홀가분한 표정으로 맥주병을 들었다.

"금방 저러고 말아. 사람은 순한데 가끔 욱해서 그렇지."

"그래도 너무 받아주진 말아."

세정의 손에 들린 병을 뺏어 들며 해원이 말했다. 자신의 잔에 맥주를 채우는 해원을 보며 세정은 문득 돌아가신 해원의 어머니를 떠올렸다.

"어머니 돌아가시고 왜 연락 안 했어. 하지, 연락."

"사는 게 복잡했어."

얼굴이 불콰해진 해원이 나지막이 말했다.

"이혼도 했고."

해원의 눈 밑이 순간 가느다랗게 파들거렸다. 해원이 가흘면에 내려오고 나서 연락을 취하며 잠깐씩 만나기는 했지만 이제껏 이혼 얘기를 한 적은 없었다. 실은 그럴 여유가 없기도 했다.

"내가 사정도 모르고. 미안해."

세정이 해원의 팔목 쪽으로 손을 뻗었다.

"아니, 그렇게 생각할 필요 없어. 너도 지금 안 거잖아."

세정의 손 위로 해원의 손이 덮였다. 손등에 닿은 손바닥에서 따뜻한 온기가 느껴졌다.

"그렇게 됐어."

그러고는 해원이 손을 떼는데 세정이 그 손을 다시 부드럽게 끌어 잡으며 속삭였다.

"잘했어."

해원은 세정에게 손을 잡힌 채 잠시 눈을 감았다가 떴다. 순간 해원과의 사이에서 크게만 여겨졌던 지난 세월의 몸십이 눈에 띄게 줄어든 것 같다고 세정은 느꼈다.

해령과 연서

며칠 전 해원으로부터 아동일시보호소에 맡겨진 아이에 대해 들은 후, 티를 내진 않았지만 해령은 줄곧 신경이 쓰였다. 그 아이라면 해령도 알았기 때문이었다. 삼거리에서 마을로 들어오는 초입, 살구나무 옆 하늘색 지붕을 얹은 집이었다. 인적이 드물어 어른도 쉽게 눈에 띄지 않는 곳이었는데 초저녁 버스를 타고 마을로 들어오다 집 앞에서 울고 있는 아이를 보았다. 어린애라고는 없는 마을에 아이가, 그것도 울고 있으니 이상하게 여겨질 수밖에 없었다. 이제는 갓 태어난 아기 울음소리도, 자라나는 아이들도 찾아볼 수 없는, 사는 사람들도 언젠가는 완전히 사라져버릴 때가 올 거라는 얘기를 심심찮게 농담처럼 주고받는, 더 이상 다음 세대란 존재하지 않게 될, 그런 소멸을 그저 버텨내는 사람들만 존재하는 것처럼 느껴지는 곳이 바로 이 마을이었다.

그때 해령은 버스 차창에 이마를 바짝 대고 우두커니 서서 우는 아이의 모습을 놓치지 않으려 했지만, 이미 어둑해진 데다가 버스가 방향마저 틀었기 때문에 차창에서 얼굴을 뗄 수밖에 없었다. 그런데 차창에 비친 자신의 얼굴 때문에 해령은 은연중에 놀랐다. 조금 전 혼자 울고 있던 그 아이의 모습과 몹시도 닮아 보여서였다. 그날 집으로 돌아와 마트에서 사 온 찬거리들을 정리하며 해원에게 쏟아놓았던 말을 해령은 가까스로 기억해냈다.

—언니가 끝내 여기서 살아가겠다면 어쩌면 이 마을을 마지막으로 지키는 사람이 될지도 몰라.

해원이 별다른 반응을 보이지 않았음에도, 해령은 자신이 왜 그런 말을 했는지 곧 후회했다. 마을 초입에서 본 아이에 대해 뭔가 말해보고 싶은 마음이 길을 잘못 냈다는 사실을 뒤늦게 깨달았을 뿐이었다.

"연서라고 했나? 그 이이 잘 있어?"

해원과 저녁밥을 먹다 해령은 떨치지 못한 채 미뤄두고만 있던 그 아이에 대한 얘기를 슬며시 꺼내 묻고 말았다. 해원이 힐긋 흘겨보는 걸 알았지만 되도록 무심해 보이려 애쓰면서.

"응, 생각보다 잘."

그러고서 둘은 말없이 밥을 먹었다. 데면데면하면서도 해원과 해령은 저녁만큼은 함께 먹는 편이었다. 물론 서로가 참을 수 없는 말을 주고받기도 했지만, 그렇다고 따로 식사를 하지는 않았다. 둘이 함께 식사를 한다는 건, 그나마 겨울의 적막을 견디는 나름의 방식이었다. 해가 지면 진한 먹색으로 몇 번이나 덧칠한 것처럼 두터운 어둠이 집 안 구석구석으로 스며들어 서서히 번져갔다. 차가운 고요와 통증처럼 감각되는 추위를 견디기 위해서는 온기가 필요했다. 따뜻한 말을 주고받지 않아도 함께 사는 사람이 있다는 실감이 해령에게는 어쩐지 절실했다. 해령은 때로 해원을 징그러워하면서도 필요로 했으며, 미워하면서도 걱정하는 이중적인 감정에 뒤섞여 일상을 보냈다. 어쩌면 내게도 누군가 필요한 게 아닐까, 그 이유에 대해 해령은 이렇게도 생각해보는 것이었다.

"왜, 그 아이한테 관심 있어?"

얼추 밥그릇을 비운 해원이 물을 마시고는 물었다.

"아니, 그냥."

별거 아니라는 듯 해령은 아이 얘기를 지나치려 했다.

"아빠랑 살았는데 학대를 당한 것 같아. 그런데도 아빠를 기다려."

"학대……당했는데도?"

"아이들은 자기한테 고통을 준 사람이라도 쉽게 용서해. 특히 그게 가족이라면 더."

그다음 해원이 덧붙여 한 말이 불현듯 해령의 가슴을 서늘하게 만들었다.

"우리도 그랬잖아."

일이 잘 풀렸더라면 아빠는 가족에게 좋은 사람이 되었을까, 라고 해령은 종종 스스로에게 묻곤 했다. 그런 면에서 아빠는 지독히도 운이 없는 사람이었다. 업종을 달리하며 그때그때 벌여놓은 일들이 되는 것 하나 없이 잇달아 좌초하면서 아빠는 매번 자신의 실패를 가장 가까이에서 목격하는 이들이 다름 아닌 가족인 양 성가셔했다. 더군다나 아빠는 그 실패의 원인과 책임을 가족에게 묻고 싶어 하는 사람 같았다. 어느 때부턴가 아빠는 마트에서 물건을 사고 돈이나 카드를 내밀 때 손을 떨고는 했다. 잔고에서 조금이라도 돈이 빠져나가는 걸 병적으로 끔찍하게 여기는 듯 보였고, 돈을 쓰는 것 자체에 트라우마를 겪는 사람처럼 굴었다. 돈에 대한 아빠의 집요한 집착은 그대로 가족의 현실이 되었다. 엄마가 생필품을 구매할 때 필요 이상의 돈을 쓴다며 심하게 다그치고 비난하는 건 예삿일이었다. 해원과 해령도 돈의 쓰임새에 대해 자주 추궁을 받았다. 엄마가 따로 건네준 용돈의 사용처까지도.

  돈의 사용에 관한 아빠의 주관적 기준을 가족 중 누구도 충족시키는 이가 없었으므로 다들 빌미가 될 만한 건 최대한 사들이지 않았다. 추궁은 돈의 쓰임새로부터 시작해 생활 전반으로 이어졌다. 아빠는 단순한 일에도 화를 참을 수 없는 사람이어서 그 화가 다 풀릴 때까지, 초저녁에 시작해 심하면 새벽녘까지 엄마와 두 자매의 느슨한 생활 습관을 붙잡고 늘어졌다.

  마치, '나의 실패가 너희들 때문이라고!' 직접 그렇게 얘기하지 못해 오래 돌려 말하는 것 같았다. '응분의 책임을 느끼라니까!' 그렇게. 엄마는 아빠의 비난을 받는 것 자체가 잘못이라는 양, 매번 미안하다고 했지만, 아빠는 거기서 그치지 않았다. 이제야 죄를 시인하냐는 듯 얼굴이 벌겋게 될 정도로 흥분해서 엄마를 더 독하게 몰아붙였다. 그런 행동은 자매에게도 마찬가지여서 엄마는 보다 못해 만류하다 아빠와 몸싸움을 벌이고는 했다. 그때마다 엄마는 아빠에게 일방적으로 몰렸는데, 그런 모습을 볼 때마다 해령은 마음이 무너졌다. 자매가 없는 둘만의 공간에서 얼마나 더 많은 폭력이 벌어질지 해령과 해원은 서로 말한 적이 없어도 충분히 짐작하고도 남았다. 오래 일자리를 찾지 못하는 아빠 대신 엄마가 채소를 길러 집안의 생계를 이어갔지만 변하는 건 없었다. 하지만 엄마는 늘 가족을 생각해야 한다고 했다.

―그런 걸 정이라고 하는 거야.

그렇게 매번 아빠의 불운을 가족이 껴안아야 한다는 듯이 말하곤 했다. 아빠가 갑작스럽게 돌아가시고 나서 해령은 침묵하는 편을 택했다. 이제 세상에 없는 아빠를 향해서도, 남은 엄마와 해원에게도 할 말이 없었다. 늘 화가 난 듯하던 아빠는, 누군가를 미워하는 마음으로만 살다 가족도 모자라 결국 자기 자신까지 미워한 것은 아니었을까, 하고 가끔 속으로만 되뇔 뿐이었다.

해령은 해원이 틀렸다고 생각했다. 자신은 아빠를 용서한 적이 없었으니까.

"한번 가볼 생각 있어?"

해원과 어딘가를 같이 간다는 게 어색하고 낯설었지만,

"이번에 기부 물품 가져다주기로 했는데. 그때 같이 갈래?"

해원이 다시 물었을 때 해령은 잠시 뜸을 들이다가,

"가볼까……."

어물쩍 대답했다. 행여나 해령의 마음이 바뀔까 싶었는지 해원이 얼른 말을 이었다.

"가보자 그럼."

*

 그곳에는 서른 명 남짓한 아이들이 머물고 있었다. 아주 어린 아이부터 중학생까지 다양한 연령대의 아이들이었다. 주로 가족 혹은 친척 어른으로부터의 학대를 피해 아동일시보호소로 온 아이들이라고 했다. 말끄러미 일행을 쳐다보는 아이들의 눈길 속에 어떤 말 못 할 사연과 감정이 담겨 있는지 해령은 차마 가늠할 수 없었다. 보호소 관계자로부터 어제 새벽 학대를 피해 급하게 데려온 아이가 있다는 얘기도 들었다. 아이에 대한 학대는 낮과 밤을 가리지 않아 언제든 피해 아동이 입소 가능한 상태로 운영한다고 했다. 아이들은 아이들이어서 뛰어다니며 장난을 치기도 하고 까르르 웃으며 장난감을 갖고 놀기도 했지만, 어쩐지 아직 쓸어내지 못한 슬픔이 그들의 몸 여기저기에 묻어 있는 것만 같았다.
 정욱과 해원이 센터에서 기부 물품으로 가져온 옷가지와 먹을 것들을 같이 나르면서 해령은 접이식 테이블에 스케치북을 펼치고 그림을 그리는 한 아이에게 눈길을 주었다. 마을 입구에서 봤던 아이였다. 연서라는 이름의 그 아이.
 "지난번 왔을 때와 같은 옷이네." 해령의 시선을 좇던 해원이 중얼거렸다. "보호소에는 항상 입을 옷이 모자라. 오늘 갖고 온 것들이 좀 도움이 되어야 할 텐데."

"연서는 여기 얼마나 있을 수 있는데?"

"3개월. 그 전에 아빠가 돌아와야지."

거기까지 듣고 해령은 연서에게 다가갔다. 반쯤은 호기심이었고, 나머지 반쯤은 어떤 희미한 끌림 때문이었다.

'어디 어디 숨었나'

몸을 굽혀 연서의 스케치북을 들여다보자 한쪽 면에 관목이 잔뜩 그려진 그림 위에 그렇게 쓰여 있었다. 다른 한 면에는 웃자란 풀들이 무성하게 그려져 있었고 그 옆에 '풀밭에도 숨었지'라고 적어놓았다.

"여기 누가 숨었는데?"

그림을 내려다보며 해령이 연서에게 말을 걸었다.

"아빠요."

아득하게 머릿속을 울리는 낱말이었다. 해령에게는 연서의 그 말이 내면 저 깊은 곳에 숨겨놓은 아빠의 존재를 불러일으키는 것 같았다. 연서의 그림 속 어딘가에 세상을 떠난 아빠가 숨어 있는 것만 같아 해령은 눈을 질끈 감았다가 떴다. 그러자 바로 앞에서 양손에 크레파스를 든 채로 뚫어지게 자신을 쳐다보고 있는 연서가 보였다. 순간 겁에 질린 해령의 마음을 다 안다는, 그런 눈빛으로.

경모의 기도

 타오와 그녀의 가족이 찾아온 건 창밖으로 가는 눈송이들이 소용돌이치는 날이었다. 검사 결과를 전해 들은 타오는 당황스러움을 감추지 못하고 경모에게 몇 차례나 양성반응이 맞느냐고 되물었다. 이미 출입국관리소에서 그녀에게 강제퇴거명령을 내린 상태였다. 간신히 마음을 추스르던 타오는 이런 결과까지는 전혀 예상하지 못한 듯 완전히 넋이 나간 표정이었다. 함께 센터를 찾은 그녀의 언니와 한국인 형부에게 이후의 상황을 걱정하다가 타오는 끝내 눈물을 터뜨렸다.
 사건이 일어났을 때 바로 대처하지 못하고 뒤늦게 신고한 점을 타오는 특히 괴로워했다. 타들어가듯 검게 그을린 그녀의 얼굴 위 잔주름 사이에 눈물이 고여 번들거렸다. 가해자를 비난하는 대신 스스로에게 벌을 주려는 사람처럼 타오는 자책을 멈추지 않았다. 퇴거명령을 거부하고 행정심판을 제기하는 대안에 대해 숙고해볼 힘조차 없어 보였다. 소멸해가는 불씨처럼 잔뜩 움츠린 타오는 자신의 상황을 숙명인 듯 받아들일 모양이었다. 그녀는 자신으로 인해 누구에게도(가까스로 고개를 들어 언니와 형부를 바라보며) 피해를 주고 싶지 않다고 했는데, 마치 그 피해의 당사자이기라도 한 듯 타오의 형부는 그녀의 시선을 피해 고개를 수그렸다. 행정심판을 제기한다는 자체가 그녀와 그녀의 가족에게는 현실적으로 큰 장벽처럼 보였을 것이다.

그런데 타오의 퇴거명령을 거부해야 한다고 나선 건 해원이었다.

"억울하지도 않으세요?"

스텔라 수녀가 해원의 한쪽 팔목을 가만히 잡았다. 해원은 다른 쪽 손으로 스텔라 수녀의 팔을 가볍게 밀어냈다.

"저기 우리가, 소송하고 그럴 형편이 아니에요."

내내 듣기만 하던 타오의 한국인 형부가 처음으로 입을 열었다.

"일이 이렇게 됐는데 어쩔 수 있겠습니까?"

그냥 이쯤에서 받아들여야죠. 그렇게 말하고 싶어 하는 것 같았다. 말문이 막힌 해원이 어쩌지 못하다 타오에게로 시선을 돌렸다.

"타오 씨도…… 그런가요?"

퀭한 눈빛의 타오가 해원을 가만히 바라보다 입을 뗐다.

"……네."

"안 돼요, 타오 씨!"

"해원 간사님!" 스텔라 수녀가 해원의 팔을 붙들어 잡아끌었다. "이제 그만하세요."

"수녀님."

"당사자의 동의와 절차라는 게 있는 거예요."

스텔라 수녀가 해원을 향해 매섭게 쏘아붙이고는 타오와 그녀의 형부를 번갈아 쳐다보며 말했다.

"한번 생각해보시라는 겁니다. 시간이 별로 없지만요."

"타오 씨."

그럼에도 굴하지 않고 해원이 나지막이 타오를 불렀다.

"간사님."

스텔라 수녀가 타이르듯 불렀지만, 해원은 타오를 향한 시선을 놓지 않았다.

"평생 자기 자신을 괴롭히며 살 건가요. 죽을 때까지?"

"간사님, 계속 이러실 건가요."

엄숙한 목소리로 스텔라 수녀가 만류해도 해원은 아랑곳하지 않았다.

"안 죽어요! 그 병 죽는 병 아니에요. 다른 사람한테 옮기는 병도 아니에요."

"간사님!"

스텔라 수녀가 더는 안 되겠다는 듯 목소리를 높였지만, 여전히 시선을 타오에게 둔 채 해원이 두 손을 올려 입 가까이 가져갔다. 그러고는 입술을 오므리며 마치 담배에 불을 붙이는 사람처럼 엄지손가락을 까딱거렸다.

"그때, 내 불 살려줬잖아요."

그러면서 양손을 가슴으로 가져와 포갰다. 그녀가 무슨 말을 하는지 아무도 알지 못했으나 타오는 알아듣는 것 같았다. 그때 한순간, 아주 잠시나마 타오의 눈빛에 생기가 일다 사라졌다.

"할 수 있어요, 살릴 수 있다고요. 타오 씨 자신까지도요!"

하지만 그 누구의 공명도 없이 해원의 말은 벽에 부딪혀 공허하게 울리다 사라졌다. 경모는 타오르듯 자신의 에너지를 쏟아내는 해원의 모습을 가만 바라만 볼 뿐이었다. 해원의 시선을 끝내 외면하고 타오가 고개를 떨구었을 때, 해원은 이제 더 이상의 설득은 무리라는 걸 체감한 듯 무기력해 보였다. 타오의 형부가 생각해보겠다는 말을 남기긴 했지만,

그의 소심하고 무심한 태도로 보아 결정이 뒤바뀔 것 같지는 않았다.

그들이 센터를 떠난 뒤 스텔라 수녀는 해원을 점잖게 꾸짖었다.

"여기 우리 중 누구도 타오 씨와 그 가족의 선택을 책임질 수 없어요. 그 누구라도 마찬가지예요. 이걸 항상 명심하셔야 해요, 간사님. 이번엔 간사님이 과한 겁니다. 앞으론 조심하세요."

스텔라 수녀가 대답 없는 해원을 향해 못마땅한 표정으로 "아시겠어요?" 하고 되물었다. 해원이 스텔라 수녀를 향해 허리를 깊이 숙이며 "명심하겠습니다" 하고는 고개를 더 깊이 숙였다.

"우리는 중재자일 뿐이에요. 우리가 누군가의 인생을 구원할 수는 없어요. 아시겠어요?"

스텔라 수녀가 힘주어 말했다. 해원의 눈가에 얼핏 눈물이 어롱거리는 걸 경모는 보았다.

"네, 알겠습니다."

해원이 두 어깨를 움츠리며 머리를 끄덕였다.

스텔라 수녀가 회의실을 나간 다음 경모는 해원에게 뭔가 말을 건네려다 말고 뒤돌아 문 쪽으로 향했다.

"왜 아무 말 없이 가만히 있었어?"

등 뒤에서 들려온 해원의 말이었다.

"사제라서 그런 거니?"

경모는 이제 막 돌아볼 참이었다. 언젠가 비슷한 말을 해원에게서 들은 적이 있었다.

"그래서 다른 사람의 인생에 끼어들지 않으려는 거야…… 그때처럼?"

그때처럼, 이라는 해원의 말이 경모의 마음속 무엇인가를 건드렸다. 경모는 주춤거리며 망설이다, 돌아보지 않고 그대로 문을 열고 나갔다. 회의실을 나서면서 경모는 억누르기 힘든 감정을 느꼈다. 마음의 평온을 깨뜨리는 것을 극도로 경계하는 그에게 밀려오는 어떤 격렬한 감정의 소요를 헤치며 경모는 앞으로 걸어 나갔다. 한 걸음 한 걸음 뗄 때마다 진기 가득한 진흙을 밟는 것처럼 힘겨웠다. 끈질기게 달라붙는 지난 기억이 솜처럼 떨어지지 않아서였다.

그때 성당 밖에서 해원을 만난 후 경모는 한동안 그곳으로 발길을 하지 않았다. 해원에게 뭔가를 들켜버린 듯한 마음이 없지 않은 데다가, 성당 밖 주변에서만 머물며 서성이는 모습이 왠지 부끄럽게 느껴진 탓이었다. 그러다 경모가 성당에 다시 나가게 된 건 엄마의 성화에 못 이겨서였다. 그해 치러야 할 입시를 앞두고 열리는 '수험생을 위한 특별 미사'에 엄마가 어떻게든 경모와 함께 가기를 원했기 때문이었다.

해원이 청소년부 기도회 모임에 나간다는 걸, 경모는 그렇게 어쩌다 엄마와 함께 간 특별 미사를 통해서 알게 되었다. 그날 미사가 다 끝나기 전에 성당 밖으로 나가려 했던 경모의 눈길을 사로잡은 것이 있었다. 수험생을 비롯한 청소년들에게 홍보차 신자석 앞으로 나와 종대로 늘어선 기도회 모임 사람들이었다. 그중 맨 끝에 해원이 있었다. 경모는 앉은 채 몸을 꼿꼿이 세워 기도회 사람들이 홍보하고 노래하는 모습을 반쯤 넋을 놓고 바라보았다. 그날 미사를 마친 다음 성당 입구에서 자신의 팔을 잡아 이끄는 기도회 사람을 경모가 저항 없이 따라간 것은 일련의 수순처럼 자연스러운 일이었다.

하지만 기도회 모임 장소에서 해원을 발견했을 때 막상 경모가 느낀 감정은 난감함이었다. 자신이 해원의 사적인 공간을 침범하고 있는지도 모르겠다는 뒤늦은 자각과 함께 자기도 모르게 자꾸만 드러나는 마음의 형태 때문이었다. 하늘을 향해 우뚝 솟아 어디에 있을지 모를 해원을 찾고 바라보게 되는 긴 나무 혹은 깃발 형태의 마음. 해원을 향해 자꾸만 길어지는, 하지만 닿을 수 없이 수직으로 솟구쳐 오르기만 하는 그 마음의 모양.

"이제 정말 성당 다니기로 한 거야?"

경모를 알아보고는 조금 놀란 표정을 지었던 해원이 다가와 물었다.

"아, 조금 다녀보고 결정하려고."

"잘했어. 집에 갈 때 같이 가면 되겠다."

해원의 그 말 한마디가 소란스럽던 경모의 마음을 잠재웠다. 해원에게 부담스러운 존재가 될까 내심 걱정했던 마음에 안도가 스며들었다. 그때부터 경모는 매주 미사를 마친 후 기도회 모임에 참여했다. 모임을 마치고는 한동네에 사는 해원과 같이 버스를 탔다. 일주일에 한 번, 해원과 함께 집으로 향하는 일이 경모에게는 일상 아닌 일상이 되었다. 버스 차창 밖으로 바람에 수수수 쏠리는 풀들이 누군가의 쓰다듬질 같다는 생각을 자주 했고, 풀빛에 어른거리는 빛의 소용돌이에 온통 마음을 빼앗기기도 했다. 해원과 나란히 버스에 앉아 많은 말들을 하진 않았으나 한 방향으로 창밖을 바라보는 일만은 언제나 같았다. 항상 창가에 앉은 해원의 조용한 시선을 따라 경모가 말없이 바라본 곳에는 일정한 음률이 있었다. 부르르 몸을 떨며 흔들리는 숲속의 가지들 속에서 들리는 소리와 하늘색 하늘 너머로 뒤처지는 구름의 평온함, 높낮이를 달리하며 멀어지는 언덕과 집들이 하나의 리듬을 깃고 조화롭게 어울렸다. 그것들은 모두 하나같이 침묵 속에서 저마다의 생기를 갖고 반짝였다가 마을에 도착할 즈음이면 어느새 잿빛으로 물든 상태가 되고는 했다.

"보고 있으면 세상은 항상 아무 일 없는 것 같아."

여느 때처럼 버스를 타고 집으로 가던 일요일, 창밖에 시선을 둔 채 해원이 한숨처럼 뱉어낸 말이었다.

"서운할 정도로. 집에 갈 때면 꼭 그런 감정이 들어. 나만 왜 이렇지, 그런 생각도 들고."

홍시처럼 익은 자줏빛 노을이 해원의 얼굴 위에 반원을 그렸다.

"네가 어때서. 잘하고 있는데."

경모는 두근거리는 가슴을 진정시키며 말했다. 해원에게 혹시 무슨 일이 있는 건 아닐까 하는 걱정스러움이 마음속에 돋았다. 해원을 생각하면 긴장되는 마음은 아마, 자전거를 함께 타고 해원의 집으로 향하던 바로 그때부터 생긴 것 같았다.

"넌 항상 내 편을 들어주네."

해원이 경모 쪽으로 고개를 돌리며 말했다.

"근데 나, 잘하지 못하는걸."

잘 알면서 그러냐는 듯 해원은 힘없이 웃었다. 그러고는 이내 침울해진 얼굴로 다시 창 쪽으로 시선을 돌렸다.

"질려. 사는 게."

읊조리듯 한 말이었다. 경모는 어떻게든 위로의 구실을 찾았으나 할 말을 찾지 못했다. 해원의 말은 만져지지 않고 볼 수도 없는 그 애만의 숨 같았다. 어쩌면 온전히 이해할 수 없는 해원의 삶, 혹은 시간 같은.

"그래도 살아야지."

경모가 기껏 찾아낸 말이었다. 시답지 않은 충고처럼 느껴질 뿐이어서 경모는 스스로에게 실망했다.

"그런가?"

해원이 읊조리듯 되물었다.

"응."

경모는 비스듬히 고개를 기울이며 마지못해 대답했다.

"그럼, 노력해볼게."

해원의 순순한 대답에 경모가 고개를 들었다. 사는 것이 질린다는 게 경모는 어떤 느낌인지 제대로 알 수 없었다. 어느 정도의 삶이어야 그런 말을 할 수 있는지 잘 알지 못했다. 사는 섯에 너무 부디기 때문일까, 문득 경모는 자신의 생활을 돌아보는 것이었다.

살아야지.

해원이 들릴 듯 말 듯 중얼거렸다. 문득 경모는 해원이 어른처럼 커 보였다. 순간 일으켜진 어떤 두려움이 마음을 술렁이게 했는데, 그건 지금의 격차만큼이나 영원히 해원을 이해할 수 없을지 모른다는 막연한 괴리감으로부터였다.

건민은 청소년부 기도회 모임을 이끄는 장이었다. 키가 크고 안경 너머 장난기 어린 선한 눈매에, 사람을 편안하게 만드는 매력을 가진 사람이었다. 습관적으로 잘 웃고 활기찬 얼굴에 선천적으로 타인을 이끄는 리더십이 있어 사람들 눈에 잘 띄는 편이었다. 조리 있게 말을 하는 데다 상대방의 의향을 세심하게 살펴 그를 좋아하고 칭찬하는 이들이 많았다. 한마디로 함께하는 주위 사람들의 얼굴빛을 환하게 만드는 이였다. 인상이 좋을뿐더러 낯선 사람에게도 먼저 살갑게 다가갈 줄 알아, 그를 따라 기도회에 들어온 이들이 적지 않았다. 처음 기도회에서 낯설어하는 경모를 사람들에게 소개하고 성당 생활에 필요한 이런저런 정보들을 일러준 것도 건민이었다.

"차차 적응이 될 거야. 해원이도 처음엔 그랬거든."

건민이 멀리 의자에 앉아 있는 해원을 가리켰다. 해원에게 시선이 멈춘 건민을 경모는 문득 바라보았다. 제자리로 돌아오지 않는 그의 시선 속에는 해원이 가득했다. 심지에 불이라도 붙은 듯 자연스레 피어나는 건민의 미소와 홍조가 문득 마음에 걸렸고, 좋아하는 감정이 아니면 지을 수 없을 것 같은 그 표정과 눈빛에서 경모는 왠지 모를 불안을 느꼈다. 하지만 건민의 선의를 의심하고 있다는 생각에 퍼뜩 놀란 경모는 곧 시선을 거두었다. 그럼에도 해원을 향한 건민의 애틋한 시선이 왜 그렇게 가슴을 찍어 누르는지 경모는 알 수 없었다.

"어, 미안. 암튼 잘할 거야, 경모는."

다른 곳에 시선이 팔렸던 게 민망하다는 듯 건민이 멋쩍게 웃었다. 경모는 건민을 따라 짐짓 웃음을 짓기는 했지만 바닥을 드러낸 강처럼 입술이 메말랐다. 건민의 입가에 여전히 핀 웃음 속에 해원의 모습이 잔상으로 남아 경모의 마음을 어지럽혔다.

건민에 대해 내심 가졌던 마음속 불안이 현실이 되기까지는 오랜 시간이 걸리지 않았다. 기도회 사람들이 건민과 해원이 사귄다는 걸 화제 삼아 수시로 수군거리는 걸 경모가 목격했기 때문이었다. 해원과 건민 사이의 관계를 판별하고 관람하는 듯한 사람들 속에 묻혀 경모는 아무 말도 하지 못했다. 그때까지도 경모는 둘 사이의 얘기가 그저 그럴싸한 소문에 지나지 않을 거라고 믿었다. 진작에 목격했던, 해원을 향한 건민의 시선은 애써 일시적인 것이라 여기면서. 일요일이면 여전히 해원과 함께 버스를 타고 집에 가면서도 경모는 그와 관련된 얘기를 물은 적이 없었고, 해원도 그런 말을 꺼내지는 않았다. 다만 해원과의 사이에 알 수 없는 벽이

한 칸 생긴 것 같은 낯선 소외의 감정이 들기는 했다. 버스를 타고 집으로 향할 때 해원의 시선을 따라 바라보면 푸르기만 하던 자연의 모습은 어느새 살풍경으로 변해 있었다. 해원은 이전보다 침묵하는 시간이 길어졌고 기분 탓인지 몰라도 경모는, 그게 자신을 불편하게 여겨 그런 것은 아닐까, 지레짐작하기까지 했다.

경모는 언젠가부터 해원과 건민 둘만 있는 광경을 자주 목격했다. 그즈음에는 해원이 경모에게 기다리지 말고 먼저 집으로 가라고 하는 때도 있었다. 그리고 언젠가부터 경모는 버스를 타지 않고 걸어서 집으로 갔고, 그 어느 순간부터는 성당에도 나가지 않게 되었다.

담배를 쥔 경모의 손가락으로 눈송이가 들러붙었다. 건물 옥상에서 눈 내리는 시내를 굽어보던 경모는 하늘을 향해 고개를 들었다. 차갑게 얼굴에 내려앉는 눈의 낯선 감촉을 느끼며 자신이 그 시절과 얼마나 떨어진 건지 헤아려봤다.

그때 해원을 위해 기도하지 않았다면 어땠을까, 하고 경모는 종종 스스로에게 묻곤 했다. 그랬다면 수도원에 입회할 생각도 하지 않았을지에 대해서도. 한 사람을 향해 기도하던 그 순간 자신을 내어주고 신을 받아들이겠다는 결심 역시 하지 않았을까, 반문하며. 하지만 그 기도가 자신의 인생을 결정지었다고는 생각하지 않았다. 그저 자신의 운명을 안내하는 여러 이정표 중 하나였다고 그렇게 생각할 뿐이었다.

성당에 나가지 않은 지 한참 지났을 때였다. 외출에서 돌아온 엄마가 옷걸이에 옷을 걸며 경모를 불렀다.
"너 요즘 기도회 잘 다니니?"
엄마의 물음에 경모는 차마 성당조차 나가지 않는다고 말하지 못했다.
"……응."
"야, 그럼 기도 좀 해줘."
"기도요?"
"그래. 저기 해원이가 있잖니."
"……해원이가 왜?"
짐짓 대수롭지 않은 척 경모가 물었다.
"별일을 다 겪었다지 뭐니. 성당에서 해원이 좋다고 따라다니던 애가 있었는데, 걔가 그렇게 심하게 스토킹을 했다는 거야, 아주 집요하게. 집에를 안 보내고 자꾸 수작을 걸고, 만나주지 않으니까 급기야는 밤낮을 안 가리고 해원이 집 앞에 찾아오더래. 그놈 자식 협박까지 해대면서. 경찰에 신고할 생각까지 했다가 성당 사람이기도 해서 그러진 않았다는데, 그놈 그거, 성당에서 활동도 열심히 하던 모범적인 아이라잖

아. 겉만 반지르르한 애들은 조심해야 한다니까. 얘, 넌 안 그러지? 하긴, 너도 모를 놈이지. 조심해 이놈아."

가슴이 두방망이질하고 호흡이 가빠지는 걸 억누르며 경모는 겨우 입을 떼 물었다.

"그 애가…… 누군데?"

"누구, 스토킹했다는 녀석 말이니? 레지오 단장님 아들이라 하던데, 이름이 그…… 남건민이라던가. 그 일로 해원이 엄마가 속이 상해서는 휴……. 해원이, 그 착한 애한테. 그러니까 기도해줘야지. 우리가 해줄 게 기도 말고 뭐가 있겠니. 어떻게 그런 일이 쯧쯧……."

엄마가 혀를 차며 인상을 찌푸렸다. 그 순간 가슴으로 먹색의 액체 같은 것이 밀물처럼 스며드는 걸 경모는 느꼈다. 어둡고 침울했던 해원의 표정과 먼저 가라며 손을 흔들 때 비치던 작은 망설임과 주저, 그런 해원을 마음에서 밀어내며 미움을 갖던 일, 그 모든 것들이 뒤섞인 채 검게 녹아내려 가슴으로 밀려들었다.

기도해.

마음속에서 자라난 그 말을 경모는 되뇌었다. 어떤 부름 같은 목소리였다고 경모는 기억한다. 오로지 해원을 향한 기도가, 어느 순간 어떤 부름처럼 여겨졌다. 한 사람의 행복과 불행에 대해 생각하자, 그것은 경모 자신의 것이 되기도 했다. 기도로써 자신을 내어주고 생긴 빈자리에 들어선 신의 존재를 경모는 그때 희미하게 느꼈다.

옥상에서 흠뻑 눈을 맞고 난 뒤 경모는 계단을 내려가기 시작했다. 머리에서 녹은 눈이 흘러 귓가와 목 언저리에 차가운 감촉을 남겼다. 타오의 일을 다루던 중, '타인의 일방적인 폭력으로 인해 발생한 결과에 대한 책임을 피해자에게 묻는 건, 그건 아니잖아요' 외치던 해원이 왜 예전의 모습과 겹쳐 떠오르는지 경모는 여전히 알 수 없었다.
그해 여름의 끝, 경모가 다시 성당을 찾았을 때, 그곳에 해원의 흔적이라고는 없었다.

세정이 해원에게

 세정은 부은 눈으로 출근해야 했다. 간밤에 정욱과 말다툼을 벌이는 동안 내내 울었기 때문이었다. 하루를 시작하며 써야 할 에너지를 이미 소진해버린 것처럼 세정은 탈진에 가까운 상태였다. 한 가지 문제에 집착하면 쉬이 놓지 못하는 정욱의 고집스러운 성격도 둘 간의 말다툼이 오래 늘어지게 하는 요인이었다. 금방이라도 바이러스에 감염될 수 있을 것 같은 허한 몸을 끌고 세정은 유니폼으로 옷을 갈아입었다. 산다는 건 그저 버티는 일이 아닐까, 그런 생각이 들 정도로 우울한 마음이 가시지 않았다.
 간밤 정욱은 군청 일을 그만두고 농사를 짓고 싶다고 했다. 운이 좋아 계약직으로 계속 근무한다고 해도, 결국 수년 내 계약이 종료되고 말 거라며 불안해했다. 세정은 사는 대로 살면 된다고, 닥치지 않은 미래를 걱정한 나머지 미리 생계를 포기하는 게 말이 되느냐고 반박했다. 그때 일은 그때 가서 생각하면 되지 않냐며 안 그래도 힘든 상황을 더 악화시키지는 말자고 정욱에게 호소했다. 그러자 정욱은 오히려 발끈하며 바로 그런 것들에 넌덜머리가 난다고 했다. 언제나 타인에 의해 계약되는, 해지되는, 결정되는 인생을 더 이상 살고 싶지 않다고 했다. 이미 그런 삶은 넘치도록 경험하지 않았냐며. 정욱은 체력이 될 때 농사일을 시작하지 않으면 언제 다시 시도할 수 있을지, 아예 그런 기회 자체가 없을지도 모른다며 완강하게 버텼다. 세정은 문득 정욱이 진작에 이런 마음으로 내려오자고 한 것은 아니었을까 생각하며 배신감을 느꼈다. 그래서, 그저 타인에 의해 운명 지어진 삶을 빈칸 채우듯 살고 싶지 않다는 정욱의 바람이, 좌초되지 않기 위해 언제나 안간힘을 써야 하는 상황에서 벗어나고 싶다는 정욱의 울분이 이기적으로밖에 보이지 않는 것이었다. 이제 막 눈가에 피기 시작한 눈물 때문에 희끗하게 번져 보이는 정욱을 향해 세정이 입을 열었다.

"남들도 다 그렇게 살아."

설득 조로 몸서리치듯 한 그 말을 정욱은 지겨워했고, 그

건 세정도 마찬가지였다. 남들처럼 못 살아서 이 지경이었다.

"너도 네 일만 챙기잖아. 하고 싶은 대로."

다시 원점이었다. 세정의 일이 문제의 시작이라는 식의 회귀. 끝나지 않는 반복.

"그게 어떻게 내 일만 챙기는 거야."

세정이 맞받아쳤다.

"그럼, 아냐? 나도 내가 생각하는 대로 살고 싶어!"

"너무 철없고 이기적이라고 생각하지 않아?"

"네가 더 이기적이지!"

정욱이 또다시 발끈했다.

"네가 내 말을 조금만 들어줬어도, 내조에 신경만 써줬어도 내가 이렇게까지 소외감을 느끼진 않지."

"그놈의 소외감, 소외감, 소외감! 어린애야?"

"으이그!"

정욱이 성질을 이기지 못하고 식탁을 내리쳤다.

결국에는 늘 도돌이표처럼 반복되는 싸움이었다. 해결되지 않는 지난한 문제들을 물고 늘어지며 서로를 베는 잔인한 시간.

"이러려고 여기 내려왔냐고."

천장을 바라보며 씩씩대던 정욱이 한결 목소리를 누그러뜨린 채 말했다.

"그렇게 하자고 한 건 너야. 난 오기 싫었어."

"이럴 거야?"

"네가 자리 잡지 못한 게 내 탓은 아니잖아."

세정은 냉정하리만치 차갑게 말했다. 정욱은 가흘면에 내려오기 전까지 여러 회사를 전전했다. 그렇다고 그게 전적으로 그의 잘못만은 아니었다. 임금이 체불되거나 회사가 매각되면서 구조조정을 겪는 등 따지고 보면 모두 불운이었다고 할 정도로 한결같이 일이 풀리지 않았다. 정욱은 언제나 고용에 대한 불확신에서 벗어나지 못했다. 좌절과 불안이 트라우마처럼 겹겹이 쌓인 정욱을 이해하면서도, 자기 안에 움트는 그에 대한 불신을 세정은 완전히 접을 수 없었다.

세정이 정욱과의 불화에도 불구하고 리조트 일을 그만둘 수 없는 이유에는, 정욱에 대한 불신과 더불어 생계에 대한 불안이 함께 숨어 있었다. 둘 간의 싸움은 언제나 현실의 문제들이 내면의 감정을 대리해 치르는 전쟁이었다. 잦은 다툼으로 이제는 감정적으로 메말라 두 사람의 결혼이 사랑으로 가능했던 것임을 세정은 자주 잊었다. 현실은 지난 시간의 기억조차 뒤틀리게 했다. 외지에서 자리 잡지 못하고 가흘면으로 내려온 건 어떻게 보면 정욱의 상처이기도 한데, 세정은 그가 그 부분을 아프게 여기는 걸 알면서도 또다시 상처를 헤집게 되는 것이었다. 지금껏 그렇게 많은 다툼 끝에 세정이 한 가지 알게 된 것이 있다면, 각자 지금까지 서로의 고름까지 터뜨리지 않고서는 못 견디도록 싸워왔다는 사실이었다.

퇴근 후 카페에서 만난 해원은 지난번 봤을 때보다 다소 여유가 느껴지는 모습이었다. 노르스름한 알전구들이 정원을 아기자기하게 둘러싼 작은 카페였다. 정원의 불빛들을 말끄러미 바라보는 해원의 모습이 그날따라 홀가분해 보였다.
"해원아 나 있잖아."
목에 걸린 것을 툭 내뱉듯이 세정이 말했다.
"응, 얘기해. 세정아."
해원은 세정을 지긋이 바라보며 말한 뒤 조각 케이크를 두른 비닐을 걷어냈다.
"가끔 혼자 내려와 사는 네가 부러울 때가 있다."
그 말을 하고 나자 세정은 난데없이 공허해져 해원이 티스푼으로 케이크를 갈라내는 것을 맥없이 쳐다봤다.
"그럴 게 뭐가 있어."
담담한 표정으로 해원이 세정을 올려다봤다.
"나 요즘, 정욱이랑 너무 힘들거든."
그 말이 아무렇지 않게 입 밖으로 튀어나와 세정은 놀랐다. 목 끝까지 차올라 넘실거렸던 것처럼 너무 쉽게.

"여전히⋯⋯ 그래?"

해원의 물음에 세정은 고개를 끄덕였다.

"이러려고 가흘면에 내려온 거냐며 나한테 성질까지 부리면서. 오자고 한 건 자기면서. 나쁜 놈."

세정은 창밖으로 눈을 흘기고는 말을 이었다.

"구청 일 그만두고 농사짓고 싶대."

"그래? 센터에서 그런 내색은 없었는데⋯⋯. 아니, 농사지을 땅은 있고?"

"손바닥만 해. 돌아가신 시부모님이 남겨주신 거. 거기다 알바로 마을 사람들 일도 도우면서 하겠다는 거 있지."

세정이 쓴웃음을 지었다.

"정말 그렇게 하겠다는 거야, 정욱이?"

"미쳤지 않아? 내 생각은 눈곱만큼도 안 해."

생각해보니 그런 비슷한 말을 아주 오래전에도 해원에게 한 것 같았다. 미쳤지 않아? 정욱이가 나랑 결혼하겠다는데? 생각지도 않게 떠오르는 그런 시절이 있었다. 이제는 다른 의미로 발화되는 그 말의 어감이 세정은 조금 씁쓸하게 느껴졌다.

"정욱이 이혼하자고 하더라."

"뭐?"

"진심인지 아닌지 모르겠어. 홧김에 그러는지⋯⋯ 계속 그래, 요즘."

정욱과 아무렇지 않게 상처를 주고받는 요즘이었다.

"심각해?"

"응."

해원의 물음에 세정은 고개를 끄덕였다.

"정욱이 말처럼 이혼······하는 게 맞는 걸까?"

그리고 세정은 망연히 창밖으로 시선을 던졌다. 답을 찾을 수 있는 문제인지, 자신의 마음이 어떤지, 아무것도 가늠할 수 없었다.

"세정이 넌, 어떻게 생각하는데?"

"아는 사람들한테 슬쩍 얘기를 비쳤더니 다들 그럴 게 뭐가 있냐고 그러던데. 심각한 유책 사유가 있는 것도 아니고. 그냥 살라고."

"사람들은 자기가 당면한 고통스러운 문제를 타인에게 투사하는 경향이 있어. 육아에 지친 사람이 역설적으로 왜 아이를 낳지 않냐며 타인에게 충고하기도 하고, 결혼 생활에 진저리를 치던 이가 미혼의 사람에게 언제 결혼하냐며 괜히 속을 볶기도 하잖아. 이미 지옥 같은 결혼 생활을 겪고 있는 사람들도 타인에게는 참고 살라고 해, 흔히. 그러니 남의 말은 너무 신경 쓸 필요 없어."

둘 사이에 잠시 침묵이 흐른 다음, 해원이 말을 이었다.

"그런데 내가 느끼기에 세정이 넌, 그 문제에 대해서만큼은 아직 확신이 없어 보여."

해원의 말도 틀린 건 아니었다. 저도 모르게 침울해진 세정이 비스듬히 고개를 숙였다.

"정욱이 습관적으로 그러는 거 있잖아. 그 말이 누군가에게는 지옥이 된다는 걸, 그도 알아야 하잖아. 평생 그러고 살 거야? 그런 상태를 수용하면서?"

세정은 조용히 해원의 말을 듣기만 했다.

"너무 다 수용하지는 마. 앞으로는 무슨 일이 있어도 있잖아, 그런 대우를 허락하면 안 돼."

연이은 해원의 말이 세정의 가슴을 파고들었고 그 안의 무엇인가를 건드리는 느낌이었다.

"네 자신이 제일 중요한 사람이잖아…… 너에겐."

그 말까지 듣고 나자 세정의 눈에 눈물이 어리더니 묽게 퍼졌다.

"옳은 선택이란 없어, 세정아. 그냥 네 선택이 옳은 거야."

어룽거리는 눈물 사이로 시야가 뿌옇게 보이고 숨이 가빠오는 걸 감추려 세정은 폴라티를 입까지 끌어올렸다. 해원도 세정도 더 이상 말없이 한동안 침묵했다. 세정은 그만하면 됐다는 생각이었다. 이 문제에 대해 더는 피하지 않기로 결심하며.

"그런데 얼마 전에 정욱이가 차 안에서 눈물을 조금 비치더라고."

"정욱이가?"

뜻밖의 말에 세정이 고개를 들어 물었다.

"응. 아는 체는 안 했는데, 곁에서 보니 조금 울고 있었어."

"뭐가 힘들어서 그런 건 아니고?"

"말은 안 하는데 아이 보고 그런 것 같아."

"아이?"

"삼거리 근처 집에서 혼자 살던 아이가 발견됐거든. 아빠는 실종 상태고. 그 애는 지금 아동일시보호소에 있는데 몇 번 만나러 갔었어. 그러다 최근 다녀오는 길에."

한 번 유산했던 경험이 세정과 정욱에게 있었다. 하지만 그때 정욱은 그저 담담하기만 했는데 어째서 아이를 보고 그랬을까. 그러다 문득 이해할 것 같은 기분이 들기도 했다. 세정 역시도 자주 일터에서 아무도 없는 곳으로 가 눈물짓곤 하기에.

"해원아."

"그래, 세정아."

"우리가 그런가 봐, 실은. 서로에게 사납게 굴다가 돌아서면 빈 껍데기가 돼 있는 것 같아. 매일 그렇게 빈 껍데기인 채로 싸우다가 점점 낡아가는 것 같아."

타듯 말라 들어가는 입술을 세정이 혀로 축인 뒤 말했다.

"세정아, 나 뭐 하나 부탁해도 돼?"

불쑥 해원이 부탁 조로 물었다.

"응, 그럼."

"정욱이 손 기술이 참 좋잖아. 지금 사는 예쁜 집도 직접 리모델링했고."

"그렇지. 근데 왜?"

"우리 집 지붕 좀 고쳐줄 수 있을까 해서. 물이 새고 있거든."

갑작스럽고 의아한 부탁이었지만 세정은 어려울 거 하나 없다며 그리겠다고 했다.

집으로 돌아오는 길, 세정은 옛일을 하나 떠올렸다. 그때는 정욱과 사귀기 전이었는데 작은 협탁을 만들어 온 일이 있었다. 화장대로 삼을 만한 테이블이 집에 없다는 말을 귀담아듣고 정욱이 만들어 온 것이었다.

걔가 너 좋아하나 봐.

해원이 세정에게 했던 말이었다. 그렇게 시작된 연애였다. 아직 고등학생에 불과했던 그때의 만남으로 그 아이와 결혼까지 하게 될 줄 세정은 알지 못했다.

세정은 집 앞에 섰다.

바로 정욱이 개조한 집 앞에. 정욱이 잘하는 건 그래, 하나 있었다. 해원이 말대로 섬세한 손 기술이 그랬다. 상대의 말을 놓치지 않고 챙겨 들은 다음 뭐든 만들어내는 사람. 아내와 살 집을 자기 손으로 새롭게 고친 사람. 자기 집 하나는 책임질 줄 아는 사람. 그건 믿을 만했다. 전부 아니라고 생각했는데 그러고 보니 나은 게 있었다. 오래 미워하고 부정했던 버릇 탓에 정욱이 뭘 해도 마음에 들지 않았다. 사사건건 반대만 하는 사람이라고 생각했다. 뭐든지 자기 취향대로 고집하는 사람인 건 맞지만, 나은 게 한 가지 정도는 있었고, 혹시 그런 점 때문에 결혼까지 하게 된 것은 아닐까, 싶었다.

그러나 해원의 말대로 앞으로 허락하지 않아야 할 것도, 분명 있었다. 무엇이든 만들어내는 타고난 손을 가졌지만, 그의 입은 거칠었고, 가끔은 손이 아니라 언어로 세정의 목을 쥐고 흔드는 듯했다. 세정은 이제 그렇게 하도록 두지 않을 참이었다. 습관처럼 이혼 얘기를 꺼내는 사람과는, 그가 얼마나 손 기술이 좋든 함께 살 수 없을 것 같았다. 더 이상, 그렇게는.

해원의 일들

 뜻밖에도 타오와 그녀의 한국인 형부가 다시 센터를 찾은 건, 며칠째 계속되던 폭설이 잦아든 오후였다. 선뜻 사무실로 들어오지 못하고 출입구 쪽에서 서성이는 타오와 그녀의 형부를 발견한 경모가 문을 열고 나가 그들을 안으로 안내했다. 스텔라 수녀가 반색하며 달려 나가 그들을 맞았다. 타오의 시선이 사무실 구석구석을 헤매다가 해원에게 와서 멈췄다. 자신을 향한 타오의 눈빛을 마주한 해원은 어쩐지 안도감을 느꼈다.
 회의실에 들어와 앉은 타오 형부의 얼굴에는 곤혹스러움과 조급함이 함께 서려 있었다.

"저희가 타오 강제퇴거명령에 대한 행정심판을 제기하고 싶어서요……. 혹시 기한이 얼마나…….."

"사흘 정도 남았어요."

해원이 지체 없이 대답하자 굳어 있던 타오 형부의 얼굴이 조금 펴졌다.

"그럼, 가능한 거죠?"

"최대한 서둘러야죠. 그런데, 갑자기 이렇게 마음을 바꾸신 이유가 뭐예요?"

스텔라 수녀가 조금은 웃음을 머금은 채, 하지만 의구심을 완전히 떨쳐내지 못한 표정으로 물었다.

"우선 타오가 여기 남겠다는 의지가 크고 말입니다."

타오의 형부가 옆에 앉은 타오를 돌아봤다. 형부와 눈이 마주친 타오의 얼굴은 지난번보다 확연히 나아진 기색이었다.

"여기서 결과 듣고 간 이후로 타오가 마음고생을 많이 한 모양입니다. 자기도 억울한 면이 없지 않았을 테고. 어쨌든 피해자니까……. 언니도 속상해하고요."

"생각 잘하셨어요. 타오 씨도 그렇고요."

스텔라 수녀가 뿌듯한 표정을 지으며 말하자, 타오가 고개를 꾸벅 숙이며 "감사합니다" 하고 작은 목소리로 대답했다.

"게다가 또…… 타오가 그 사건 전후로 공장에서 받지 못하고 체불된 임금이 한 2천5백?"

형부가 액수를 확인하듯 묻자, 타오가 고개를 끄덕였다.

"출국해버리면 그 돈도 못 받는다 하더라고요. 아무리 그래도 타오가 얼마나 열심히 일해서 번 건데요. 그냥 쫓겨나면 타오에게 아무것도 남는 게 없잖습니까. 이 나라에서 타오가 건질 수 있는 거라고는 그것뿐인데요. 그래서 우리가 그것만이라도 어떻게든 타오 손에 쥐여주어야겠다 생각했죠."

어째서 타오의 형부가 그토록 수동적인 모습에서 이렇게 적극적으로 돌아설 수 있는지 해원은 좀처럼 짐작이 가지 않았지만, 타오가 쫓기듯 떠나가지 않아도 되는 것만큼은 다행이라고 생각했다.

"네, 그렇게 결정하셨다니 다행입니다. 타오 씨에게는 좋은 일이죠. 저희가 절차라든가 이걸 빨리 밟아야 하는데, 우선 가족지원센터로 안내해드릴게요. 혹시 임금 체불 문제는 해결하고 계신가요?"

타오의 형부는 대답 대신 타오를 쳐다봤다. 형부를 마주 보며 타오는 고개를 저었다. 타오 형부의 옆모습이 석회처럼 굳어 보였다. 오래된 얼굴 주름, 풀이 죽어 아무렇게나 헝클어지고 허옇게 센머리, 유행이 지난 체크무늬 셔츠와 방한복, 흙 자국이 굵은 붓처럼 한 획으로 칠해진 신발에 삶의 노곤함이 그대로 담겨 있는 것 같았다.

"그 문제도 법률구조공단을 통해서 해결할 수 있도록 도와드릴게요. 어쨌든 결정 잘하셨어요."

스텔라 수녀가 다가가 타오의 어깨를 감싸안았다. 그러자 타오의 입가에 오랜만에 웃음이 감돌았다. 자리에서 일어난 타오의 형부가 스텔라 수녀와 이야기를 주고받는 동안 해원은 타오와 함께 회의실 밖으로 걸어 나갔다.

"생각 잘했어요, 타오 씨."

"뭘, 요……."

"근데, 어떻게 가족을 설득했어요? 언니와 형부를……."

"체불 임금 받으면 다 주기로 했어요."

"다요?"

"다 받지 못해도요. 일부라도 받는 돈은 모두 줄 거예요."

타오가 해원을 바라보며 해맑게 웃었다. 형부가 결정을 번복한 이유 중에는 타오가 겪은 불행의 대가가 있었다는 사실을 해원은 그제야 알게 되었다. 하지만 무슨 걱정이냐는 듯 무해하게 웃는 타오의 모습이 해원의 가슴을 저리게 했다. 자신이 남을 수 있는 이유마저도 남은 불행에서 찾아야 했으면서, 타오는 어떤 것에도 미련이 없는 사람처럼 홀가분한 표정이었다.

"저 일자리가 필요해요. 혹시…… 그런 게 있다면 주세요."

뭔가를 부탁하는 타오는 처음이었고, 전과 다르게 무척이

나 야무진 표정이었다. 모든 걸 비워냈기에 채울 수 있는 걸까. 좀처럼 찾을 수 없던 삶의 의욕도 일으킬 수 있던 걸까. 그렇다면 그 안에서 희망도 자라날 수 있는 걸까. 그런 생각을 하며 해원은 타오의 등을 가볍게 쓰다듬었다.

"알아볼게요. 조금만 기다려줘요."

타오의 등에서 손을 떼어내며 해원이 말했다. 뒤쪽에서 스텔라 수녀와 타오의 형부가 함께 걸어 나오고 있었다. 해원도 더는 앞으로 나아가지 않고 걸음을 멈춘 채 일행을 기다렸다. 그런데 타오가 할 말이 남은 듯 해원을 빤히 쳐다보았다.

"다, 해원 씨, 덕분이에요."

삽삭스러운 타오의 밀 때문에 해원은 얼굴을 붉혔다.

"아니에요, 그런 말은……."

"그때 내 불 살려줬잖아요."

타오가 가슴에 양손을 가져가 포갰다. 며칠 전 해원이 보였던 행동 그대로.

"……."

해원은 무슨 말인가 하려다 못하고 그저 타오를 한번 안아볼 뿐이었다. 막 쏟아지는 눈 속에서 타오가 자신의 손을 잡아주던 때처럼 따뜻하고 넉넉한 품이었다.

*

경모가 센터에 모습을 드러낸 건 점심시간이 훨씬 지나서였다. 타오와 관련된 일은 형식상 경모가 주도적으로 이끌어야 했지만, 그는 오전 내내 보이지 않았다. 요즘 들어 경모는 늦게 출근하거나 이르게 퇴근하는 일이 잦았다.

"조금 늦으셨네요, 신부님."

해원은 스텔라 수녀 앞에서는 경모에게 깍듯하게 경어를 썼다. 그때 스텔라 수녀가 해원의 손을 가만히 잡으며 눈짓을 했다. 괜한 말 말라는 듯이.

"점심 안 드셨죠, 안셀모 신부님."

"아, 그보다 타오 일은 잘 진행되었습니까, 수녀님."

"그럼요. 이미 가족지원센터에서 진행을 도와주고 있어요. 신부님은 일단 점심 드세요, 통 끼니도 못 챙기시는 거 같은데. 자, 이거."

스텔라 수녀가 검은 봉지에 든 김밥 두 줄을 경모에게 내밀었다. 산책을 하다 스텔라 수녀가 시장통에서 산 김밥이었다. 해원은 스텔라 수녀 자신이 먹으려고 그 김밥을 산 줄만 알았다.

"요즘 날씨가 좀 추워야 말이죠. 따뜻하게 나려면 뭐라도 먹고 열량을 좀 챙기셔야 해요."

"고맙습니다, 수녀님."

스텔라 수녀가 건네는 검은 봉지를 쑥스럽게 받아 든 경모가 꾸벅 고개를 숙인 뒤 지나쳐 갔다.

"해원 간사님."

둘만 남자 스텔라 수녀가 나지막이 해원을 불렀다.

"안셀모 신부님 어머니가 병환 중이신 건 알지요?"

"네, 그것 때문에 돌아오신 거라고."

"맞아요. 뇌졸중으로 쓰러지셨는데 거동을 전혀 할 수가 없어요. 그래서 어머님도 돌봐드릴 겸 안식년 삼아 돌아왔는데 전혀 호전이 없다네요. 게다가 집이 가흘면 한적한 곳에 있잖아요. 누가 늘어가기라도 할까 봐 밖에서 대문을 걸어놓고 다닌다고 하고요. 이제 수도원으로 돌아갈 날이 한 달 정도밖에 남지 않았는데 어간 걱정이 아니겠어요."

"한…… 달이요?"

조금 놀란 기색을 채 숨기지 못하고 해원이 물었다.

"그래요. 그래서 좀 늦는가 봐요. 우리가 이해를 해줍시다, 당분간은."

말이 없는 해원을 향해 스텔라 수녀가 얼굴을 들이밀며 "알겠죠?" 하고 미소를 지었다. 해원은 그제야 정신이 든 사람처럼 얼굴을 붉히며 고개를 끄덕였다.

"네, 수녀님. 잘 알겠습니다."

그래요, 하며 해원의 어깨를 손으로 감싼 뒤 스텔라 수녀는 자신의 집무실로 들어갔다. 해원은 그 집무실을 지나 어느새 어둡고 고요한 공간을 걷고 있었다. 거실에서 이어지는 짧고 비좁은 복도를 지나 곧 짙은 어둠 한가운데로 사라지던, 경모 어머니의 모습이 어른거리는 경모의 집이었다. 잊고 지냈던 그 공간의 기억이 걸을 때마다 발아래 감촉으로 촘촘히 느껴졌다.

그때를 스페인 수도회에 입회한 경모가 처음 한국에 돌아와 만났던 순간으로 해원은 기억했다. 기도회에 다니면서 알게 된 세정과 정욱의 연락을 받고, 망설임 끝에 나간 자리였다. 그때까지만 해도 해원은 한 번도 경모와 따로 연락을 나눈 적이 없었다. 그날 오랜만에 만난 경모는 웬일인지 모든 걸 사나운 마음으로 끊어내고 싶어 했다.
"엄마를 끊어내야겠어."
갑작스레 그렇게 말하던 경모의 모습을 해원은 선명히 기억하고 있었다. 경모가 발밑으로 떨어져 버스럭거리는 이파리들을 비비적댔다. 다들 가볍게 외투를 걸친 상태였지만, 경모는 때 지난 반팔 티셔츠를 입고 있었다. 그는 안정되기보다 심한 흔들림을 겪는 사람처럼 위태로워 보였고, 그런 그의 말들은 한결같이 쓸쓸하고 서늘했다.

아무도 경모에게 그 말이 무슨 뜻이냐고 묻지 않았다. 누가 묻기 전에 이제는 더 이상 한국에 오지 말아야 할 것 같다고 경모가 덧붙였기 때문이었다. 지구 반대편의 수도원에서 모든 관계를 단절한 채 신을 추종하며 살아가는 길이 쉽지만은 않아 보였다. 이곳에 남겨둔 것들이 그를 고통스럽게 하는지, 경모는 그 모든 것들과 자신을 단절시키고 싶어 했다.

경모는 말이 나온 김에 집에 있는 책과 물건들을 모두 정리해야겠다며 함께 가달라고 했다. 버리려는 물건 중에서 필요하거나 마음에 드는 게 있으면 가져도 좋다고 했다. 하지만 경모가 어머니를 두고 꺼낸 의미심장한 얘기 때문에 누구도 선뜻 발걸음을 떼지 못했는데, 그는 이미 멀찌감치 앞서 가고 있었다.

"이 책들 모두 정리해야겠어. 책장도."

자신의 방 책장과 그 안의 책들을 훑으며 경모가 말했다. 방 안 깊숙이 햇빛이 꽂혔다가 지나간 자리의 책들이 유난히 바래 있었다. 경모가 책을 들출 때마다 책장들이 뻣뻣한 채로 퍼석거렸다. 조금 후에 경모의 어머니가 과일을 내어놓고 나갔다. 하지만 방 근처를 떠나지 못하고 서성거리는 경모 어머니의 치맛자락이 문틈에 이따금씩 아른거렸다. 경모가 버리려고 정리한 물건 중에서 정욱은 미러리스 카메라와 나이키 운동화를 마음에 들어 했고, 세정은 소형 빔프로젝터와

구형 아이패드를 받아 들었다. 그렇다고 그들이 마다하지 않은 건 아니었다.

"받지 않으면 버릴 거야, 지금. 모두."

몇 번이나 경모가 단호히 말하는 바람에 거절하지 못하고 받아 든 것이었다.

"해원이에게는 뭘 주면 좋을까."

경모가 중얼거리더니, "이게 좋겠어" 하며 책장 한쪽에 놓인 오래된 레밍턴 타자기를 번쩍 들어 해원 앞에 가져다 놓았다.

"……이걸?"

경모는 손으로 타자기 위의 먼지를 쓸어내더니 빈 종이 박스 안에 넣었다.

"너 글 쓰는 거 좋아하잖아."

누군가에게 계속 화를 내는 것만 같던 경모였는데, 해원에게 그 말을 할 때만큼은 온화하고 나지막한 목소리였다. 그때 아까부터 방 앞에서 서성이던 경모의 어머니가 안으로 들어왔다.

"지금은 그냥 놓아두지 그래, 경모야. 꼭 지금 치워야 하는 것도 아닌데 왜 자꾸 갑자기 정리를 하려고 하니. 왜 아예 오지 않을 사람처럼 굴어."

경모의 어머니가 아들의 행동을 차마 말리지는 못하고 가

숨을 졸이듯 말했다. 나지막하게, 타이르듯 한 말이었는데 그 모습이 마치 기도하듯 간절해 보였다.

"엄마, 저 이제 자주 못 와요. 아니, 다시 못 옵니다. 이거 모두 다 정리해야 해요. 그래야 저도, 엄마도 편하게 살 수 있으니까요."

경모가 냉정하리만큼 또박또박 말했다. 해원은 모자의 대화를 한 공간에서 듣고 있는 것이 그저 곤혹스러웠다. 순간 경모의 어머니가 양손으로 눈가를 가볍게 두드렸다. 그게 눈물을 참으려는 행동인 줄은 어머니가 손바닥으로 얼굴을 반쯤 가릴 때야 알았다. 어머니가 말없이 돌아서 방을 나가자 정욱이 경모에게 다가갔다.

"경모야, 어머니에게 너무 심······."

"모르면 아무 밀 마."

정욱을 돌아보지도 않고 경모가 차갑게 대꾸했는데 속으로 삼킨 울음이 목을 긁는 소리였다. 경모의 집을 나설 때 그가 억지로 떠안긴 물건을 가지고 나온 사람은 아무도 없었고, 경모는 그걸 서운해했다.

"떠나기 전에 다 정리할 거야."

경모가 중얼거리는 그 말이 이제는 다짐으로 들리기보다는 자책처럼 느껴졌고, 언뜻언뜻 울먹임 같은 작은 떨림이 목소리 사이로 새어 나왔다. 해원은 신의 길을 따른다는 건 마음의 빈틈이 없는 일인 줄만 알았다. 그렇지 않고서는 할 수 없는 일이라 여겼기 때문이었다. 그렇게 해서 완전함에 이르는 것이라 생각했다. 하지만 자신이 바라보는 경모의 뒷모습은 균열하는 하나의 세계처럼 느껴졌다. 그때 해원은 경모가 몹시도 뭔가를 두려워하는 사람처럼 애처로워 보였다.

잠자리에 누워 그때의 일을 떠올리다 휴대폰 문자 알림을 듣고 해원은 몸을 일으켰다.
세정의 메시지였다.
―나, 이혼할 거야.

세정과 정욱

 세정은 지난밤 거의 잠을 이루지 못한 채 이불을 걷어냈다. 긴밤에 서로를 가르느라 사용된 날카로운 언어들이 차고 눅진한 공기 중에 눌어붙어 있는 듯했다. 의미 없는 다툼이 너무나 쉽고 빈번하게 일어나는 날들이었다. 잠을 설친 끝에 몸을 일으키면 육체는 이미 기운을 다 소진해버려 흐물거리고 정신은 몽롱했다. 그래도 별수 없었다. 몸을 추슬러 일터로 향하는 수밖에는. 그건 정욱도 마찬가지일 터였다. 간밤의 싸움으로 마음에 새겨진 상흔과 자신이 짓이긴 상대방의 상처를 번갈아 떠올리거나 혹은, 되도록 생각하지 않으려 애를 쓸 것이다. 직장에서는 성실하고 온전한 사람으로 동료들을 대하며 일을 할 것이다. 세정 자신도 그러하므로.

그러나 지난밤의 불행은 아침에 먹은 콘플레이크 속에, 거울 속 부쩍 늘어 보이는 얼굴의 기미 속에, 출근하자마자 만난 상사의 뾰족한 눈 속에, 들고 다니는 가방 안에 빈틈없이 섞여 있었다. 마치 바위를 뒤덮은 무성한 초록의 이끼처럼. 불행은 이끼와 같아서 한번 생기면, 그 일대를 모두 포식하지 않고서는 성에 차지 않아 하는 듯했다. 일터에서 평정심을 유지하기 위해 순간순간 감정을 억누르는 일, 간밤의 일을 떠올리지 않고 괄호로 닫아두는 일, 세정은 매일 그런 것들을 연습했다. 하지만 퇴근 후 집으로 돌아가 정욱과 마주하다 보면 괄호는 어쩔 수 없이 열리고, 세정은 보호받지 못한다는 기분이 들었다. 불행은 어제보다 더 넓게 퍼진 형태로 세정의 마음을 점유했다. 정욱은 언제나 행복할 자격을 놓쳐버린 사람처럼 굴었고, 그 원인이 세정에게 있다며 거의 매일 밤마다 호소하는 듯했다.

정욱이 그 아이에 대해 얘기를 꺼냈을 때, 세정은 아연한 표정을 감출 수 없었다. 얼마 전 해원으로부터 들은, 정욱을 눈물짓게 했다던, 연서라는, 그 아이 이야기였다. 정욱은 연서를 위탁받아 키우고 싶다고 했다. 세정이 입양을 하자는 거냐고 묻자, 정욱은 입양이 아니라 위탁이라고 다시 잘라 말했다. 아이를 키우더라도 서류상 법정 대리인이 아니라 동거인으로 분류되는 게 위탁이라고 했다.

"정욱아. 나, 그런 데 관심 줄 여력 없어."

반찬을 그릇에 담으며 세정은 그렇게 한번 흘겨보고 말 작정이었다. 안 그래도 몸은 피곤했고 부부의 외적 문제로까지 정욱과 말다툼을 벌이기 싫었다.

"언제는 내 말에 관심 있었어야지."

"관심 안 준 건 또 뭔데?"

세정이 발끈하자,

"모든 게 그렇지."

정욱이 지지 않고 받아쳤다. 언제나 이런 식으로 시작되어 길고 오래 싸움이 이어졌다. 갑작스레 툭 튀어나온 아이의 이름만으로 세정은 또다시 부부의 일상을 타고 오르는 불행에 대한 감각을 여지없이 느낄 수밖에 없었다.

"내가 왜 그런 문제까지 신경 써야 하는데? 관심 없어. 자신도 없고."

"넌, 내 얘기 들어보려고 하지도 않잖아."

세정은 양어깨에서 힘이 빠지는 기분이었고,

"그만하자, 이 얘기."

더는 그 문제를 거론하고 싶지 않았다.

"아이를 낳지 않을 거면, 아이를 들이자."

"그걸 지금 말이라고 하는 거야?"

참다못한 세정이 반찬통을 내려놓고 획 뒤돌아섰다.

"왜 그렇게 아이에 집착하는데? 요즘 아이 낳아 기르겠다는 사람이 어딨어. 우리 마을만 해도 아이라곤 찾아볼 수 없는 거 알잖아. 애는 누가 키우는데? 학교는 어떡하고. 주위에다 폐교된 학교밖에 없는데."

"계속 마음이 쓰여서 그래. 한번 생각해주면 안 돼?"

"내 생각은 안 해? 그냥 연민이 들면 나와 상관없이 데려와서 키우는 거야? 그럼 자기가 키워. 나한테 그런 말 하지 말고."

정욱은 한동안 말이 없다가 입을 열었다.

"그럴게."

"뭘?"

"이혼하자. 이혼하고 내가 생각하는 대로 살게."

정욱과 함께 살수록 그에게는 원래 다른 이상이 있었던 게 아닌가 하는 생각을 요즘 세정은 자주 했다. 정욱이 조립하려는 레고 안에는 자기와 닮은 모양은 없는 것 같다고.

"자꾸 이러면 정욱아. 내가 어떻게 견뎌."

세정은 타오르는 듯한 가슴을 억누르며 정욱에게 호소하듯 말했다.

"못 견디면 헤어져야지, 서로."

이쯤에서 언제나 세정은 감정적으로 약해졌다. 정욱은 잔인한 자신의 감정을 이혼이라는 올가미 속에 걸어놓고 세정 앞에 던져놓곤 했다. 거기에 세정이 엮이게 만든 다음, 발이 걸려 거꾸로 매달리게 한 다음, 옴짝달싹하지 못하게 했다. 세정은 언제나 속수무책으로 이혼이라는 올가미 앞에서 몸을 떨었다. 결혼 전부터 세정은 정욱에게 어떤 일이 있어도 이혼이라는 말은, 헤어지자는 말은 서로에게 꺼내지 말자고 부탁하고 스스로에게도 다짐해왔다. 하지만 이제 세정은 정욱이 자신의 신념과 바람을 얼마나 쉽게 이용하고 무용하게 여기는지 잘 알았다. 둘의 결혼 생활이 그렇게 흘러온 것이었다. 무의미한 약속과 다짐이 정욱의 눈가에 서려 있었다. 이렇게 만든 건 너 아니냐고, 너! 하며 몰아세우넌 그의 눈동자 안에.

"이혼하자고, 이혼해. 이혼하자니까!"

세정이 제풀에 꺾인 모습을 보이면, 정욱은 한층 더 폭력적으로 화를 분출했다. 자기 화를 참을 수 없어 세정을 다그치는 것이었다.

"이린 얘기를 꺼내게 만드는 사람이 너잖아. 넌 내 얘기를 안 듣잖아. 지금까지도 그렇잖아. 안 듣고 그냥 살아가잖아. 그런데 내가 어떻게 너와 소통하며 살아! 넌 그냥 하는 말도 들은 척도 하지 않잖아. 언제나 네 상황이 우선이잖아. 내가 너와 이렇게 하고 나면 어떤 감정이 드는지 알아? 파도에 쓸려 온 쓰레기들 있잖아. 부서진 스티로폼이나 빈 병 같은 것들. 네가 보낸 쓰레기들을 내가 다 받아낸 것 같단 말이야!"

정욱이 말하는 쓰레기들의 구체성은 이제 곧 시작될 것이었다. 결혼 생활을 통째로 거꾸로 들어 밑으로 떨어지는 모든 불협의 부산물을 내보일 차례였다. 그때쯤이면 자신이 영혼을 뺏겨버린 것처럼 겁먹은 표정으로 그를 바라본다는 걸 세정은 잘 알았다. 어쩌면 정욱도 자신의 그런 모습을 즐기는 건지도 모르겠다고 세정은 생각하곤 했다. 늘 반복되는 이런 상황마저도 정욱이 지어놓은 구조물의 일부처럼 느껴졌다. 그런데 자신은 거기에 속한 사람이라기보다 그 구조물을 떠받치는 사람에 지나지 않는다는 자조가 세정을 씁쓸하게 했다.

"그럼 그렇게 해."

그 말은 세정의 입에서 툭, 떨어지듯이 뱉어진 것이었다. 지금껏 한 번도 뱉어지지 않은 말. 촘촘하고 정교하게 짜인 직물 같은 마음 안으로 가쁜 숨이 스며들었다. 숨 쉬어, 숨. 자기 안의 자아가 마음을 추스르는 동안 눈의 곡선을 따라 붉은 기운이 퍼지고 흰자위 위에 핏발이 섰다. 고통과 인내는 어쩌면 같은 말인지도 모르겠다고 세정은 그 순간 생각했다.

한참 수많은 말을 두서없이 뱉어내던 정욱이 순간 입을 닫더니, "뭐?" 하며 가만히 되물었다.

"해, 이혼. 당장 해!"

정욱의 눈썹이 치켜올라갔다. 하마처럼 벌어진 그의 입과 눈에서 험악한 분노의 기운이 쏟아져 나왔다. 모두 세정의 탓이라며 차곡차곡 묵혀놓았다가 필요할 때 꺼내놓는 습관 같은 분노였다. 갈 길을 잃은 정욱의 눈동자가 흔들리는가 싶더니 장식장 위의 물건들을 바닥으로 집어 던졌다. 그저 분노하기 위해 분노하는 듯한 정욱의 모습을 보며 세정은 양손을 움켜잡았다.

"이런 집에 어떻게 아이가 와!"

울부짖듯 세정은 소리쳤다. 처음 있는 일이었다. 세정이 참다못해 소리를 내지르는 건. 정욱은 당황스러움을 감추지 못했지만 그렇다고 성질을 죽이지는 못하고, 뭐, 뭐, 지금 뭐 하는 거냐며 웅얼거렸다.

"자격이 있다고 생각해? 이기적이라고 생각하지 않아?"

그의 눈을 똑바로 바라보며 작심한 듯 세정은 물었다. 정욱이 때리기라도 할 듯한 기세로 세정의 코앞까지 바짝 다가왔다.

"아이도 나처럼 대할 거냐고!"

세정은 눈을 질끈 감고 소리쳤다. 눈꺼풀이 시야를 막 가리기 전에 손을 자신의 얼굴까지 올린 정욱이 보였다. 그가 때린다 해도 두렵지 않았다. 어차피 사랑이라고는 남김없이 바닥을 드러내 미련을 둘 것도 없었다. 차라리 맞아버리는 게 자신의 결정을 내리는 데 도움이 될지도 몰랐다. 가정해보건대 이런 상태에서 아이가 생긴다고 해도, 좋은 부모가 될 가능성은 없었다. 좋은 부부가 되기도 전에 아무렴 괜찮은 부모가 될 수 있다는 건 논리적으로도 거짓이었다. 아이의 들임이 사랑의 전이나 넘쳐 흘러가는 방식이 아니라 어떤 논쟁의 결과물이라면 더욱 그렇게 해서는 안 되는 것이라고, 세정은 온몸의 떨림 속에서 다짐했다.

기척이 없어 한참 후에 눈을 뜬 세정은 그 앞에서 정욱이 분노를 삭이며 서 있는 모습을 보았다. 치켜든 손을 그대로 든 채 어쩌지 못하고 마주 선 그를. 불그스름한 눈 안에서 흔들리던 그의 눈동자가 아래로 향하더니, 정욱은 세정을 지나쳐 작은방으로 갔다. 그러고는 이내 쾅, 하고 방문이 닫혔다. 세정은 한참을 선 채로 그 자리에 가만히 있었다. 불빛이 닿지 않는 곳곳에 자리한 어둠만이 목격자처럼 은밀히 이 순간을 응시하는 것 같았다. 집은 춥고 한기가 감돌았다. 몸살 같은 기운을 느끼며 안방으로 향한 세정은 침대에 누워 이불을 얼굴까지 끌어 올리고 나서야 눈물을 터뜨렸다.

그때 세정은 완전한 결심에 이르렀다.

정욱과 헤어지는 것에 대해.

경모의 여름

　버스 안에서 경모는 휴대폰의 캘린더 앱을 들여다보았다. 스페인으로 돌아가기까지 대략 한 달 정도의 시간이 남아 있었다. 약간의 무기력감을 느끼며 경모는 버스 창밖을 바라봤다. 막 생겨난 조바심이 한기처럼 몸을 감쌌다. 스쳐 지나가는 바깥 풍경이 평소와 다르게 유난히 눈 속에 박혔다. 다시 스페인으로 향하면 이곳에서의 모든 일은 기억으로 남을 뿐이었다. 해원과의 시간도 그렇게 닫히고 만다는 걸 의미했다. 하지만 경모는 그러는 편이 오히려 나을 수도 있다고 생각했다. 이제 스페인의 수도원으로 돌아가면 종신의 길로 나아갈 결심이었기에 어떤 일에도 미련을 두고 싶지 않았다.

경모로서는 그러니까 심정적으로든 물리적으로든 마지막으로 한국에 온 것이었다.

고용노동청에 도착해 담당 근로감독관을 찾아 들어가는데 어디선가 실랑이하는 소리가 들렸다. 경모가 안으로 들어서자 출입문 쪽으로 향해 앉은 남자가 얼굴을 붉히며 열을 내는 중이었다. 아마도 네팔인인 아니마구릉의 사업주인 모양이었다. 남자는 누군가에게 뭔가를 따지듯 화를 내는 중이었는데 조금 더 안쪽으로 들어서자 그의 맞은편에 앉은 사람이 해원이라는 걸 알 수 있었다.

"아니, 당신이 당사자야? 왜 당신이 나서서 그러는데?"

"이분이 얘기를 제대로 할 줄 모르잖아요."

해원이 옆에 앉은 아니마구릉을 가리키며 말했다.

"이 양반아, 그 사람 한국말 잘해."

남자는 해원에게 나무라듯 말하고는 아니마구릉을 향해 "해봐, 해봐" 하며 다그쳤다.

"당신이 잘못됐다는 걸 제대로 얘기 못한단 뜻이에요."

"뭐가 어째? 말이면 단 줄 알아!"

남자가 해원에게 삿대질을 하며 일어서자 앞에 앉은 근로감독관이 손을 저으며 "왜들 그러십니까" 하고 만류했다.

"아니, 감독관님. 이게 뭡니까, 예? 제가 돈을 주고 고용한 사람이잖아요. 제 맘대로 직장을 못 옮기니 어떻게든 저를

악덕 업주로 만들려는 거 아닙니까. 저는 뭐 권리도 인권도 없는 사람입니까?"

남자의 말에 근로감독관은 곤혹스러워하며 해원을 향해 고개를 돌렸다.

"현재로서는 합의 말고는 답이 없네요."

마치 자신의 난처함을 알아달라는 듯 잔뜩 흐린 얼굴이었다.

"네?"

해원이 의아해하며 물었다.

"고용허가제가 기본적으로 사업주 동의 없이는 직장을 옮길 수 없도록 되어 있잖아요. 애석하게도 아니마구릉 씨가 직장을 옮길 수 있도록 저희가 조처를 취할 만큼 충분한 증거와 사유를 확보하지 못한 이유도 크고요. 선생님."

"그런가요? 저희가 제출한 관련 자료만 해도……."

"진술과 정황이 대부분이어서요……. 근로기준법을 위반한 사례와 관련한 명확하고 세밀한 증거가 필요합니다. 죄송스럽게도요."

근로감독관은 오히려 하소연하는 표정이 되어 말했다. 그는 뾰족한 해법 없이 당사자들 간의 감정적인 갈등이 지난하게 이어지는 걸 서둘러 매듭짓고 싶어 하는 눈치였다.

"간사님."

내내 뒤에 섰던 경모가 부르자 해원이 돌아보았다. 진땀이 나는지 답답한 표정으로 머리를 쓸어 올리면서.

고용노동청에 아니마구룽의 사업장을 옮기는 진정을 제기하자고 한 건 해원이었다. 아니마구룽은 사업주로부터 인간적인 모멸감과 불법 파견, 초과근무 수당 미정산에 시달린 데다, 계약 연장을 미끼로 수당이 깎이는 등 부당한 처사를 겪다 계약 만료 이후까지 협의가 제대로 이뤄지지 않자 사업장을 이탈한 상태였다. 경모는 근거로 제시할 만한 증거가 불충분한 데다가 법적인 한계 때문에 진정을 제기하는 게 무의미하다는 입장이었다. 반면 해원은 정황을 유추할 수 있는 간접 증거들과 주변 사람들의 증언을 통해서라도 기관의 중재를 이끌어내야 한다고 주장했다. 아니마구룽은 해원의 말대로 계약 연장이나 직장을 옮기지 않고서는 꼼짝없이 고국인 네팔로 돌아가야 하는 상황이었다. 결국 해원의 의견에 따라 센터에서 고용노동청에 직권으로 아니마구룽의 직장을 옮기게 해달라는 진정을 내게 된 것이었다.

"사장님, 아니마구룽 씨가 회사를 옮기도록 선처를 해주시면 안 되겠습니까. 현재 직장으로 돌아갈 의사가 전혀 없는 상태라서요."

경모가 해원 대신 나서 남자에게 차분하게 말했다.

"아뇨. 그렇게는 못 하죠."

말투가 약간 누그러지긴 했지만, 남자의 완고한 태도는 여전했다.

"제가 이 사람, 돈 주고 데려온 겁니다. 이를테면 저의 자산이라는 얘기죠. 제 값어치는 제대로 안 하고 무작정 직장을 옮겨달라고 하면 저보고 어쩌라는 겁니까? 무조건 양보하라고 하면 안 되죠. 여기 남아 계속 일하든가…… 한국을 떠나든가 맘대로 하라고 하쇼."

말을 마친 남자가 의자를 뒤로 세차게 끌며 일어섰다.

"저는…… 노예입니다."

그때 중얼거리듯 아니마구릉이 말했다.

"뭐? 뭐라는 거야?"

남자가 자리를 뜨려다 말고 아니마구릉을 내려다봤다.

"놓아주세요."

"뭐?"

남자가 다그치듯 묻자, 아니마구릉이 번쩍 고개를 들었다.

"저, 노예 아닙니다……. 놓아주세요."

그녀의 눈에 고인 건 눈물이 아니라 고요한 분노 같았다. 아니마구릉의 말에도 아랑곳없이 남자는 혀를 차며 돌아섰다. 서둘러 밖으로 빠져나가는 남자의 뒷모습을 그녀의 시선이 오래 뒤따랐다.

건물을 나와 아니마구릉을 먼저 보내고 난 다음, 경모와 해원은 버스 정류장으로 향했다. 그곳에서 둘은 말없이 나란히 서서 버스를 기다렸다.

"꼭 그때 같네. 버스 파업했던 그때."

해원의 말이 바람 사이로 번지듯 흘렀다. 둘 사이에 존재하는 오래전 기억에 관해 이야기를 나누는 건 이곳에서 해원을 만난 후 처음이었다. 떠올리면 녹색 나뭇잎이 푸르르푸르르 일렁이던 그 여름의 감정이 살아나는 게 두려워 경모는 말을 돌렸다.

"감정만으로 안 되는 일이 있어."

아니마구릉의 일에 관한 것이었지만, 마치 스스로를 통제하듯 던진 말이었음을 경모는 깨달았다.

"언제나 이성적이어서 늘 그렇게 평온하시군요."

다소 삐딱하게 말하는 해원의 옆모습을 경모는 살짝 돌아보았다. 한차례 거센 바람이 불어 해원의 머리카락을 거칠게 갈라놓았다.

"그거 알아?"

해원이 경모에게 이어 말했다.

"……."

"넌 지나치게 바르려고 해. 엄격한 잣대를 들이밀면서. 너 자신에게든, 타인에게든."

경모는 해원이 무슨 말을 하려는지 알지 못했지만, 그녀의 냉소적인 말투에 가슴이 차갑게 어는 느낌이었다.

"원칙적인 것뿐이야."

경모는 짧게 대꾸했다.

"사제로서 그렇다는 말이겠지. 그럼, 나에 대해서는 어떻게 생각해?"

해원이 경모에게로 얼굴을 돌렸다. 흩날리는 머리카락 사이로 해원의 눈빛이 날카롭게 빛났다.

"무슨 말인지······."

"나에게는 그런 원칙 같은 게 없었어?"

"······."

"왜 내게 이혼하지 말라고 했어?"

갑작스러운 해원의 물음에 경모는 숨이 턱 막혔다.

"내가 신의 뜻을 거스른다 생각해서?"

"아니······ 그런 게 아니야."

"그렇게 얘기하는 게, 날 위한 거라 생각했어?"

"무슨 말을······."

"내가 결혼이라는 고통 속에 머물기를 원했어?"

"해원!"

"나에게 복수하려던 건 아니었고?"

"어떻게 내게 그런 말을 할 수 있어."

"그럼 그때, 왜 도망간 건데."

해원의 물음에 경모는 아연실색한 표정을 짓더니 이내 얼굴이 온통 창백해졌다. 경모는 해원이 자신을 바라보는 시선만으로도 어떤 얘기를 하고 싶은 건지 정확히 알 수 있었다. 그건 오랫동안 해원의 눈빛 속에 감추어진 질문이자 의문 같았고, 어쩐지 그때마다 피하고 싶었던 그녀의 눈길이었다. 경모가 수도원에 들어가기로 한 그해 이후 처음으로 해원은 직접적으로 묻고 있었다. 왜 회피의 형식으로 자신을 떠나가야 했는지에 대해서.

  일이 남았다며 센터로 돌아간 해원과 달리, 경모는 집으로 향하는 버스를 탔다. 버스는 군청이 있는 시내 중심지를 돌아 외곽으로 빠져나갔다. 한참 국도를 달리다 가홀면으로 향하는 지방도로 접어들면 한산한 풍경이 이어졌다. 또 한참을 달리다 마을의 입구에 해당하는 약국 앞에 버스가 정차했을 때는 이미 어스름이 깔린 상태였다. 버스 앞문이 열리자 가는 눈송이 몇 개가 휘날리며 버스 안쪽으로 펄렁 들어오는 게 보였다. 할머니 두 분이 차례로 버스에 오르는 걸 지켜보다 경모는 그 뒤로 보이는 약국에 시선을 멈췄다. 경모가 어렸을 때 문을 연 약국이지만, 지금은 지난달까지만 운영하고 문을 닫은 상태였다. 마을의 유일한 약국이 문을 닫았기 때문에 이제 사람들은 의약품 하나를 사더라도 차를 타고 시내까지 나가야 했다. 약국을 지나 마을로 들어서면 바로 앞에 초등학교가 보였다. 마을에 아이들이 없어 폐교된 지 꽤 오래된 초등학교였다. 아이들의 목소리가 더 이상 들리지 않는 초등학교 운동장이 유난히 을씨년스러워 보였다.

경모는 도착지인 초등학교 앞에서 내리지 않고 그대로 앉아 버스가 가는 곳으로 향했다. 그러고는 몇 정거장을 더 지나치다 삼거리를 돌아 멈춘 곳에서 내렸다. 하차 후 경모는 도로변 안쪽으로 난 길을 따라 걸었다. 그러자 조금 후에 덤불이 우거진 비포장도로가 보이기 시작했다. 예전과 다름없이 푸르게 무성한 잎들로 가득한 길이었다. 한국을 떠난 이후 지금껏 다시 와본 적 없는, 오래전 목적지를 지나치는 바람에 우연히 닿게 된 곳이었다. 성당 일정을 마치고 해원과 함께 버스를 타고 집으로 향하다 내릴 곳을 지나쳐 알게 된 곳. 그때까지만 해도 한 번도 가본 적이라고는 없던, 해원과 그해 처음으로 걸었던 바로 그 길.

성당 기도회 모임을 마치고 버스를 타고 오다 평소대로라면 해원은 약국 앞에서, 경모는 초등학교 앞에서 내려야 했는데, 그날 꽤 지쳤던 탓인지 두 사람 모두 졸음을 이기지 못해 내릴 곳을 지나쳐버렸다. 먼저 깬 해원이 팔을 흔들어 겨우 눈을 뜬 경모는 낯선 창밖의 풍경에 놀라 허리를 곧추세웠다. 버스 안에는 경모와 해원 말고는 아무도 없었다.

"내리자."

해원이 따라오라는 듯 먼저 일어섰다. 눈을 비비며 해원을 따라 내린 경모는 살풍경한 넓은 대지 위에 깔린 황혼을 넋없이 바라보았다.

"어쩌지. 한참을 지나쳐버렸네."

해원이 사방을 둘러보며 중얼거렸다. 경모도 해원의 시야를 따라 주위를 훑어봤다. 온 길을 되돌아가야 할 형편이었는데, 다시 버스를 타려면 한 시간 이상 기다려야 했다.

"이리로 넘어가면 좀 빨리 갈 수 있을 것 같은데."

경모는 해원이 가리키는 곳을 함께 바라봤다. 마을 쪽으로 언덕처럼 봉긋 솟아 덤불숲으로 이어지는 길이었다.

"그렇지?"

해원이 조금은 자신 없는 투로 덧붙였다.

"가보자."

그런 해원을 의식하며, 경모는 보란 듯이 먼저 앞으로 걸어 나갔다. 막연히 가슴속에 스미는 두려움 같은 건 애써 억눌렀다. 활 모양으로 둥글게 덤불을 이룬 찔레나무 사이로 경모는 성큼성큼 걸어 들어갔다. 햇볕에 달아 채 사라지지 않은 열기가 몸을 덥히고 어쩌다 불어오는 바람이 귀밑을 스쳐 가는 걸 느끼며 경모는 어떤 의무감을 갖고 진군하는 병사처럼 걸었다. 언제나 해원을 떠올리면 그 아이의 얼굴보다 먼저 상기되곤 하던 발목의 상처가 경모를 떠미는지도 몰랐다. 해원을 떠올리는 일은 그래서 상처를 되새김질하는 것이었다. 안팎에서 경모의 가슴을 관통하는 바느질처럼 꿰인 해원의 상처를.

"저기다!"

언덕바지에 이르러 어느새 옆으로 다가온 해원이 소리쳤다. 마을의 전경이 한눈에 펼쳐졌다. 해원이 목련나무 그루터기에 앉아 마을을 말없이 바라봤다. 그 모습을 보고 경모도 해원의 옆으로 다가가 바닥에 앉았다.

"상처는 괜찮아? 발목에……."

진자 해원에게 묻고 싶었던 말이었다.

"아…… 참아냈어. 드레싱하는 게 고문 같았지만."

농담이라는 듯 해원이 살짝 미소 지었다.

"그날 있잖아. 아빠가 돌아가신 날이었어." 그 말을 덧붙이고는 해원의 표정이 한차례 어둡게 변했다. 이미 그 사실을 아는 경모는 얼굴을 붉힌 채 고개를 끄덕였다. 그리고 말했다.

"미안해. 그때 내가 괜히 자전거를……."

"아냐."

해원이 고개를 저었다.

"지금도 그때 일이 가끔 생각나. 사실 그때 네 자전거 뒤에 타고 가는 게 살짝 무서웠거든. 그렇게 길을 내달리는 게. 그때는 마음이 조급하고 슬프고 또 복잡하기만 했는데, 돌이켜 보면 있잖아."

해원이 경모를 바라보며 말을 이었다.

"그때 달리며 느끼던 숲의 내음과 반짝임, 투명한 바람의 세기와 습도 같은 게 있잖아. 무섭고 두려운 마음 가득한 나를 감싸고 달리는 것처럼 느껴졌어. 지금도, 가끔 생각나. 그러니까 미안해하지 마."

스르르 나뭇잎들이 흔들리는 소리와 해원의 목소리가 겹쳐 들렸다. 대지는 어둠을 발산하는 듯 더 짙어지고 울창한 나무들이 바람에 너울거렸다.

"그런데 너도 다치지 않았어?"

해원의 물음에 경모는 망설이다가 팔소매를 걷어 올려 보였다. 어깨 위 다갈색 상처 자국이 번들거렸다. 그러자 이번에는 해원이 자신의 발목 부분 양말을 내려 보였다. 복숭아뼈 아래로 500원짜리 동전만 한, 불그스름한 상처 자국을 희부윰한 표피가 덮고 있었다.

"우리는 같은 상처를 지녔네……. 무슨 훈장 같다."

해원이 손을 뻗어 경모의 상처를 살며시 어루만졌다. 경모 스스로는 위무할 수 없던 상처였다. 흔적조차 혐오스럽게 여기던 상처. 무모함으로 해원을 다치게 만든, 자기 자신에 대한 증오의 기록이었던 그 상처를 해원이 어루만지고 있었다.

해원의 손이 자신의 어깨에서 떨어졌을 때 무슨 말이든 하고 싶었는데, 그 감정의 종류를 알지 못해 경모는 망설였다. 골똘한 표정으로 해원을 바라보며 경모는 그것에 대해 생각하다가 순간 알아차렸다.

"좋아하는 마음이 있어."

자기 안의 감정을 지칭하듯 경모는 짚어 말했다. 해원은 가만히 경모를 바라보았다. 뭐라고 더 해야 할지 알 수 없어 경모는 입을 다문 채 해원을 마주 보았다. 침묵이 시간을 감싼 형태로 둘 사이에 놓인 것 같았다. 그날, 자전거를 타고 가던 자신을 불러 세우던 그때처럼, 차분하고 조용한, 알 수 없는 해원의 표정이었다. 바람이 만져질 듯한 양감으로 얼굴을 서늘하게 감쌌다. 거스를 수 없는 조우의 느낌으로, 순간적으로, 해원과 경모의 얼굴이 맞닿았다. 서로의 입술이 스치듯 가까이 지나쳐 간 이후, 그들 사이에 작은 숨이 토해졌다. 서로를 알아보았을 때 느꼈던 불확실한 감정과 그 안에 숨은 작은 열기와 그 순간의 습습한 기운이 얼굴을 타고 올랐다. 다시 무의식적으로 서로의 입술을 찾아 포갠 후 두 사람은 고요히 서로의 온기와 서늘함을 느끼느라 어둠이 너 짙어지는 걸 의식하지 못했다.

경모는 해원과 함께 마을 전경을 바라보던 언덕바지에 서 있었다. 멀리 마을에 점처럼 드문드문 박힌 전등 불빛들만이 희미하게 빛나던 그날의 기억을 경모는 지금 그때의 공간인 이곳에서, 길을 잃은 사람처럼 서서 문득 떠올리는 것이었다.

해령의 마음

 해령이 해원으로부터 정욱이 연서를 위탁받아 키우고 싶어 하지만, 세정의 반대로 그렇게 할 수 없게 됐음을 전해 들은 건 며칠 전이었다. 이후로 연서를 생각하면 괜히 어수선해지는 마음 때문에 해령은 집 밖으로 나가 동네 어귀를 서성이곤 했다.
 해원과 함께 텃밭에서 곤죽처럼 시들어 말라버린 채소의 알뿌리를 캘 때였다. 엄마가 없는 사이 텃밭의 흙은 예전처럼 걸지 않고 손가락 사이로 힘없이 부서져 내렸다. 순간 해령은 흙과 다름없이 한없이 부서지는 마음이 어디서 비롯된 것인지 퍼뜩 깨달았다. 한 사람을 생각하면 도저히 다잡을 수 없는 마음, 그건 연서에 관한 것이었다.

"위탁부모가 되는 거 있잖아."

해원과 함께 텃밭을 걸어 나오며 해령이 입을 뗐다.

"누구, 연서 얘기하는 거야?"

"싱글은 할 수 없어?"

해령이 되묻는 말에 해원은 발걸음을 멈춰 섰다.

"설마, 너……."

"가능하다면 내가 위탁받아 키워보고 싶어."

해령의 말에 해원은 잠시 넋을 잃은 표정이 되었다.

"함부로 선택할 수 있는 일이 아니야. 아이의 인생도 걸려 있고."

곧바로 해원이 표정을 엄숙하게 고쳐 지으며 말하자, 해령은 까닭 없이 욱하는 마음이 솟았다.

"내가 하는 선택이 다 그렇다는 거야?"

"고깝게 듣지 말고."

"함부로라며?"

해원이 대꾸 없이 해령을 쏘아봤다.

"내가 하는 선택은 모두 마음에 들어 하지 않았잖아."

"괜한 일로 싸우지 말자."

그렇게 말하고 등을 돌리는 해원의 한쪽 팔을, 해령이 붙잡아 돌려세웠다.

"왜 이러는 건데?"

해령의 손을 뿌리치며 해원이 신경질적으로 반응했다.

"말해봐. 내가 뭘 함부로 하는데."

"무슨 억지야, 너. 네가 그렇다는 게 아니라, 이 일이 그렇게 쉽게 결정할 문제가 아니란 거야."

해원과 해령은 그렇게 마주 서서 한동안 서로를 노려봤다.

엄마가 돌아가신 후 해령은 어쩌면 해원과 자연스럽게 교류를 끊은 채 지내게 될 거란 예감을 놓지 않았다. 엄마라는 접점이 없다면 영원히 보지 않고 살아도 될 것 같았다. 두 자매 사이의 거리는 헤아릴 수 없을 만큼 황폐하게 멀어져, 언어는 서로의 폐부를 건드리고, 화석화된 감정을 긁어냈으며, 의도를 달리 해석하고, 보이는 게 다가 아니라고 여기는 일이 빈번해, 종종 마주치는 것만으로 그들은 아옹다옹하거나 서로를 견디지 못해 했다. 조금씩 침전되어 켜켜이 쌓인 과거의 시간 속에 높다란 성을 만들어놓고 그 뒤에서 두 자매는 늘 서로를 경계했다.

"내가 결혼하겠다고 했을 때도 그런 식으로 말했잖아."

"지난 얘기 꺼내서 뭐 해. 그리고 난 그렇게 말한 적 없어."

"아니, 그랬어."

"야, 김해령!"

해원은 숨을 가쁘게 몰아쉬며 증오에 가까운 눈빛으로 해령을 쳐다본 다음 뒤돌아서 가버렸다. 해원이 가고 나서도 그 자리에 남은 게 있었다. 기억으로 남은 해원의 목소리였다.

"결혼을 너무 쉽게 생각하는 거 아니야?"
그때는 이미 엄마에게 P와 결혼하겠다는 의사를 밝힌 뒤였고, 해원이 해령의 집에 들어와 살던 시기였다. 새벽 두 시 무렵 집을 나서려 할 때, 해원이 해령을 불러 세워놓고 한 말이었다.
"왜 그렇게 말하는데."
현관에 우두커니 서서 해령이 물었다.
"그 사람이 불러서 나가는 거지?"
근무가 없는 날 새벽에 나서는 걸 해원이 알고 있었다. 요즘 들어 그런 날이 잦았는데, 냉장고 옆면에 자석으로 붙여둔 근무 일정표를 해원이 본 모양이었다.
"병원 가."
신발을 고쳐 신으며 해령이 건성으로 대꾸했다.
"그 의사가 부르면 언제고 가는 거야? 새벽이든 언제든."
"상관 마."
"그 사람 사심에 이용당하는 거야."
단정 짓듯 내뱉는 해원의 말에 해령은 가슴이 베인 듯했다.
"제발 그런 식으로 얘기하지 마!"

"넌 그 사람이 필요로 할 때만 가잖아."

"뭐?"

"네가 필요할 때 그 사람은 항상 일이 있잖아. 시간을 정해놓고 만나지도 않잖아. 엄마에게 인사 시켜드리기로 하고 취소한 게 벌써 몇 번째야."

해령은 아득해지는 기분이었다가, 저항하듯 반발했다.

"그만해!"

"사랑이라고 착각하는 거야. 사랑이라고 여기는 환상을 믿는 거야 너는."

"그래서 언니는?"

"난 뭐?"

"사랑을 그렇게도 잘 알아서 이혼한 거야?"

그렇게 말하고 나면 해령 자신도 어디서부터 뭐가 잘못되었는지를 모르는 심경이 되는 것이었다.

"가지 마."

이를 악문 채로 해원이 말했다.

"갈 거……."

"엄마는 뭐가 돼?"

해령의 말을 자르며 난데없이 해원이 꺼낸 말이었다. 둘은 이미 그들 사이에 들어선 견고하고 우뚝한 성을 넘어 서로의 영토를 헤치며 상처를 짓이기는 상태로 진입해 있었다. 해령은 해원이 자신의 행동을 제약하려 들고, 비난조로 얘기하는 데다가 삿된 행동으로 가족을 욕보이는 사람처럼 취급하는 것에 이제는 진력이 날 정도였다.

"엄마 얘기는 꺼내지 마."

"아냐?"

해원이 냉정한 눈빛으로 차갑게 되물었다.

"엄마한테 결혼으로 보상하려는 거, 아니냐고."

해원의 말이 겹겹이 자신을 에워싸고 옭아매는 것처럼 느껴졌다.

"그런 충고 그만둬, 이제."

해령은 그대로 서서 눈을 감고 말했다. 눈꺼풀 안쪽으로 뜨끈한 눈물이 뭉근히 퍼져갔다.

"여기 있는 나, 여기 있는 공간, 다 나야. 내 발걸음, 내 손, 내 의지, 다 내 거야. 나는 내 마음대로 해. 그런데 왜 언니는 아니라고 하는데. 언니 충고를 들을 때마다 내가 어떤 기분이 드는 줄 알아?"

거기까지 말하고 나서 해령은 번쩍 눈을 떴다. 눈가에 찰랑이는 눈물 때문에 앞에 선 해원이 어슴푸레하게 보였다.

"반항하고 싶어져. 언니 말과 거꾸로 가고 싶어진다고. 다 팽개치고 어딘가로 사라지고 싶다고. 내 삶이 왜 내 것이 아니라고 그러는데. 여기서 엄마 얘기가 왜 나와!"

악에 받친 듯 소리를 내지른 해령은 해원에게 흐르는 눈물을 보이기 싫어 고개를 홱 틀고 집을 나섰다. 채 담아두지 못한 눈물 몇 방울이 후드득 바닥에 떨어지는 것을 해령은 무심하게 바라봤다. 가까스로 흘러내리는 눈물을 손으로 닦아내며 해령은 걸었다. 늘 이렇게 살아왔다. 가로막는 문제들을 닦아내듯 헤치며 현실로 나아가기를 반복했다. 누가 던진 건지 모를 표창이 해원과 해령의 가슴을 차례로 뚫고 지나간 다음 엄마를 향했다가, 다시 자신에게로 돌아와 자해하는 것 같은 기분을 해령은 이럴 때마다 느꼈다. 해령은 해원을 연민하나 증오하고, 애정을 놓지 못하면서도 밀어내고 싶어 했다. 애증과 연민이 함께 자리한 곳에는 항상 고통이 날갯짓하며 다가왔다.

그날, 해령은 P에게 향했고 그에게서 어떤 위로의 감각과 온기를 원했지만, 마치 해원의 저주처럼, 그녀는 아무 감정도 느낄 수 없었다. 그의 품 안에서 해령은, 해원을 생각하고 원망하다가, 끊어낼 수 없이 징그럽게 이어지는 가족의 내력에 대해 떠올리다가, 실은 그 날갯짓을 자신이 하고 있는 건 아닐까 생각했다. 서로의 관계와 시간 속에서 주고받은 것들로 하나의 형태가 된 날갯짓을. 미추가 한 쌍으로 묶인 채로 매 순간 날갯짓을 하는 게 자신의 모습이 아닐까, 하고. 그날 이후, 해원은 해령의 집에서 완전히 떠나가버렸다. 해원이 떠난 빈집의 감촉을 해령은 오래 떨쳐내지 못했다. 배회하는 유령처럼 흔적으로만 남은 해원에의 감각이 종종 해령을 서늘하게 했다.

얼마 지나지 않아 결혼이라는 게 스스로를 공포에 직면하게 한다는 P의 고백을 해령은 받아들였다. 사랑이라 얘기하던 것들과 이어진 관계의 형식을 그저 공포라는 감정으로 밀어내는 그에게 해령은 도리어 무기력해졌다. 그것이 착각이었든 그렇지 않았든, 한때 믿었던 사랑의 감정을 들어내고 남은 자리는 초라하고 황폐했다. 그 낯설고도 이질적인 심상으로 인해 해령은 오래 방황했다.

병원에서는 여전히 태움에 시달렸다. P를 사귀었던 일은 조롱으로 되돌아와 그녀의 면전에 꽂혔다. 전보다 더 자주 연장 근무를 해야 했지만, 반발하지 않았다. 약병을 원래 자리에 두지 않았다는 등의 사소한 문제로 지적받는 일이 많았고 그때마다 모멸감을 느꼈다. 신입 간호사들에 대한 교육이 제대로 되지 않았다며 폭언을 당하는 일이 많아지면서, 해령 역시 후배들 가운데 누군가를 향한 태움의 유혹에 자주 흔들렸다.

엄마가 돌아가신 즈음은 해령이 파괴적인 본성에 휩싸여 있을 때였다. 그 대상이 타인이든 자신이든 상관없이 혹독하고 냉정하게 굴며 생채기를 냈다. 여린 구석이 있던 자기 안의 존재는 거의 잃어버린 시점이었다. 병원에 휴가를 내고 해원이 머무는 엄마의 집으로 내려온 것은, 엄마의 유산을 정리하고 자신의 짐을 서울 집으로 보내기 위한 것이기도 했지만, 무엇보다 지친 자신을 내려놓고 싶어서였다.

해령은 해원의 말처럼 결혼으로 엄마의 마음에 선물을 주고 싶었는지 몰랐다. 아빠와는 전혀 다른 차원의 사람이 있다는 걸, 혹은 폭력을 감당하는 엄마와는 다르게 살아가는 자신을 보여주고 싶었는지도. 엄마는 아빠의 폭력을, 폭력 그 자체로 받아들이지 않는 사람이었다. 다 이렇게 산다더라. 그렇게 받아들이는 사람이었다. 폭력 또한 아빠의, 또 자기 삶의 일부로 받아들이는 사람이었다. 어떻게 보면 해령이 태움을 수용하는 방식 역시 그와 비슷했다. 폭력을 권위와 생계의 일부로 받아들이는 것이었다. 해령은 그 모든 것을 내려놓고 싶었다. 엄마가 있던 곳으로 가면, 엄마의 집으로 돌아가면, 그 안에 고요히 머물고만 싶었다.

가흘면으로 돌아온 이후 만난 아이가 연서였다. 자기가 잃어버린 시간의 가능성을 지닌 연서. 자기에게 주어진 고통을 벌써 감싸안을 줄 아는 아이. 그 아이에게서 자신을 보는 일이 해령은 까닭 모르게 괴로웠다. 연서에게 다른 시간의 기회를 주고 싶었다. 어쩌면 가지지 못할지도 모르지만, 잘 살아갈 수 있다는 희망을 품을 수 있는 미래를, 해령은 자신이 아닌 연서에게 주고 싶었다.

오래전의 편지

해원은 토요일 오전부터 정욱의 방문을 기다렸다. 일전에 세정에게 정욱으로 하여금 지붕을 봐줄 수 있는지 부탁한 적이 있었는데, 그렇게 해주겠다 한 날이 바로 오늘이었다.

골함석으로 이은 지붕 한편에서 물이 샜다. 간혹 눈이나 비가 오면 그 밑에 물을 받을 용기를 가져다 두어야 했고 물이 넘치지 않도록 수시로 비워줘야 했다. 엄마가 살 때도 물이 샜는지는 알 수 없었다.

하얀색 1톤 트럭을 몰고 집으로 찾아온 정욱은 티를 내지 않으려는 듯 웃긴 했지만, 얼굴에 가득한 근심은 숨길 수 없었다. 예전의 정욱은 덩치가 크고 하얀 피부에 눈이 작아 친구들에게 아기 돼지라고 놀림을 받곤 했는데, 지금은 다소 왜소해 보일 정도로 마른 체형의 사람이 되어 있었다. 사라진 살집 대신 얼굴을 파고든 주름 사이사이에 자리 잡은 깊은 수심이 복잡한 그의 심경을 여실히 보여주는 듯했지만, 해원은 내색하지 않았다.

집 안팎을 둘러본 정욱은 지붕에 사다리를 대고 그 위로 담담히 올라갔다. 반나절이면 방수 작업이 끝난다고 했지만, 오전에 시작한 정욱의 작업은 오후 내내 이어졌다. 오전에 설치한 배수관 이음새 부분을 방수 실리콘으로 처리한 다음 지붕을 방수포로 덮고 지붕 자재를 까는 것까지, 온통 하루가 걸리는 일이었다. 정욱은 땅거미가 질 때쯤에서야 지붕에서 내려왔다.

"꽤 오래 방치됐나 본데."

정욱이 작업복 대신 입은 야상 점퍼에 불그레한 녹물이 잔뜩 묻어 있었다. 엄마가 지붕을 고치지도 않고 빗물을 받아가며 살았다고 생각하자 새삼 엄마와의 거리감이 더 멀게 느껴졌다. 이 집에서는 순간순간 엄마의 부재를 마주하는 것 말고는 채워지는 게 아무것도 없었다. 엄마가 없는 집에서 해원은 늘, 빈집과 한 몸이 되는 기분이었다.

"고마워."

해원은 흰 봉투를 정욱에게 불쑥 내밀었다. 미리 준비해둔 사례금이었다.

"됐다. 이러지 마라."

하지만 정욱은 한사코 마다했다.

"그냥 어머님께 해드린 거라 생각해줘."

"아니야, 그럴 필요 없어."

재차 봉투를 내미는 해원의 손을 정욱이 지그시 밀어냈다.

"왜 그때 연락 안 했어. 우리 다시 내려오고 나서 어머님이 우리한테 얼마나 잘해주셨는데."

하루 만에 성글게 자란 수염이 듬성듬성한 얼굴로 정욱이 빙그레 웃었다. 부부 아니랄까 봐 세정이 했던 말을 정욱 또한 고스란히 꺼내놓는 것이었다.

"간단히 치렀으면 해서."

담담히 답한 말에 정욱은 서운해하는 눈빛을 해원에게 비쳤다. 그런 게 간단히 되는 거니? 묻는 것 같은 표정이었다.

"그러니 이제라도 마음 받아줘."

해원은 더는 어쩌지 못하고 봉투 든 손을 내려놓은 후, 발끝으로 애꿎은 흙을 파헤치며 고개를 주억거렸다. 지붕 밑에 대놓은 사다리를 걷는 정욱을 보다 문득 생각난 듯 해원이 물었다.

"세정이는 잘 지내?"

"요즘 본 지 오래됐어."

한숨인 듯 정욱이 길게 숨을 토해냈다.

"둘이 무슨 일 있어?"

해원은 두 사람의 일에 관해 짐짓 모르는 척 물었다. 정욱의 미간이 찌푸려졌다.

"집에 돌아오면 각자 방 들어가기 바빠. 밥도 다 따로 알아서 먹고. 서로 투명 인간처럼 대하는걸 뭐."

양손을 털고 일어나며 정욱이 헛웃음을 지었다.

"이혼하고 싶대."

얼마 전 세정이 그랬던 것처럼 정욱이 툭 내뱉듯 말했다. 세기와 열기를 잃은 노르스름한 빛이 정욱의 얼굴에 쏟아 들었다. 정욱의 얼굴로 스며든 소멸할 듯 약한 빛 위로, 한 인간의 곤궁함과 나약함이 존재를 드러내며 동시에 떠오르는 듯했다.

"세정이 일하는 곳엔 가본 적 있어?"

"없어. 이상하게 거기는 가보고 싶지 않더라."

경직된 정욱의 말투에 해원은 들릴 듯 말 듯한 목소리로 그럴 수도, 하고 중얼거렸다.

"연서 있잖아. 위탁부모가 돼서 키워보려 했던 거, 하지 않으려고. 세정이 도통 원치 않아서……. 좋은 부부가 아닌데 어떻게 좋은 부모가 될 수 있느냐고 그러더라. 맞는 말이더라고."

정욱이 쓴웃음을 지었다.

"세정이하고는 나아질 여지가 없고?"

"어떻게 해야 할지 모르겠어. 세정이가 보통 성질이냐. 언제나 매번 똑같이 아주 극렬하게 싸우는 게 멈춰질 것 같지도 않고. 그냥 각자 사는 거 같아, 지금도."

정욱은 퍽 난감한 표정을 지으며 사라지는 빛의 꼬리를 찾아 의미 없는 눈길을 던졌다. 해원은 정욱의 옆모습을 가만히 바라보았다. 물을 한 모금 삼킨 그의 목젖이 위아래로 움직였다. 웃자란 수염이 듬성듬성한 얼굴이 그 어느 때보다 까칠했다. 해원은 문득 정욱의 모습에서 그저 살아간다는 일의 무모함과 덧없음 같은 걸 옅게 느꼈다.

"그거 알아, 정욱아?"

해원이 작심한 듯 말문을 열었다.

"……?"

"세정이는 정욱이 너 탓하는 법이 없어."

정욱은 양손을 주머니에 찔러 넣은 채 해원의 말을 듣기만 했다.

"혹시, 세정이 어떤 마음으로 일하는지 제대로 들여다본 적 있니?"

빛이 사라지자 정욱의 얼굴 윤곽이 서서히 잿빛으로 물들었다.

"네가 고쳐준 지붕처럼…… 구멍 난 세정이 마음도 어루만져줄 수 있을 거라고 난 생각해."

정욱은 여전히 말이 없었다.

"나, 뭐 하나만 부탁해도 될까? 친구로서."

"그게…… 뭔데?"

정욱이 마른 입술을 혀로 축이며 물었다.

"아껴줘 세정이. 아낀다는 게 어떤 건지 알아?"

정욱이 머뭇대다 고개를 좌우로 흔들었다.

"좋은 마음이 깎여나가지 않게, 그 마음을 지켜주는 거야."

정욱은 별다르게 대꾸하지 않다가, "가봐야겠다" 힘이 빠진 어투로 말했다. 생기 없이 처진 정욱의 볼을 보며 해원은 그 역시 생의 한가운데를 통과하는 중이라는 생각이 들었다. 정욱이 가져온 공구와 짐을 트럭 적재함에 실었다.

"참, 경모 이제 곧 돌아가는 거 알지? 이번에 가면 아예 안 온다더라. 종신서원식을 한 이후에는. 경모는 언제나 그랬잖아. 모든 걸 다 끊고 신 앞으로 나아가고 싶어 했잖아. 심지어 부모님조차도……."

정욱이 트럭 문을 열다 말고 생각난 듯이 말했다.

"예전에 경모가 수도원 들어가기 전에 그런 말 한 적 있다. 한 사람에 대한 생각이 기도가 될 수 있다고. 누구라고 말은 안 했지만, 세정이와 나는 그 대상이 해원이 너일 거라고 짐작했었어. 경모가 여전히 해원이 너를 마음에서 떼어놓지 못하고 있다는 걸 알았으니까. 경모에게는 그 기도가 일상이었던 것 같더라고. 시간이 제법 흘러 이제는 한때에 지나지 않을 일이겠지만. 경모 가기 전에 둘이 좀 잘 지냈으면 좋겠다. 으르렁대지 좀 말고."

정욱이 마지막 말을 하며 객쩍게 웃고는 트럭 운전석으로 올라탔다. 집 앞마당을 빠져나가는 트럭의 뒤꽁무니를 해원은 하염없이 쳐다봤다. 트럭의 붉은 미등이 꺼져가는 노을빛을 살리려는 불씨처럼 반짝였다.

*

해원에게.
네가 보낸 메일을 읽고 한동안 멍하니 있었어. 안 그래도 요즘 뭔가 수상한 마음 때문에 자주 밖을 서성였거든. 아마 너의 위태로움이 발산한 빛이 나의 의식에도 닿았기 때문이었을까.
해원.
나는 네가 지금의 상황을 하느님에게 의탁하기를 바란다. 하느님의 뜻이 무엇인지는 그분께 귀의하지 않고는 알 수 없으니까. 그렇게 한다면 지금 너의 고통 속에 담긴 의미와 함께 안개처럼 가려진 그분의 고결한 성심과 혜안 또한 발견할 수 있을 거라 믿어. 하느님의 섭리를 이해하고 받들기 위해서는 자신의 기질과 가치관마저도 거스를 수 있어야 한다. 그건 아마도 고통을 수반하는 일이겠지. 하지만 그래야만 신의 뜻을 발견할 수 있어, 해원.

이혼을 해도 되는지 묻고 싶다고 했지. 나는 그 말속에서 너의 고통을 느껴. 언제나 자기 앞에 놓인 선택지 앞에서 판단을 주저 않던 너에게, 그 의문이, 망설임이 얼마나 많은 아픔을 담보로 하는지, 또 얼마나 흔들리고 있는지를 나는, 어렴풋이 가늠할 뿐이야.

다만 그 헤아릴 수 없는 고통 속에서도, 그 선택에 대해, 해원이 부디 신중하기를 나는 기도해. 어떤 내밀한 일치의 순간에도 인간 사이의 일치는 불완전하니까. 우리는 불완전함을 극복할 수 없고 그저 경험하는 것에 지나지 않을까. 완전한 일치는 신을 향한 영적 지향을 통해서만 가능한 것 같아. 불완전한 고통 속에서도, 혼돈 속에서도, 어둠 속에서도 한 줄기 명료하게 해원에게로 향하는 하느님의 빛을, 지혜를 찾기를 간설히 바라고 기도할게.

경모.

정욱을 보내고 집 안으로 들어와 노트북 전원을 켠 다음,

해원은 오래전 경모에게 받은 메일을 다시 열어보았다. 그것은 자신이 보낸 메일에 대한 경모의 답장이었다. 해원은 그때 그 메일을 읽고 왜 그렇게 화가 났는지, 경모에게 다시 회신할 때 꼭 그렇게 성의 없이 보냈어야 했는지에 대해 곰곰이 생각해보았다. 이혼의 기로에 선, 예민하고 사나웠으며 격정적인 감정이 오르락내리락하던 시기였다. 그때 해원은 자신이 삶의 약자라고 생각했다. 경모의 그 편지가 아마도 그때의 해원에게는 그저, 세상의 답을 다 안다는 듯 말하고 불합리하더라도 보편의 궤적에 꿰맞춰 사는 게 좋지 않겠냐며 이혼을 만류하는 사람들의 충고와 다를 바 없게 느껴졌기 때문이었을 것이다.

해원은 경모의 편지를 받고 다시 보낸 답장 메일을 찾아 열어보았다.

경모.
내게 필요한 건 하느님이 아니라,
나의 선택과 결단을 지지해줄 사람의 말이었어.
잘 지내.
해원.

세정의 사명

헤드라이트가 비추는 길을 따라 트럭을 몰고 가다 정욱은 해원에게 경모 얘기를 꺼낸 걸 뒤늦게 후회했다. 해원과 경모가 서로를 애틋하게 여기는 사이로 지낸 건 지난 시간 속에서나 존재할 뿐이었다. 해원에게 굳이 경모와의 과거의 기억을 상기시킬 이유가 없었기에 정욱은 운전하는 내내 자신의 경솔함에 대해 자책했다. 사실 정욱은 자기 얘기를 좀처럼 입 밖으로 꺼내는 법이 없었다. 하지만 뜻하지 않게 해원과 속을 터놓고 대화를 나누면서 정욱은 자신의 내면에 가득 찬 혼탁한 공기가 얼마간 환기되는 듯한 기분이었다. 그렇게 누군가와 내밀한 얘기를 주고받은 게 정말 오랜만인 데다가,

그 대상이 다름 아닌 해원이라는 사실이 결국 경모 이야기까지 하게 만든 듯했다.

착잡한 기분을 가누며 집에 거의 다다랐을 무렵 정욱은 오늘 세정이 저녁 근무를 하는 날임을 떠올렸다. 더는 나빠질 수 없을 정도로 관계가 악화된 탓에 같이 집에 머문다 하더라도 서로에게 다가가기를 주저할 게 분명한데도, 아무도 없을 집을 생각하자 정욱은 쓸쓸해졌다. 차라리 혼자 살았더라면 상대의 부재로 인한 이런 쓸쓸한 감정은 드물지 않았을까, 입버릇처럼 세정에게 호소하는 소외의 감정은 느끼지 않아도 되지 않았을까 속으로 연이어 되물었고, 곧 그런 생각은 마음의 고인 공간으로 흘러 움직이지 않았다. 어떻게 되든 상관없다는 마음이 되었고, 누군가를 탓하고 싶은 욕구를 떨쳐내기 힘들었으며, 외로움의 감정이 실은 상대적이라는 사실을 되새기며, 결국 자신을 이렇게 만든 것이 세정의 부재 때문이라는 생각에 박혀 속이 너덜너덜해지는 기분이었다.

세정이 급히 출근했는지 집 안은 평소보다 조금 더 어지럽고 불도 켜진 상태였다. 정욱은 별생각 없이 바닥에 널브러진 옷가지며 수건과 인쇄물 같은 것들을 주섬주섬 챙기다 말고 동작을 멈췄다. 식탁 밑에서 손바닥만 한 노트를 발견하고 나서였다. 노트 앞면 하단에는 리조트명과 로고가, 상단에는 '고객 응대 사명과 서비스 기록 일지'라고 쓰여 있었다.

리조트에서 업무용으로 쓰는 노트인 듯했다. 미처 노트를 챙기지 못하고 출근했나 보다 하고 식탁 위에 올려놓으려던 정욱은 이내 생각을 바꿔 노트를 조심스레 열어봤다. 세정이 일하는 곳에는 가본 적 있느냐는 해원의 물음이 문득 생각나서였다. 세정이 리조트 내 호텔에서 프런트 매니저로 일한다는 사실을 전에 듣긴 했지만, 그게 정확히 어떤 일인지 정욱은 제대로 알지 못했다.

겉장을 넘기자 월별로 구분된 1년 치의 날이 한 면 가득 펼쳐졌고, 곳곳에 세정이 일정을 메모해둔 것이 보였다. 정욱이 그다음 장을 넘기자, 거기에는 [고객을 응대하는 우리의 신념과 사명]이라는 문구 아래 여러 항목들이 나열되어 있었다.

'어떤 일이 있어도 고객을 정중히 대한다.' '항상 고객의 편에서 생각하며, 어떤 요청이나 부탁도 거절하지 않는다.' '항상 고객을 따뜻하고 친절하게 응대한다.' '고객을 알아보고 먼저 인사를 건넨다.' '고객의 불편한 점을 파악하여 즉각 대응한다.' '고객 앞에서 언짢은 표정이나 목소리를 내지 않는다.' 같은 항목들이었다. 조금은 질식할 것 같은 기분으로 항목들을 쭉 읽던 정욱의 시선이 어느 한곳에서 멈췄다.

'고객이 말하지 않는 마음까지도 읽어내려 노력한다.'

이런 건 어떻게 하는 거야. 약간은 아득한 기분이 되어 정욱이 혼잣말로 중얼거렸다. 세정의 일이 어떤 것인지 대강 짐작만 했을 뿐, 이런 신념들이 담긴 사명으로 고객을 응대해야 하는 일인 줄은 까맣게 몰랐다.

노트를 몇 장 더 넘기자 거기에는 앞 장의 사명과 달리 힘들다거나 회의가 든다, 벗어나고 싶다, 모멸감이 든다, 같은 어둡고 고된 마음을 담은 세정의 메모들이 보였다.

'그건 안 됩니다, 라고 할 수 있는 권한이 우리에게는 없다는 얘기를 들었다. 예외적으로 그렇게 해드리겠습니다, 해야 한다고 했다. 부당한 요구에도 저자세의 태도를 유지하는 게 너무 힘들다.' '자존감이 바닥을 뚫고 지하층까지 떨어졌다.' '깊디깊은 바다에서 헤엄치는 심해어가 된 것처럼 낮은 자세로 눈치를 보며 두려운 눈을 하고 주위를 살피는 내 모습.'

그러다 정욱은 노트 중간쯤에서 자신의 이름이 적힌 메모를 발견하고는 숨이 멎는 듯한 기분이 되어 그 부분을 양손으로 지그시 눌러 활짝 펼쳤다.

'집에서나 회사에서나 어쩌면 이렇게 힘들기만 할까.' '정욱을 이해하지 못하는 내가, 나쁜 건가.' '퇴근 후 쉬고 싶지만, 집에는 안식이 없다. 매일 부딪히며 날카롭게 찢기고 깨지는 나날.' '집에 간다. 하지만 집에 간다 해도 나아질 건 없겠지. 자기 전에 울고 나면 좀 괜찮아지기는 할까.'

정욱은 메모들을 읽을수록 그 단어들이 낱낱이 분해되어

공기 중으로 흩어진 다음 무수한 촉으로 쏟아 내리며 온몸에 자잘한 상처를 내는 듯한 통증을 느꼈다. 다툴 때마다 리조트에서 일하기를 고집하는 세정에게 네 생각대로만, 네가 하고 싶어 하는 일이 아니냐며 다그쳤던 게 불현듯 떠올라 더욱 당혹스러웠다.

노트에 유독 자주 등장하는 이름이 있었다. '양석구'. 그 옆에 적힌 '리조트 VIP, 큰손, 세희원 대표'라는 글씨 밑에는 여러 개의 밑줄이 그어져 있었다. '세희원'이라면 정욱도 잘 알고 있었다. 군에서 기업형 규모로 운영되는 가장 크고 유명한 한식 전문점이었다.

메모 속의 양석구는 세정을 잘 아는 듯했다. 프런트에서 세정이 근무할 때면 때맞춰 찾아와 이것저것 요구하거나 상시적으로 컴플레인을 한다고 했다. 특히 불륜 관계로 소문난 젊은 여자나 함께 골프 치는 지인들과 있을 때 과시하듯 그렇게 행동할 때가 많다고 적혀 있었다.

'내 이름 몰라? 그렇게 자주 보는데? 사람들 앞에서 빈정거리듯 말하며 웃는 모습에 진짜 소름이 끼친다.' '침대 시트 위에서 발견했다며 머리카락 몇 올을 가져와 눈앞에 들이밀며 경멸하듯 노려보는 표정에 기가 질리고 말았다.' '레스토랑 석식 시간을 놓쳐 식사를 하지 못했는데 혹시 객실로 라면을 끓여다 줄 수 있는지 물었다. 그렇게는 어렵다고 하자

대뜸 반말로 나의 서비스 태도를 문제 삼기 시작했다. 또 시작이었다. 부서 전체가 컴플레인에 시달려야 하는 일의 반복. 언제나 질책을 받는 건 나다.' '일부러 찾아와 시비를 건다는 생각이 들지 않을 수 없을 정도로 빈번한 요구와 지적들.' '디렉터와 상담 끝에 객실 부서로 옮기는 방향을 고려해보라는 말을 들었다. 결국 내가 쫓겨나야 끝나는 일인가.'

점점 무거운 마음이 되어 페이지를 넘기다 거의 노트 마지막 부분에서 세정이 사납게 휘갈긴 메모를 발견한 정욱은 가슴이 뜯기는 듯한 통증을 느꼈다.

'그만두고 싶어도 그만둘 수가 없다. 이제 앞으로 돈은 내가 혼자 벌어야 할 테니까.'

정욱은 노트를 덮고 의자에 기댄 다음 가만히 눈을 감았다.

얼마나 그 자세로 있었는지 모를 정도로 시간을 보낸 후에 정욱은 문득 문밖에서 들려온 소리에 귀를 기울였다. 일을 마치고 돌아온 세정의 기척이었다. 세정이 문을 열고 들어오기 전에 정욱은 발소리를 죽여 방으로 갔다. 세정이 가방을 내려놓는 소리, 화장실에서 샤워하는 소리, 드라이어로 머리를 말리고 안방으로 들어가는 소리를 침대에 누워 마치 눈앞에서 보듯 들었다. 각방을 쓴 지 오래였으므로 서로를 챙기지 않는 것도 익숙한 일이었다.

짙은 밤의 시간이 서서히 걷히고, 동트며 다가온 새벽이

창 안쪽으로 탐조등처럼 희미한 빛 한 줄기를 드밀었다. 창 밖으로 보이는 하늘은 온통 검회색 구름들로 가득 차 있었다. 곧 또다시 눈이 쏟아질지 모르겠다 생각하며 정욱은 자리에서 일어나 여러 번 마른세수를 했다. 안방에서 자고 있을 세정이 깨지 않도록 소리 나지 않게 화장실을 오가며 몸을 씻고 옷을 챙겨 입은 다음 차 열쇠를 챙겨 조심스레 문을 열고 어둑한 바깥으로 나섰다.

밤사이 그 생각은 하나의 점에 지나지 않았다가 정욱이 집 밖으로 나설 때는 온통 머릿속을 너울거리며 돌아다녔다. 세정이 집 안과 밖 어디에도 편히 머물 수 있는 공간이 없었다는 사실과 그런 세정을 남편인 자신조차 보호해주지 못했다는 생각이, 해원을 만나 얘기를 나누는 동안 일시적으로 일었던 감정들과 뒤섞여 해일처럼 정욱의 마음을 덮쳤다. 타인에게 화를 내거나 싸워본 일조차 거의 없는 자신이, 오직 세정에게만 분노를 쏟아냈다는 걸 뒤늦게 알게 된 정욱은 서늘한 한기를 느꼈다. 오직 세정에게만. 줄곧. 그 사실이 정욱의 가슴 한편을 뻐근하게 했다.

센디로 출근해 평소와 다름없이 일을 하며, 그는 어떤 결심을 세웠다가 허물기를 반복했다. 그만둘까, 생각할 때마다 노트 속 세정의 메모들이 분연히 일어나 자신을 꾸짖는 것 같은 기분에서 헤어 나오지 못했다. 퇴근 무렵이 되어서야 정욱은 결심을 굳히고 자리에서 일어섰다. 결연히 차에 올라 정욱이 향한 곳은 집이 아니라 세희원이었다.

 4층 높이의 규모로 사람을 압도하는 그 건물을 정욱은 한참 올려다봤다. 음식점 앞은 사람들로 붐볐다. 식사를 마치고 나오는 사람들과 들어가려는 사람들을 헤치고 정욱은 성큼성큼 안으로 걸어 들어갔다. 자리에 앉자마자 한우 불고기 2인분과 곰탕을 주문한 후, 인사를 하고 가려는 남자 종업원의 옷소매를 잡아끌어 넌지시 말을 건넸다.

"저기, 여기 사장님 좀 불러주세요."

"사장님이요?"

종업원이 의아해하며 물었다.

"네, 중요한 일인데 바쁘신지 좀처럼 연락이 되지 않아서요."

"글쎄…… 계실까 모르겠는데요."

"좀 불러주세요."

정욱은 종업원의 바지 주머니에 5만 원짜리 한 장을 찔러 넣었다.

"급한 일이신 거죠?"

돈을 주머니 깊숙이 밀어 넣으면서도 미심쩍이 묻는 종업원에게 정욱은 얼른 고개를 끄덕여 보였다. 사장이 자리로 다가온 건 주문한 음식이 나오고 얼마쯤 지나서였다. 짧은

은빛 새치가 잔디처럼 머리에 촘촘히 박히고 동글납작한 얼굴에 덩치가 제법 큰 남성이었다.

"가만있어봐라, 어디서 뵈었더라."

사장이 두 눈동자를 굴리며 빠르게 정욱을 훑었다. 어디서 만났는지 가늠하는 눈치였다.

"지난번 그 정치인 후원회……? 아니면 친목횐가? 라이온스 클럽?"

중얼거리는 사장을 향해 정욱이 말했다.

"음식들이 죄다 입맛에 안 맞아서 그러는데 라면 하나 끓여다 주시겠습니까?"

사장이 어리둥절한 얼굴로 정욱 쪽으로 몸을 숙였다.

"네? 뭐라고요?"

"입맛에 안 맞으니 라면 좀 끓여달라고요." 정욱은 태연히 말을 이었다. "아, 걱정 마세요. 손도 안 댔지만 여기 제가 주문한 건 다 계산할게요."

사장은 아연해진 듯 잠시 아무 말도 못 하다가 차츰 눈가에 붉은 실핏줄이 도드라졌다.

"지금 라면 끓어달라고 나를 부른 기요?"

정욱은 고개를 끄덕였다. "네."

"당신 대체 뭐 하는 사람이요?"

"왜요? 안 되나요?"

"그걸 말이라고!"

"사장님도 그러시길래 되는 줄 알았어요."

"뭐요?"

"L 리조트에서 그러셨잖아요. 사모님 아닌 다른 여자분이랑 리조트 호텔에서 라면 끓여달라고 하셨잖아요. 규정상 안 된다고 설명드려도 막무가내시길래 식당은 당연히 되는 줄 알았죠."

순간 사장의 얼굴에서 핏기가 가시더니 하얗게 질린 모습이 되었다.

"당신 누구 사주받고 왔어? 흥신소야? 남 뒤나 캐고 다니는 새끼야 뭐야. 나가, 어서!"

사장이 정욱의 팔을 잡고 거칠게 끌어내리려고 하자 정욱이 그 손을 뿌리치고는 벌떡 일어섰다.

"맞잖아요! 내가 뭐 틀린 말 했나. 리조트에서 별별 트집 다 잡으면서 거기 사람들 괴롭히던데요. 아니에요?"

그 말이 끝남과 동시에 정욱은 턱에 강한 충격을 느끼며 그대로 나동그라졌다. 뒤이어 다가온 사장이 주먹으로 뺨을 두어 차례 더 갈겼다. 식당 안 여기저기서 사람들이 웅성거리기 시작했다. 정욱은 비틀거리며 일어섰다. 말리는 종업원들에게 붙들린 사장은 여전히 화가 풀리지 않은 듯 일그러진 눈으로 정욱을 노려봤다. 정욱은 뺨이 부풀어 오르는 걸 느끼며 들큼한 피가 입술을 적시도록 내버려두었다.

"사장이면 다야!"

삽시간에 주위가 조용해졌다. 정욱의 기세에 놀란 건 사장이나 종업원들뿐만이 아니었다. 웅성거리던 손님들도 모두 숨을 죽인 채 정욱이 철제 의자를 들어 올리는 걸 바라보았다. 의자는 허공에서 위태롭게 흔들리는가 싶더니 둔탁하고 날카로운 쇳소리를 내며 바닥에 패대기쳐졌다. 이어 정욱이 목울대가 터져라 내지르는 소리가 식당 안을 울렸다.

"당신이 여기서나 사장이지 리조트에서도 사장이야? 왜 아무 데서나 사장 노릇을 하고 난리야!"

벌겋게 얼굴이 달아오른 사장은 그제야 손님들이 의식됐는지 불안한 눈길로 주위를 훑더니 종업원들을 닦달했다.

"아 뭣들 해, 저 미친 인간 내보내지 않고!"

그러나 아무도 정욱 옆으로 다가가지 못했다. 정욱은 턱을 타고 흐르는 피를 손등으로 우악스럽게 닦아낸 뒤 식당 출입문을 향해 천천히 걸어갔다.

"경찰 불러, 경찰!"

사장이 목이 갈리도록 소리쳤다. 일순 그 자리에 우뚝 멈춰 선 정욱이 사장을 쏘아보며 일갈했다.

"당신 한 번만 더 리조트 얼쩡거리면서 변태 짓 하면 다시 찾아올 줄 알아!"

정욱의 서슬에 움찔한 사장이 우물쭈물하더니 뒤로 물러서 순순히 정욱이 가도록 내버려두었다.

밖으로 나선 정욱은 세정이 일하면서 느껴야 했던 모멸과 멸시의 감정들이 그대로 찾아와 자신의 온몸에 달라붙는 것만 같았다. 정욱은 세정을 대신해 다른 타인에게 복수하듯 분노를 표출하는 게 정작 그녀를 위한 일이 아님을 깨달았다. 식당에서 벌인 일이 일순간이나마 자신의 감정을 씻어내기 위한 행동에 지나지 않았다는 것도. 그 무모함과 무의미가 그를 씁쓸하게 했다. 다만 정욱은 자신과 싸우는 중이었다. 그렇게라도 하지 않으면 자기라는 완고한 벽을 넘기 힘들 것만 같았기에.

비척거리며 몇 걸음 앞으로 발을 내딛는데 발밑이 서걱거렸다. 하늘을 올려다보자 거센 눈발이 허공을 촘촘히 메우고 있었다. 정욱은 얼굴 위로 내려앉는 눈송이들을 피하지 않고 그대로 받아들였다. 한동안 그러는 사이, 양쪽 눈가에서 촛농처럼 흘러내린 굵은 눈물방울이 차가워진 얼굴을 따뜻하게 데워주었다. 지금 정욱의 마음을 북받쳐 오르게 하는 것은, 습관적으로 세정의 기를 꺾으려던 자신이 처음으로 그녀를 위해 뭔가를 하려고 했다는 점이었고, 여전히 그 사실이 그를 한없이 부끄럽게 만든다는 것이었다.

자전거

출근길 버스에서 창밖을 바라보던 세정은 빙점하에서 얼어버린 강이 자신의 마음처럼 느껴졌다. 버스가 덜컹거릴 때마다 밑바닥에 눌어붙은 자신의 존재가 툭툭 튀어 여기저기 부딪히는 것 같았다. 집 밖으로 나선 순간 공간적으로 분리되었음에도 어쩐지 그 공간에서 영영 빠져나오지 못하고 헤매는 기분이었다. 다른 생각으로 기분을 전환하려 해도 어느덧 의식은 다시 그곳으로 돌아가 맴을 그렸다. 한 사람과의 분리를 생각하는 일이었고, 시간의 접점을 오려내는 일이었다. 사람과 시간을 잘라내기로 작정하자 여기저기 구멍이 나 마음이 너절해지다 못해 세정을 기진맥진하게 만들었다. 그럼에도 기억의 연민에 냉정해지자, 세정은 자꾸만 다짐하는 것이었다.

요즘 세정은 심장이 자기 것이 아니라 다른 사람, 동물, 어패류 혹은 파충류의 그것과 바꿔치기해놓은 것처럼 가냘프고 부자연스럽게 두근거림을 자주 느꼈다. 시간은 신체와 정신을 하릴없이 부식시키는 듯 조금 전의 일을 금세 잊거나 멍해졌다. 숨을 자주 가빠하며 잡히는 것 없이 붕 뜬 마음으로 세정은 간신히 업무를 처리했다. 무엇인가를 단절하고 분리하는 일이, 자기 안의 것을 먼저 도려내는 일부터가 시작이라는 걸 세정은 서서히 깨닫는 중이었다.

세정이 이혼 얘기를 꺼낸 이후로, 정욱은 침묵 속에 자신을 놓아두었다. 단절의 기류로 상대방에게 가하는 무언의 압박임을, 그녀가 굽히지 않는 한 언제까지고 계속될 그만의 고집이라는 걸 세정은 모르지 않았다. 예전의 그녀라면, 정욱에게 선뜻 잘못했다고 하거나, 오해를 풀어내려 애쓰거나 서로의 생각이 달랐음을 인정하자며 다독였을 것이었다. 그러나 세정은 이제 그러지 않기로 했다. 무조건 미안하다고도, 자신의 생각이 잘못됐다고도 말하지 않을 작정이었다. 무엇보다 이제는 상대방이 자신을 함부로 대하는 한, 그 이상으로 이해하지 않기로 했다. 지금처럼 이렇게 완전히 분리된 채로 평행선을 그으며 각자의 방향으로 직진해야 한다면,

접점이 없는 어딘가로 의미 없이 같은 길을 달려야 한다면, 마치 상대가 집 안에 없는 것처럼 계속 회피하기만 한다면, 두 사람의 삶이 더 나아질 수 있으리라는 기대는 접는 편이 차라리 나을 거라는 생각이었다.

  오후 무렵 내리기 시작한 눈이 그칠 기색이 없어 보이더니 지역에 대설주의보가 발령되었다는 뉴스가 연신 흘러나왔다. 리조트 밖으로 덩어리째 쏟아지는 굵은 눈발이 강한 바람에 흩날리며 희부연 안개처럼 보였다. 주말 숙박 예약 취소에 대해 문의하는 전화가 간간이 걸려 오는가 싶더니, 나이트 근무를 위해 차를 몰고 출근하던 직원 두 명이 눈 속에서 고립됐다는 소식이 들려왔다. 후륜구동 차를 운전하다 언덕 곡선 도로를 오르던 차량이 눈길에 미끄러져 도로변 난간을 들이받았다고 했다. 상급자가 급한 대로 대체 근무를 해 줄 수 있는지를 세정에게 물었다. 세정은 리조트에서 3교대로 근무했지만 밤을 새우는 나이트 근무는 하지 않는 상태였다. 애초 세정은 수당이 나오는 나이트 근무를 배제하고 싶지 않았으나 정욱의 반대로 조정을 요청한 끝에 현재의 시간대로 근무하는 중이었다. 원래라면 오후 열 시에 일을 마쳐야 했지만, 대체 근무를 하고 퇴근할 수 있는 시간은 다음 날 아침 여섯 시 삼십 분이었다.

세정은 그러겠다고 했다. 어차피 폭설 때문에 대중교통이 끊겨 집으로 돌아갈 수도 없었다. 무거운 공기와 침묵이 가득한 집에서 이렇게라도 잠시 벗어나 있는 것도 나쁘진 않을 것 같았다. 세정은 연장 대체 근무 사실을 정욱에게 알리려고 든 휴대폰을 말끄러미 내려다보았다. 한집에 살면서도 눈길조차 마주치지 않는, 눈앞에 뻔히 보이는데도 서로 없는 듯 구는 생활이 오래 이어지고 있었다. 돌연 서러운 마음이 들었고, 조용히 휴대폰을 내려놓았다.

　밤의 눈은 한때 몹시 짙어지다가 어둠 속 무수한 흰 점으로 사방에 찍혔다. 퇴근 시간이 훌쩍 지났음에도 정욱의 연락은 없었다. 신경이 쓰이다 못해 세정은 몇 차례나 휴대폰을 들었다 놓기를 발작적으로 반복하다 아예 휴대폰의 전원을 끈 다음 사물함에 던져버렸다. 그러면 신경이 조금 덜 쓰일 것 같았다. 바깥의 어스름이 걷히는 걸 바라보다 세정은 정욱과의 관계를 정리하려는 마음의 결기가 무르고 연약할수록 자신이 고통받는다는 것 또한 깨달았다.

　—세정아. 네가 먼저 행복하지 않고서는 누군가와 삶을 함께한다 해도 절대 행복해질 수 없는 거야.

　정욱과 이혼하겠다고 하자 해원이 해준 말이었다. 그때 세정은 북받쳐 오르는 울음을 겨우 참아냈다. 정욱과 함께 살면서 행복해지기 위해 노력한 지난 시간이 지금 자신에게 아무런 위로를 주지 못한다는 걸 내색하고 싶지 않아서였다. 어둠이 서서히 걷히고 어슴푸레한 박명이 세상을 잿빛으로 채색하는 모습을 세정은 손아귀를 꽉 움켜쥔 채 바라보았다.

쌓인 눈을 치운 후 도로 사정이 나아지기는 했지만 통근버스 운행은 재개되지 않아 세정은 다른 직원들과 함께 체인을 감은 리조트 전용 승합차를 타고 퇴근하기로 했다. 직원들을 태운 승합차가 뒤뚱거리며 출발했을 때 세정은 그제야 밀려오는 졸음 때문에 혼곤해졌지만, 갓 떠오른 태양의 빛무리가 창가에 어른거려 잠을 이룰 수가 없었다.

그때 세정의 눈에 들어온 한 장면이 있었다.

리조트 출입구 쪽에 한 그루 나무처럼 미동 없이 서 있는 사람이었다. 눈이 부셔 한쪽 눈을 찡그린 후 손으로 빛을 가려가며 세정은 어딘지 익숙한 모습의 남자를 제대로 쳐다보려 애썼다. 역광 때문에 검은 실루엣으로만 짐작할 뿐인 남자는 추위 때문인지 한쪽 손을 주머니에 넣은 채로 연신 담배를 피워대고 있었다. 엉거주춤한 자세로 리조트 쪽을 힐끔대던 남자가 옆을 지나는 승합차를 무심코 바라보았다. 바로 가까이에서 스쳐 지나가며 세정은 남자를 정면으로 봤지만, 남자는 세정을 보지 못한 모양이었다. 세정은 두 손바닥을 차창에 대고 유리에 얼굴을 뭉갠 채 지나치는 남자의 뒷모습을 넋없이 바라보다가 돌연 소리쳤다.

"차 세워요! 기사님, 잠깐만요, 잠깐!"

깜짝 놀란 기사가 브레이크를 밟고 차를 세우자, 외투에 얼굴을 묻은 채 졸거나 몸을 반쯤 눕혀 휴대폰을 보던 직원들이 어리둥절한 얼굴로 주위를 두리번거렸다.

"저 좀 잠깐 내릴게요!"

맨 뒤에 앉았던 세정이 좁은 좌석 사이를 뚫고 나가려 안간힘을 썼다. 차 문 쪽에 앉은 사람이 먼저 문을 열고 내려 세정이 내리기 쉽도록 도와주었다. 땅에 발을 디디자마자 세정은, 승합차가 지나온 남자 쪽을 향해 뛰기 시작했다. 뒤에서 사람들이 세정 씨, 하고 잇따라 부르는 소리를 들었지만 뒤돌아볼 여유가 없었다. 연애 시절까지 통틀어도 세정의 기억 속에 그가 먼저 자신을 찾아온 적은 없었다. 기다리는 건 늘 세정의 몫이었다. 승합차가 한참을 지나온 길을 뛰어 모퉁이를 돈 다음에야 세정은 발걸음을 멈췄다. 그곳에, 그대로 남자가 서 있었다.

"야, 손정욱!"

세정이 목청껏 불렀다. 입 밖으로 터져 나온 입김이 금세 사방으로 흩어졌다. 세정이 부르는 소리를 들은 남자가 엉거주춤 몸을 돌렸다. 거기 서름서름하게 서서 안을 기웃대는 남자가 정욱이라는 걸 확인한 세정은 왈칵 울부짖듯 소리쳤다.

"야, 이 미친놈아!"

잠시 뒤 그 말은 메아리가 되어 돌아왔다. 정욱은 그저 우두커니 선 채 세정을 바라만 봤다. 세정이 천천히 발걸음을 뗐다. 집에서 서둘러 나온 듯 아무렇게나 껴입은 방한복이며, 무릎과 엉덩이께가 반들반들한 트레이닝바지를 입은 모습이 평소와 비교해 더 유별날 건 없었지만, 세정은 오늘따라 그가 이상하리만치 낯설게 보였다. 정욱에게 다가가던 세정은 그의 발밑에 수북이 쌓인 담배꽁초들을 보았다. 정욱이 결혼할 무렵 끊었다던 담배였다. 한 번도 세정을 기다려본 적이 없는 정욱이 그 시간 동안 할 수 있는 일이란 겨우 그런 것이었다.

"미안해."

정욱에게 거의 다가섰을 무렵 그가 불쑥 꺼낸 말에 세정은 조금 놀랐으나 티를 내지는 않았다. 언제나 논리적인 말로 세정의 말 한마디 한마디를 예민하게 따지던 정욱이었기에, 세정은 그저 그 어감과 어조를 가만히 살필 뿐이었다. 혹시 순간의 갈등만을 모면하기 위해 사용한 언어는 아닌지 하고.

"담배 다시 피운 게 미안하다는 건 아니지?"

"아니, 너한테, 너한테 다 미안하다고."

세정이 반쯤 우스갯소리로 던진 말에, 정욱은 진지한 얼굴로 고개를 가로저었다.

"트럭은 어쩌고?"

세정이 주위를 둘러보며 묻자 정욱이 뒤쪽에 세워놓은 자전거를 눈으로 가리켰다.
"날이 추워서 배터리가 방전되는 바람에 어쩔 수 없이 이렇게……."
"그럼 언제부터 여기 있었는데?"
"너 원래 끝나는 시간. 어제 열 시부터……."
"여기 서서?"
"응."
"미친놈."
세정이 한심하다는 듯 말하자 정욱은 겹주름이 생긴 눈꺼풀을 깜빡거렸다. 그런 정욱의 얼굴을 바라보다 턱이 부어오르고 검붉게 멍이 든 걸 세정은 뒤늦게 알아보았다.
"근데 얼굴이 왜 그래. 누구랑 싸웠어?"
"어? 그, 그냥."
정욱이 아니라고는 말하지 못하고 손으로 턱을 매만지며 겸연쩍어했다.
"너, 거미 한 마리도 못 죽여서 그냥 놔두는 사람이잖아."
"그렇지."
정욱이 고개를 수그리며 대답했다.
"그런 네가 누구랑 싸워."
세정이 속상한 마음을 어쩌지 못해 따지듯 묻자 정욱이 천천히 고개를 들었다.

"이제 집에 가자……."

막 내리비치기 시작한 새하얀 아침 햇살에 하루 만에 여윈 듯 초췌하고 거칠어진 정욱의 얼굴이 훤히 드러났다. 하지만 세정은 망설였다. 원래대로 돌아간 다음 혹 생길지도 모를 후회와 미련에 대해 곰곰 생각해보는 것이었다. 또다시 같은 상황이 반복된다면 견뎌낼 자신이 있을지에 대해서도. 세정은 정욱의 진심을 따지기보다 우선 스스로에게 묻고 답을 받아야 할 것 같았다.

"내가 잘못했어……. 고집부리지 않을게. 네가 다 옳아. 그러니 이제 너 하고 싶은 대로 해."

정욱의 말은 거기까지였다. 더는 아무런 말도 덧붙이지 않았고 세정도 대꾸하지 않았다. 대치하듯 마주 선 두 사람의 머리 위로 쉴어진 햇살이 부챗살처럼 곧고 허옇게 퍼져나갔다. 그런 채로 얼마간 시간이 흐른 후, 마침내 세정이 입을 뗐다.

"가자."

땅만 내려다보던 정욱이 고개를 들어 세정을 바라보았다. 그의 눈꺼풀이 떨리는 걸 세정은 놓치지 않았다. 당장 어떤 마음의 판단을 내리기보다 지금은 그저 그를 지켜보자고 세정은 생각했다. 끝없이 솟아오르던 불신과 적의가 슬그머니 가라앉고 마음 한편에서 고개를 내미는 다른 감정에 집중해

보기로 했다. 정욱이 어깨를 축 늘어뜨린 채 자전거로 향했다. 안장에 올랐을 때 그는 한 차례 휘청거렸는데, 그때 세정은 문득 알 것 같았다. 정욱으로서는 여기에 오기까지, 또 긴 밤을 보내며 자신을 기다리기까지, 지금껏 살아온 내력으로는 설명할 수 없는 낯선 용기와 인내가 필요했을 거라는 걸.

  세정이 다가가 뒤에 앉자 정욱이 천천히 자전거를 움직이기 시작했다. 점점 속도가 빨라지면서 세정은 담배 냄새가 진하게 밴, 찬 바람에 나풀거리는 정욱의 점퍼 허리춤을 양손으로 붙잡았다. 페달을 밟을 때마다 삐걱거리는 소리가 나는 오래된 자전거를 모는 정욱의 뒷모습에서, 세정은 그동안 잊고 지냈던 오래전 기억과 상념을 환등기로 영사하듯 떠올렸다. 그건 청년 시절의 무모함이 깃든 정욱의 모습이기도 했고, 어딘가 세정 자신이 잡아줄 곳이 존재했던 그의 연약함이기도 했으며, 그리고 한때 그런 그를 지켜주고 싶었던 자신의 마음 한 조각이기도 했다.

라디오

 타오가 사라졌다고, 그녀의 형부가 연락을 해왔다. 행정심판까지 제기한 상황에서 사라질 이유가 뭐냐고 묻는 해원에게 그녀의 형부는 "그러게나 말이에요" 하고 심드렁하게 답했다.

 "뭔가 마음에 들지 않는 구석이 있었나 보죠."

 타오가 사라진 연유까지는 관심을 둘 여유가 없다는 듯 성의 없는 말투였다.

 "당사자가 이렇게 된 이상, 행정심판은 이대로 끝내도 되는 거죠?"

 떠보듯 묻는 그의 물음에 해원은 가슴이 아릿해졌다.

"왜 그렇게까지 하시려고요. 그런데 일단 타오 씨를 찾는 게 먼저……."

"아니, 괘씸하잖아요."

해원의 말을 자르며 별안간 그가 분통을 터뜨렸다.

"무슨 일 있으셨어요?"

"무슨 일이 아니라…… 우리가 그렇게까지 해줬으면 말이지…… 아휴, 그런 게 있어요. 가족 간 일이라 말하기는 그렇고."

그가 무슨 말을 더 이을 듯하다가 혀를 차며 넘겼다.

"지금 타오도 없는 마당에 행정심판이니 뭐니 하면서 지지부진하게 일을 끌고 가고 싶진 않고, 그냥 딱 여기서 정리하는 게 좋겠다 싶습니다. 원체 우리가 일이 이렇게 되는 거를 원했던 것도 아니고. 거, 그쪽에서 괜히 바람을 넣어서는……."

이제는 은근히 해원을 탓하는 투였다. 해원의 마음에 화르륵 불길이 일었다.

"그러실 수 없어요."

해원은 어디선가 헤매고 있을 타오의 힘없는 눈동자를 떠올리며 말했다.

"뭐요?"

"그건 당사자가 결정하게 해야죠."

"아니, 그 애가 어떻게 되든 이제 나는 상관없다니까 그러……."

"전, 상관있어요."

해원이 통화하는 걸 들었는지 스텔라 수녀가 옆으로 다가오더니, 소리는 내지 않고 입 모양으로 타오? 하고 물었다. 해원은 고개를 끄덕끄덕했다. 그러자 스텔라 수녀가 입을 꼭 다문 채 고개를 저었다. 해원은 알아들었다. 흥분하지 말라는 뜻이었다.

"절차가 시작됐기 때문에 저희도 어떻게 된 상황인지 알아야 뭘 어쩔 수가 있어요. 그걸 아셔야 해요."

해원이 목소리를 가다듬으며 말하자 스텔라 수녀가 엄지와 검지로 오케이 사인을 만들어 보였다. 해원의 강경한 태도에 타오 형부도 더는 고집부리지 않고 목소리를 누그러뜨린 채 대꾸했다.

"우리도 수소문은 해볼 텐데…… 기대하진 말아요. 아마 돌아오지 않을 것 같수다."

딱히 찾아보겠다는 의지는커녕 타오가 돌아오지 않을 거라고 적이 확신하는 어조였다.

"네, 저희도 절차 확인한 후 다시 연락드릴게요."

그리고 해원은 전화를 끊었다.

"타오 씨가 사라졌다는 건가요?"

라디오

"네."

"이런. 안됐네, 타오. 어쩌다 그런 선택을 했을까."

스텔라 수녀가 안타깝다는 듯 중얼거렸다.

"그러게요."

"일단, 안셀모 신부님과 함께 가족을 만나 봐요. 어찌 된 일인지. 행정심판에서 가족의 의사도 중요하게 반영되니까요."

해원은 그러겠다고 답했다.

*

퇴근하고 집에 돌아온 해원은 저녁도 먹지 않은 채 그대로 누워 선잠이 들었는데 타오가 나오는 꿈을 꾸었다. 꿈속에서 타오는 움푹 팬 골에 발이 빠져 헤어 나오지 못하고 있었다. 해원이 어떻게든 꺼내주려 애썼지만, 타오는 원망하는 눈빛으로 해원을 밀쳐낼 뿐이었다.

꿈에서 깬 후에도 수상한 마음이 계속되자 해원은 집 밖으로 나가 걷기 시작했다. 도시로 떠나가 산 지 꽤 오랜 시간이 흘렀지만 정작 마을은 크게 변한 게 없었다. 해원은 빈 건물로만 남은 초등학교와 운동장을 둘러보며 누군가 살았거나 머물렀던 공간이 비어버리게 되면 그곳은 기억의 자리로만 남는다고 생각했다. 현재가 아닌 기억으로만 존재하는 공간이 마을에는 점점 많아지고 있었다.

동네를 한 바퀴 돌고 집에 거의 다다랐을 때쯤 맞은편에서 누군가가 걸어왔는데 자세히 보니 유정이네 아주머니였다. 해원의 엄마에게 항상 형님, 형님 하며 따르던, 마을에서 엄마와 가까이 지낸 몇 안 되는 사람 중 하나였다. 아주머니의 딸인 유정도 오래전 이곳을 떠나 서울에서 결혼해 산다고 했다. 성큼성큼 걸어오던 아주머니가 해원을 알아보고는 "해원아" 하며 손을 흔들었다.

"어디 가세요, 아주머니?"

"어디긴, 너희 집 가는 거야."

해원의 팔을 살짝 잡았다 놓으며 아주머니가 말했다. 해원이 대문과 현관문을 차례로 열자 아주머니가 안으로 들어서며 "밥은 잘 챙겨 먹니?" 묻더니 마루에 종이 가방 하나를 내려놓았다. 그 안에서 나온 것은 밀폐 용기에 담긴 갖가지의 반찬들이었다.

"얼마 만에 오는지 모르겠네." 해원이 고맙다는 말을 꺼내기도 전에 집 안을 둘러보며 아주머니가 중얼거렸다. "네 엄마 병원 입원하기 전에 와보고는 처음이니까."

왠지 텅 빈 것 같은 목소리였다. 세상에 더는 없는 사람을 호명해서 그렇게 들리는 것 같기도 했고, 그런 생각이 들자 누군가에게 엄마 얘기를 하는 게 덜컥 겁이 났다. 마음속 깊은 곳에 고인 슬픔이 혹시 드러나기라도 할까 봐. 해원은 부엌으로 가 전기포트에 전원을 넣고 찻잔을 꺼냈다. 마루에서 아주머니가 소리를 높여 물었다.

"여기서 사는 건 괜찮아?"

"매일 뭔가를 해결해야 할 일이 생기더라고요."

해원 역시 소리 높여 응석 부리듯 대답하고는 차를 가지고 나와 소파 앞 탁자 위에 내려놓았다.

"여기 이 마을도 집도 우리처럼 늙어가서 그래. 애들이 없잖아. 그냥 눈감으면 여기도 함께 없어질 거 같아. 너희 엄마와도 자주 그런 얘기했어. 그래서 마음이 늘 산란해."

저도 가끔 그래요. 해원이 속으로 중얼거렸다. 엄마의 시간을 이어 마을에서 자립해 살아가는 일에 대한 막연한 불안이 해원에게도 없지 않았다.

"엄마가 잘 표현 안 해서 그렇지, 너희 얼마나 생각했는지 알지?"

"알죠."

해원이 고개를 늘어뜨렸다. 다른 사람에게서 엄마 얘기를 들을 때마다 생전에 마음을 다하지 못한 자신을 책망하게 되는 것이었다.

"엄마가 너희들 생각날 때마다 라디오를 듣곤 했는데, 혹시 버렸니?"

"라디오요?"

"그래. 너희 엄마가 늘 끼고 살았는데."

해원이 자리에서 일어나 지금은 해령이 쓰는 엄마 방 문을 열었다. 그러자 소파에 앉은 채 목을 쭉 빼고 방 안을 들여다보던 아주머니가 말했다.

"저기 있네."

아주머니가 가리킨 것은 엄마가 쓰던 물건들을 한데 모아 둔 곳이었다. 작은 다탁 위 실타래 옆에 암청색의 휴대용 라디오가 함께 놓여 있었다. 해원이 전에 집에 가져다 놓고도 지금껏 무신경하게 지나친 그 라디오였다. 감성적인 디자인에 블루투스 기능이 내장된 요즘 것과는 거리가 먼, 모바일 쇼핑 앱에서 효도용 라디오라는 카테고리로 파는 제품이었다. 해원이 라디오를 집에 가져온 것은 엄마가 해령의 파혼으로 적잖이 속앓이를 하던 때였다. 티브이도 잘 보지 않는 엄마가 해령의 문제에만 골몰하느라 건강을 해칠까 염려된 해원이 가져다 놓은 것이었다. 그 라디오를 엄마가 내내 간직하며 들었다는 건, 지금에서야 알게 된 사실이었다.

해원이 라디오를 마루로 가져와 전원을 켜자 교통방송이 흘러나왔다.

"이거야."

채널을 다른 곳으로 돌리려는 해원의 팔을 붙잡으며 아주머니가 말했다.

"이 채널이요?"

"응. 맨날 강변북로가 어떻고, 그 방송이잖아. 이것만 듣는다니까 너희 엄마는."

해원은 라디오 주파수를 물끄러미 내려다보았다.

"내가 와도 항상 이걸 듣더라니까. 너희 사는 데는 지금 안 막히겠구나, 하면서 말이지." 자기만 알던 내밀한 이야기를 털어놓아 속 시원한 사람처럼 아주머니의 입가에 잔즐잔즐한 웃음이 피었다. "너희들 얘기를 그렇게나마 꺼내곤 했지."

엄마.

해원은 소리 나지 않게 가만히 엄마를 불러보았다. 엄마의 장례식 이후로 처음 입안에서 굴려보는 단어였다. 다시는 부르지 못할 것만 같던 말이었다.

아주머니가 돌아간 후 해원은 무릎에 얼굴을 파묻고 라디오를 들었다. 교통방송을 들으며 잠이 드는 엄마의 밤과 밤새 전원이 켜져 있었을 라디오를 해원은 상상했다. 라디오를 들으며 퇴근길 차들로 가득한 서울의 도로를 걱정하고, 늦은 밤 한산한 도로 상황에 비로소 안도하는 엄마의 모습이 눈앞에 그려졌다. 차갑고 예민한 딸들에게 엄마는 그렇게밖에 닿을 수 없었을 것이다. 해원은 고개를 들지 못했다. 눈언저리에서 한가운데로 모인 눈물이 소파에 뚝뚝 떨어지는 걸 해원은 그저 내버려두었다.

"엄마가 라디오를 들었다는 건 몰랐어."

해원이 아주머니의 얘기를 전하자 옆에 누운 해령이 말했다. 베개 대신 깍지 낀 두 손을 베고 멀뚱히 천장을 바라보는 채였다. 해령이 머무는 큰방 벽에도 물이 샜는지 여기저기 얼룩이 져 있었다. 벽지를 뜯어내고 다시 도배를 하자면 한동안은 해령과 한방에서 지내야 할 것이다. 장례식을 치른 후 둘이 엄마 얘기를 하는 건 처음이었다. 해원은 중간중간 찾아드는 적막이 어색해 손을 뻗어 라디오를 켰다.

오늘 하루 잘 지내셨나요? 오늘 미세먼지 가득한 하루를 지나 시간도 이제 편안한 밤으로 향하는 중인데요. 서울 곳곳 도로 어디 한 군데 막힘 없이 원활한 소통 보이고 있습니다. 다만, 상하수도 공사가 진행 중인 목동 교차로와 도로 확장 공사 중인 상암동은 주의하셔서 운전하시면 좋겠습니다. 오랜만에 맑은 하늘 보이는 서울의 대기로 인해 강남에서도 남산이 환하게 보이는데요, 오늘 밤 여러분의 답답한 마음도 투명한 하늘처럼 뻥 뚫리기를 바라겠습니다. 이상 교통방송 한주희였습니다.

"오랜만이네. 이렇게 한방에 같이 누워 있는 거."

라디오를 듣던 해령이 중얼거렸다. 그렇네. 그 말이 밖으로 퍼져가지 못하고 해원의 입술 위에서만 맴돌았다.

"가끔 소리가 들렸잖아. 둔탁한 소리들. 안으로 삼키는 듯하던 비명도. 그때 언니는 자는 척했어?"

천장을 바라보던 해령의 시선이 어느새 자기한테 닿아 있는 걸 해원은 알면서도 모른 척했다.

"난 항상 눈을 감고 있었어. 이를 앙다물고, 그만하라고 마음속으로 소리치면서."

해원의 침묵에 아랑곳없이 해령이 이어 말했다. 어둠 속의 사물들이 형체를 갖춰갈 무렵이면 들리곤 하던 밤사이의 일들이 해령에게는 들리지 않기를 해원은 바랐었다. 해원이 해령을 위해 뭔가를 바란 게 있었다면 그때가 유일했을 것이었다. 하지만 밤은 아빠의 폭력을, 엄마의 숨죽인 비명을 적막을 틈타 해원뿐만 아니라 해령의 귀에도 친절하게 전달한 모양이었다. 상흔처럼 떠오르는 기억을 어쩌지 못하고 해원이 몸을 일으켜 라디오를 껐다.

"왜?"

해령이 몸을 반쯤 일으키며 물었다.

"그만 듣고 싶어서."

해원이 방문을 열고 나가려던 참이었다.

"맞았어?"

"뭐?"

"그 인간한테 맞았냐고."

K를 말하는 것이었다. 해원은 K가 저지른 외도와 폭력에 대해 엄마에게 말한 적은 있지만 해령에게는 아니었다. 이상하게도 그 일에 대해서만큼은 해령에게 털어놓고 싶지 않았다. 지금 생각해보면 함께 누워 보낸 그 많은 밤의 나날들 때문이 아니었을까. 그 수많은 밤이 해원에게 다짐하게 만든 게 있었다. 언젠가 어른이 되어 이 밤들에서 벗어난다면, 그 어떤 폭력의 그림자조차 해령에게 닿지 않게 하겠다는 다짐.

"엄마가 너한테 말했어?"

해원이 방문 손잡이를 쥔 채 돌아서지 않고 물었다.

"응."

―그래도 다들 그냥 산다더라.

엄마는 해원에게 그렇게 말했었다. 답답한 마음에 몇몇의 친척과 지인들에게 해원의 이혼에 대해 걱정스레 털어놓으면 하나같이 엄마에게 그런 식으로 조언했다고 했다. 마치 그동안 숨겨왔던 은밀한 비밀을 그제야 꺼내놓는다는 듯이. 감당할 수 없는 불화를 일상적으로 겪어내며, 매일같이 반복되는 폭력을 괴로워하면서도 참아내며, 남편의 외도를 눈감으며, 다 그렇게 살고 있다더라, 하고.

—이혼 꼭 해야겠니?

그렇게 묻는 엄마의 얼굴은 창백하고 파리했다. 어렵사리 꺼낸 해원의 이혼 문제에 대해 대체로 애석해하면서도 다시 잘 사는 방향으로 이끄는 편이 낫다고 충고하거나 당사자의 편에서 이해하려 들지 않는 사람들을 엄마는 못내 서운해하는 눈치였다.

—지금 와서 이혼해봐야 뭐 좋은 게 있다고…… 부부로 사는 게 좀 어렵니. 그저 좀 인내하면서 남들 눈에 밟히지 않을 정도로만 살면 그만이지.

그때 해원이 느낀 건 앞으로 영원히 회복될 수 없을 것 같은 엄마와의 거리감이었다. 그 말을 자식의 불행을 원치 않는 엄마의 마음으로 단순히 이해했다면 어땠을까. 그때 멈췄어야 했다. 아무 대꾸도 하지 않았어야 했다. 엄마니까 그렇게 말할 수 있는 거라며 넘기지 못한 걸, 해원은 그 말을 뱉은 후에 곧바로 후회했다.

—엄마도 남들처럼 그렇게 다 눈감으며 산 사람이니까, 나를 이해하지 못하는 거야.

해원은 그때 엄마의 눈빛과 표정을 기억한다. 묘한 수치로 가득한, 마음을 다한 부탁에 거절당한 사람의 표정. 자신의 인생이 말 한마디에 싹둑 잘린 것 같은 표정의 얼굴. 해원은 그때만큼 엄마가 자신을 미워하는 것 같은 표정을 본 적이 없었다. 자신의 삶을 통째로 부정당한 사람만이 지을 수 있는 표정.

—그렇게 살았다니. 말 다한 거니?

온몸에 돋친 가시를 다시 안으로 껴안아 심장을 찔러야만 그런 목소리가 나오지 않을까, 해원은 생각했다. 분노를 외부가 아니라 속으로 돌려놓고 찔러 배어 나오는 슬픔을 억지로 눌러 담는 차분한 목소리. 그런 목소리가 엄마 평생의 삶이었다. 그런 엄마로부터 도망가고 싶어 안간힘을 쓰며 지내던 시간이 해원에게도 분명히 존재했다.

—그 사람들은 그 사람들이고 엄마. 나는 더는 못 견뎌.

—누가 너보고 견디라고 했어? 서로 물어뜯지만 말고 물러나서 양보하며 살아야 한다고 하잖아.

망연한 얼굴로 해원은 엄마를 바라보았다. 해원이 무의식적으로 이어 던진 말은 엄마가 돌아가시고 난 뒤에도 자주 떠올라 그녀를 괴롭혔다. 부메랑처럼 돌아올 줄 알았다면 그렇지 말하지 않았을지도 몰랐다. 하지만 그때의 해원은 이미 충분히 상처받고 있었으므로, 짓이겨진 벌레가 된 것 같았으므로, 비명처럼 내지르지 않고는 견딜 수가 없었다.

—그게 무슨 양보야. 엄마는 그게 양보라서 평생 참고 살

왔어?

 불행이 엄마와의 관계를 해치는 방식을 해원은 너무나 잘 알고 있었다. 해원은 언제나 그 불행이 완전한 가족을 위한 엄마의 순응으로부터 시작된다고 여겼다. 엄마로부터 벗어나기 위해 몸부림치면서도 동시에 엄마의 상처를 어루만지고 껴안아주고 싶었지만, 그건 마음에만 머물 뿐 한 번도 그렇게 해본 적이 없었다. 마음과 다르게 언제나 서로에게 뾰족한 말을 얹어주고 마는 일, 그게 엄마와 해원이 오랜 불행 속에서 서로를 상처 내는 방식이었다.

 엄마가 아빠에게 이유 없이 시달리던 날들은 시간과 함께 사라지지 않고 해원의 무의식 속에서 차곡차곡 쌓여 타인과의 관계에 있어 하나의 장애물이자 벽이 되었다. 엄마가 입은 상처는 해원의 마음에서, 귓속에서 무서운 갈퀴를 내며 자랐고, 사랑을 선택할 때마다 날카로운 가시를 드러냈다. 그 안에 함정은 없는지, 아빠의 그림자가 어른거리지는 않는지, 극도로 경계해야 했다. 그렇게 걸러낸 만남을 통해 엄마의 상처 어린 삶이 대를 잇지 않고 끊길 수 있다는 걸 보여주고 싶었다. 모멸로 가득한 엄마의 삶을 자신의 삶을 통해 보상해주고 싶은 마음과 현재로 과거의 상처를 덮을 수 있다는 믿음으로. 하지만 그런 바람이 도리어 엄마에게 주저 없이 상처를 입히는 이유가 된다는 걸 당시의 해원은 알지 못했다.

"잘했어."

해령이 등 뒤에서 뜻밖의 말을 했다.

"그런 인간하고 살면 안 되는 거잖아."

해원은 아무런 대꾸 없이 밖으로 나왔다. 이혼 이후 엄마나 해령은 그 비슷한 말도 꺼낸 적이 없었다. 그래서 해원은 엄마와 해령의 얼굴에 언뜻언뜻 드리워지던 그늘이, 늘 자기 때문이라고 생각했다.

집 밖에서는 매서운 바람이 나무들을 쓰러뜨릴 듯 불어대고 있었다. 숨을 고르며 가만가만 얘기를 나누다 어느새 잠이 들곤 하던 어린 시절, 먼저 깜박 잠이 든 아이에게 잠들지 않은 아이의 말소리는 멀리서 전해지는 이야기가 되기도 하고 때로는 기다림 그 자체가 되기도 했다. 서로가 없으면 잠들지 못하던 밤이었다. 하지만 때때로 안방에서 밤새 둔탁한 소리가 들려오기 시작할 즈음 해원과 해령은 사춘기가 되었고, 어느새 서로에게 등을 돌린 채 밤을 이겨냈다. 각자의 속마음을 감준 채 침묵을 지키며 밤을 지새우던 그 무렵부터 어쩌면 엄마에게도 두 딸은 먼 기다림이 되었을지 몰랐다.

한참 동안 마루에 나와 있던 해원이 방으로 들어가자 해령은 잠이 들었는지 나지막한 숨을 고르게 내쉬고 있었다. 해원은 라디오 소리에 온 귀를 기울이다 잠이 들었을 엄마의 베개를 꺼내 머리맡에 놓았다. 엄마의 날들을 헤아릴 수 있었다면, 같이 잠드는 날이 더 많았다면, 먼저 잠이 든 엄마를 위해 라디오를 꺼줄 수 있었다면, 엄마가 놓지 않으려 했던 것을 조금은 더 이해할 수 있었을까. 그런 생각을 하다 해원은 까무룩 잠이 들었다.

그 여름의 일

타오의 형부를 만나러 가기 위해 잡아탄 버스에서 해원과 경모는 별말을 나누지 않았다. 피곤한지 곁에서 고개를 까닥이며 조는 경모의 옆얼굴을 해원은 몇 번인가 무심코 바라봤을 뿐이었다. 버스는 황량하고 너른 들녘을 양쪽으로 끼고 달렸다. 곳곳에 채 녹지 않은 눈이 불규칙하게 퍼져 있고, 드문드문 눈에 띄는 방풍림은 하나같이 하얀 갓을 쓴 듯 눈을 얹고 있었으며, 논 여기저기 놓인 곤포사일리지가 간헐적으로 보이다 점점이 멀어지곤 했다. 해원이 차창을 조금 열자 그 사이로 찬 바람이 거세게 비집고 들어왔다. 해원은 열린 창틈에 얼굴을 바짝 갖다 대어, 흩어지며 뒤로 물러서는 것들을 가만히 바라보았다. 그러자 황량한 잿빛 들판 위로 갓 고개를 내민 빛의 무늬가 파상을 이루며 퍼져나갔다. 그 옆으로 가지런히 줄지어 선 수십 그루 나무들이 하늘 위로 가지를 뻗으며 새순을 내더니 곧바로 초록의 잎을 내어 빛에 조응하듯 흔들었다. 그러다 그 모든 푸르름과 빛이 한순간에 사라지며 하늘이 납빛으로 물들고 검고 마른 나무들이 앙상한 가지들을 흔드는 음산한 모습으로 바뀌더니 일순간 해원의 기억을 이곳이 아닌 다른 곳으로 데려다놓았다.

*

아득한 기억 속에서, 해원은 경찰서에 불려 간 적이 있었다. 건민에 관한 일 때문이었는데, 경찰은 해원에게 참고인 조사차 불렀다고 했다. 건민이 해원의 집과 가까운 곳에서 쓰러진 채 발견된 것은 폭우가 쏟아진 어느 날이었다. 새벽 일을 나가던 한 주민의 신고로 병원으로 이송된 건민의 얼굴은 형체를 알아보기 힘들 정도로 참혹했다고 했다. 온몸 곳곳에서 피멍이 발견될 정도로 구타의 흔적이 역력했으며, 이가 여러 개 부러졌고, 입술이 크게 부어오른 데다가 안와골절과 함께 코뼈가 내려앉아 수술이 필요한 상태라고 했다. 건민이 쓰러진 현장에서 흉기로 보이는, 사람 얼굴만 한 돌이 발견되었다는 사실은 사람들의 입을 타고 전해져 모르는 이가 없었다.

경찰은 출석한 해원에게 건민에 대해 이것저것 캐물었다. 건민이 폭행을 당해 쓰러진 장소가 해원의 집과 얼마 떨어지지 않았다는 점과, 특히 해원이 건민으로부터 스토킹에 시달린 정황 및 주위 사람들의 증언을 들며, 건민과의 갈등이 지금껏 지속되어온 것은 아닌지 물었다. 경찰은 금품이나 돈에는 전혀 손대지 않은 점으로 보아 원한 관계에 의한 폭행 쪽으로 심증을 굳힌 듯했다. 해원은 거듭된 괴롭힘과 집착에 힘들어했음을 부정하지는 않았으나, 그 때문에 건민에게 원한을 갖지는 않았다는 사실을 굳이 그 자리에서 설명하느라 많은 시간을 할애해야 했다. 경찰은 건민이 폭행을 당할 때 가해자의 손목에서 잡아당겨 끊어낸 것이라며 액세서리 조각들을 해원 앞에 내밀었다. 묵주 팔찌에서 떨어져 나온 나무 십자가와 감청색과 에메랄드빛이 섞인 묵주 알들이었다. 경찰은 성당 건축 기금을 마련하기 위해 성당 성물방에서 만들어 판 두 개의 묵주 팔찌 중 하나라는 사실을 확인했다고 했다. 한날 같은 사람이 두 개의 묵주 팔찌를 사 갔다는 사실은 확인했으나, 그게 누구인지는 현재까지 파악된 바가 없다고 했다. 사건이 일어난 날 밤에 폭우가 쏟아진 탓에 물증이 될 만한 현장의 돌과 묵주 팔찌, 건민의 옷가지에서도 범인의 혈

액이나 지문을 발견하지 못한 경찰은 건민과 같은 성당을 다니는 사람 중에 그런 범행을 저지를 만한 인과를 가진 사람을 찾는 것 같았다. 그리하여 해원에게서 뭔가를 캐내려 했으나 특별한 건 없었는지 그날 이후로 더는 부르지 않았다.

해원이 건민으로부터 스토킹 피해를 당한 건 사실이었다. 그 일을 알게 된 해원의 엄마는 경찰이나 유관 기관이 아닌 건민의 어머니에게 그 사실을 알렸다. 당시 해원의 엄마는 그 일이 어떤 식으로든 불거지기를 원치 않았다. 건민의 어머니에게 해원이 겪는 고통에 대해 알리고 주의를 당부하는 정도로 일을 매듭짓고 싶어 했다. 엄마가 건민의 어머니로부터 앞으로 그런 일이 없을 거라는 약속을 받아냈다고는 했지만, 정작 해원은 건민으로부터 어떤 사과나 다짐도 받지 못했다. 해원의 엄마가 건민의 어머니에게 스토킹 피해 사실을 알린 일은 당사자들의 의사와 상관없이 성당은 물론 마을 사람들에게까지 퍼졌다. 서로 사귀던 두 사람이 어떤 이유로 멀어졌는데, 해원이 건민이 자신에게 집착한다며 악의적으로 음해한다는 소문이 사람들 사이에서 떠돌았다. 오히려 일상생활에서 움츠리게 된 건 해원이었고, 건민은 이전보다 더 활발하고 당당하게 성당 활동을 이어갔다.

그때는 이미 경모가 성당에 모습을 드러내지 않은 지 한참

된 데다가 해원의 연락에도 답이 없던 즈음이었다. 자신이 건민과 사귄다는 소문—아마도 건민이 퍼뜨렸을—에 대해 제대로 된 얘기를 나눠본 적조차 없는 데다가 굳이 해명할 필요성을 느끼지 못한 상황에서 연락을 끊고 잠적해버린 경모에게 해원은 실망을 넘어 인간적인 배신감마저 느꼈다. 그로 인해 갖게 된 상실감과 슬픔으로 해원은 오래 앓았고, 그 흔적을 다 거둬내기까지는 꽤 오랜 시간이 필요했다.

건민은 여전히 성당이라는 그 작은 사회 안에서 인정과 인기가 사그라지지 않는 사람이었다. 다소 과잉된 행동으로 더러 누군가를 불편하게 만들기도 하지만, 신앙심이 깊으며 대체로 사람들을 즐겁고 편안하게 하는 재주가 있다는 평판을 듣는, 활달하고 낙천적인 성격을 지닌 착한 사람. 사람들이 해원을 향한 그의 스토킹에 대해서도 관대한 이유가 거기에 있었다. 그의 지나치게 솔직하고 외향적인 면모가 빚어낸 가벼운 해프닝 정도로 간주하는 사람이 많았고, 오히려 건민을 궁지에 몰아넣은 원인 제공자라며 해원을 곱지 않은 시선으로 보는 이들도 적지 않았다. 아무도 건민의 행동을 심각하게 여기지 않았다.

스토킹 가해 사실이 사람들에게 알려졌다고 해서 건민이 집착을 멈춘 것도 아니었다. 건민은 해원이 성당을 나가지 않자 매일 집 앞으로 찾아와 서성거렸다. 자려고 방 불을 끄면, 방금 소등한 걸 바로 앞에서 봤다며 네가 거기 있는 거 다 안다는 메시지를 보내 해원을 소름 끼치게 만들기도 했다. 아직 할 말이 남았다고, 나를 수렁에 빠뜨려놓고 왜 내 말은 한 번도 듣지 않느냐고, 너의 폭력에 가까운 일방적인 외면과 회피 때문에 정신분열증에 걸릴 지경이라고, 건민은 메시지를 보내기도 했다. 위협적인 태도로 만나줄 것을 요구하다 안 되자 급기야는 자신이 피해자라며 읍소하는 경우도 빈번했다. 그 때문에 해원은 집을 나설 때마다 주위를 살펴야 했다. 건민은 주로 인적이 드문 밤에 찾아와서 새벽까지 기다렸다며 메시지를 보내거나 전화를 했다. 그도 성에 차지 않으면 창문에 뭔가를 던져놓고 가기도 했다. 그런 일이 가혹하리만큼 반복되던 어느 날, 건민이 이가 부러지고 코뼈가 내려앉는 폭행을 당한 것이었다.

  누구였을까, 그런 일을 저지른 사람이. 해원은 그 후에도 오래 그것에 대해 생각했다. 하지만 짚이는 건 없었다. 한순간 경모를 떠올리지 않은 건 아니지만, 그와는 연락이 끊긴 지 오래였다. 게다가 성적이 뛰어나 서울 소재 대학 진학을 목표로 하는 그가 이 중요한 시기에 굳이 자신의 인생을 망칠 만한 짓을 했을 것 같지는 않았다. 그는 이미, 해원에게서 멀어진 사람이었다. 미래를 포기하고 스스로를 위험에 내몰면서까지 경모가 그런 일을 벌일 이유가 이제는 없었다. 어쩌면 누군가 밤길을 서성이는 건민을 우연히 포착하고 범행 대상으로 삼았을 수도 있었다. 혹은, 모두에게 친절한 건민이지만 그런 그에게도 적의를 품은 이가 적어도 한 사람쯤 있을 수 있었다.

그 일이 있고 얼마 지나지 않아 해원은 갑작스럽게 들려온 소식을 접하게 되었다. 하나는 경찰이 범인을 특정하지도 못한 상황에서 건민의 가족이 돌연 서울로 이사했다는 소문이었고, 다른 하나는 경모가 수도원에 입회했다는 것이었다.

*

타오의 형부는 감자 농사를 짓는 사람이었다. 그의 집 앞에는 어딘가 모르게 옹색해 보이는 비닐하우스와 텃밭이 면해 있었다. 해원이 경모와 함께 집 안으로 들어섰을 때 타오의 형부는 감자씨를 분할하는 중이었다. 타오의 언니는 집에 없는지 보이지 않았다. 경모와 해원을 보자 손을 털고 일어선 그는 올해 작황이 좋지 않은 데다 병반이 생긴 감자들 때문에 곤욕을 치렀다는 말부터 꺼냈다.

"이젠 제 입 풀칠하기도 버겁다니까요."

지나치게 방어적으로 들리는 그의 말에서 해원은 대화가 쉽게 이어지지 않을 것임을 예감했다. 아니나 다를까 그는 타오가 돌아오지 않을 거라며 서둘러 단정 지었다.

"뭘 여기까지 찾아오세요. 타오는 돌아오지 않을 게 분명한데."

"어떤 근거로 그런 말씀을 하세요?"

해원이 묻는 말에 그의 안색이 차갑게 변했다.

"타오가 병을 앓는 건 사실이잖아요. 자기 말로는 취업에 제한이 없어 일을 해도 된다고 하는데, 막말로 누가 취업을 시켜주겠습니까. 돈 벌 수 있는 상황도 아니고 치료에다가 소송까지 하면서 어떻게 그걸 다 감당하게요. 그냥 숨만 쉬어도 다 돈인데요."

그의 어조는 타오를 걱정하는 게 아니라 오히려 야속하다는 투였다. 해원은 시선을 돌려 경모를 바라봤다. 그는 잠자코 타오 형부가 하는 말을 듣고만 있었다.

"타오 씨가 제 발로 집을 나갔다는 말씀이세요? 돈 때문에 가족에게 피해를 주지 않으려고?"

"그렇게 보는 편이 합당하겠죠."

해원의 물음에 타오 형부가 무표정한 얼굴로 대꾸했다.

"소송도 포기하고 불법 체류자가 되기 위해서요?"

"오히려 그 편이 낫다고 생각했을 수도 있죠. 자기 신분이나 병도 숨기고."

"타오 씨가 그렇게 하는 편이 차라리 낫다고 보시는 건 아니고요?"

해원의 그 같은 물음에 그는 대답 없이 언짢은 듯 헛기침을 했다.

"타오 씨와 무슨 일이 있긴 있으셨던 거죠, 그렇죠?"

"간사님!"

경모가 해원을 제지하며 나섰다. 그런 질문은 경계하라는 듯한 경모의 눈빛을 해원은 외면해버렸다. 경모의 그런 면모야말로 언제나 갈등을 빚지 않고 숨으려는 심약함과 다를 바가 없다는 생각이었다. 동시에 누구를 향한 것인지 모를 분노가 해원의 마음속에서 심지를 타고 불길을 냈다.

"그런 상황 다 감안하고 행정심판 제기하신 거잖아요. 무슨 일이 있지 않고서야 갑자기 타오 씨가 나가고 그럴 이유가 없잖아요."

"간사님!"

연거푸 해원의 말을 막아서던 경모가 타오 형부에게 조심스레 말을 건넸다.

"타오 씨를 돌아오게 하실 수는 없겠습니까?"

"돌아오면 뭐가 달라지는데요? 우리 집 사정은 알고 그러시는 거요? 무작정 집 나간 사람을 저한테 찾아오라고 닦달하면 안 되죠."

타오 형부가 이번에는 경모에게 사정 조로 말했다. 해원은 타오 형부의 태도에서 그가 애초부터 타오를 받아들일 마음이 없었음을 읽었다.

"말이 나왔으니까 하는 말인데…… 사는 게 막막하고 여간 힘든 게 아니에요. 궁여지책으로 뭐라도 타오가 자기 살 방편이라도 마련하면 좋은데…… 그마저도 쉽지 않잖아요."

그는 시종 버겁기만 한 삶을 타오라는 존재가 가중시킨다는 듯 말했다. 마치 생의 기력조차 없는 노인을 부양한다는 듯. 그때 해원에게 퍼뜩 떠오르는 것이 있었다.

"혹시, 타오 씨 체불 임금이 원만하게 해결되지 않은 건가요?"

그러자 그의 한쪽 눈썹이 가늘게 떨렸다. 입술을 달싹이며 어름어름 뜸을 들이던 그가 곧 기다렸다는 듯 말을 토해냈다.

"아니 그거라도 있어야 자기 앞가림을 할 거 아닙니까. 근데 그거, 받기도 쉽지 않고 해봤자 오래 걸리고, 그 사업주도 지금 거의 파산 상태라 하던데. 뭐 쉽겠습니까, 받는 게? 못 받는다고 봐야죠."

해원이 가만히 숨을 몰아쉰 뒤 물었다.

"그 돈 받게 되면 타오 씨가 선생님께 전부 드리기로 약속했죠?"

예상치 못한 물음인 듯 타오 형부는 당황하는 표정을 지었다.

"돈 못 받을 거 같으니까 타오 씨 내쫓은 거예요?"
"이 사람이!"
타오 형부가 벌떡 일어섰다.
"그렇잖아요!"
해원이 지지 않고 외치자,
"간사님!"
하며, 경모도 타오 형부를 따라 일어섰다. 경모는 타오 형부와 해원을 경계하듯 번갈아 바라보았.

그때 대문 쪽에서 기척이 들렸다. 누군가 그쪽에 꽤 오래전부터 그러고 있던 것처럼 우두커니 서 있었다. 채소가 가득 든 파란 비닐봉지를 양손에 든 그녀가 타오의 언니라는 걸 해원은 이내 알아보았다. 그녀가 넋이 빠진 얼굴로 서 있다가 남편을 향해 날카롭게 물었.

"타오한테 돈 받기로 했어?"

타오의 형부는 서슴거릴 뿐 선뜻 대답을 못 했다. 그러자 타오의 언니가 표정을 일그러뜨리더니 속에서 온 힘을 그러모아 울부짖듯 소리쳤다.

"당장 타오 찾아내!"

타오의 형부에게 쫓겨나듯 떠밀려 나온 해원은 그 어떤 노력으로도 타오에 관한 일을 진전시키기 어려울 거라는 생각에 허무해졌고, 경모는 얼굴에 서린 낭패감을 지워내려 애썼다. 눈송이 하나가 허공에서 맴돌다가 공중 부양하듯 떠올랐다. 타오의 일은 결국 타오 가족의 문제라는 걸 또 한 번 자각한 것도 해원을 허무에 휩싸이게 한 요인이었다. 어떤 당위로도 타오와 타오 가족의 선택을 강요할 수는 없다는 사실이 해원의 심장을 차갑게 냉각시켰다. 경모가 해원을 저지하고 막아선 게, 끝이 이렇게 될 것을 예견해서인 것만 같아 해원은 한편으로 미안해졌다.

"자꾸 나한테 간섭하지 마."

하지만 마음과 다르게 뱉어지는 말은 해원도 어쩔 수 없었다.

"네가 그럴 때마다 더 화가 나."

어쩌면 속마음에 가장 가까운 말인지도 몰랐다. 해원은 언제나 경모에게 화를 내고 있었다.

"그럴게."

경모가 담담히 대답했다.

"매번 그러니까 신경 쓰였어. 앞으로 더는 그러지 마."

해소되지 않은 감정으로 해원이 한마디를 더 덧붙였다.

"네가 싸우기라도 할까 봐."

"뭐?"

나란히 걷던 해원이 멈춰 섰다. 몇 발자국 더 앞서가다 경모가 긴 숨을 토해내며 돌아섰다.

"네가 맞기라도 할까 봐서."

"내가 왜? 나도 가만 안 있어."

해원이 정색을 하며 받아쳤다.

"그러다 다치면?"

해원은 경모의 그런 말들을 감당할 수 없었다. 이제 와 무슨 마음으로 그런 말들을 하는지 해원은 이해할 수 없었다.

"나한테 왜 그러는 건데."

"……"

경모가 해원의 눈길을 피하며 뒤돌아섰다.

"야, 안경모!"

"네가 다치지 않길 바라는 건…… 오래전부터 그래왔던 거야. 그러니 조심해."

경모가 고개만 뒤로 반쯤 돌린 채 그 말을 툭 내뱉고는 앞을 향해 혼자 걷기 시작했다. 해원은 이제 막 퍼지기 시작한 어스름 속에서 경모의 모습이 흐릿해 보이지 않을 때까지 내내 그 자리에 서 있었다.

기대 없이 사는 일

　해령은 대체로 엄마의 기대를 저버리지 않는 삶을 살아왔다.
　그래서 엄마와 일정한 거리를 유지하는 해원이 문득 부러워질 때가 있었다. 가끔은 자신이 엄마의 기대에 묶인 인질 같다는 생각을 했다. 엄마의 기대란 빈 컵에 반쯤 채워진 욕망과 같았다. 완전히 채워지지도 않고, 또 완전히 비워지지도 않는, 언제나 불완전한 상태의 욕망. 엄마의 기대가 해령을 지치게 하는 것은 바로 그 컵을 채워놓아야 할 사람이 다름 아닌 자신이라는 일종의 책무로 인해서였다. 그럼에도 해령이 엄마의 기대를 저버릴 수 없는 것은, 그런 기대 혹은 욕망마저도 없다면 엄마의 컵에 담길 것은 아무것도 없다는 사실을 가장 잘 아는 사람이 해령 본인이기 때문이었다.

해령은 토란국에서 건져낸 토란을 다시 그릇에 미끄러뜨렸다. 은빛 숟가락에 자신의 얼굴이 볼록하게 비치는 모습을 해령은 뚫어지게 바라보았다.

"밥, 다 먹었어?"

맞은편에서 함께 식사를 하던 해원이 물었다. 토란국은 해원이 끓인 것이었다.

"병원 그만둘까 봐."

해령이 나지막이 말했다. 젓가락으로 세발나물을 집으려던 해원이 팔이 굳은 듯 움직이지 않았다. 해령은 병원을 그만두고 싶다는 말 대신 몸이 너무 힘들어, 전화로 엄마에게 그렇게 말한 적이 있었다. 파혼 이야기가 나온 직후였다. 엄마와 간혹 통화를 할 때마다 입속말로 몇 번씩이나 중얼거리면서도 정작 입 밖으로 꺼내지 못한 말이었다.

—그렇다고 혹시나 그만두기라도 하면 사람들이 너를 어떻게 여기겠니.

해령의 마음을 사전에 단속이라도 하듯 엄마가 말했다.

—그런 게 중요해?

—여봐란듯이 강단 있는 모습을 보여야지.

엄마는 해령이 이전보다 더 결기를 다지기를 바랐다.

―네 언니에 이어서 너까지 그러면 엄마가 어떻게 사니.

　해령의 다짐이 무너지는 건 그런 순간이었다. 그때 해령은 엄마의 빈 컵을 떠올렸다. 아무것도 채워질 게 없는 엄마의 삶을 생각하면 한없이 아득한 기분이 되었다. 엄마의 기대 같은 건 그저, 뜻대로 되지 않을 수도 있는 일방의 바람에 불과하다는 걸 그때는 인식하지 못했다. 하지만 어쩌면 해령에게는 엄마가 문제가 아닐지 몰랐다. 엄마의 기대라는 게 혹시 자신이 짜놓은 감옥은 아니었는지 해령은 돌이켜 톺아보곤 했다. 그러면서 해령은 지금껏 자기 자신을 엄마의 기대 속에 가리고 산 것은 아니었을까, 어쩌면 누군가를 만족시키기 위해 거기에 부응하는 걸 삶의 가치로 여긴 것은 아니었을까, 묻곤 했다. 아마 파혼을 하지 않고 결혼을 했더라도 달라지지 않았을 것 같았다. 그 대상이 엄마에서 남편으로 바뀔 뿐 달라지는 건 없었을 거라고. 그러므로 해령이 가장 낯설고 어려워하는 건 자기가 원하는 걸 말하는 것이었다.

　"그렇게 해."

　말한 뒤, 해원은 무슨 일이 있었냐는 듯 다시 팔을 뻗어 나물을 집었다.

　"병원 그만두고 나도 여기서 같이 살아도 되겠어?"

　해원은 국을 뜨며 "마음대로" 하고 대답했다.

　"연서 일은 어떻게 생각해?"

"아직 포기 안 했어?"

"응."

"해령아."

"말해."

"가족으로 산다는 게 얼마나 어려운지 알지? 너와 나는 알잖아."

해령은 무연한 표정을 짓는 해원의 얼굴에서 아빠를, 또 뒤늦게 엄마를 보았다. 때로 원망하고 피하고자 했던 가족이라는 이름의 관계와 과거의 삶이 지금의 해령에게는 새삼 가장 큰 절망이었다.

"네가 연서를 선택한다고 해서 될 일이 아니야."

해원이 그렇게까지 말하자 해령은 더는 대꾸하지 않고 입을 닫았다.

연서를 찾아가는 길, 뜻 모르게 가라앉는 마음이 해령은 버거웠다. 지금까지 수차례 연서를 보기 위해 아동보호소를 방문했지만 이런 기분이 든 적은 없었다. 해원의 말 때문에 신경이 쓰여서인가 했지만, 돌아보면 해령은 타인과의 관계에서 언제나 자신이 앞서가는 사람이었다. 그래서 조심스러워졌다. 누군가와의 연애가 시작될 때도 해령은 이미 그다음을, 관계의 완성형을 미리 생각해두는 사람이었다. 그렇게 하지 않으면 관계의 연결고리가 언제고 쉽게 끊겨나갈 것만 같았다. 타인과의 관계를 지속하는 동안 해령의 내면에는 관계가 끊어져 버려지거나 다시 혼자인 상태로 돌아오는 것에 대한 두려움이 깊이 내재돼 있었다. 누군가의 관심은 그 사람에게 헌신하고픈 감정을 들게 했다. 그게 자신의 약점이라는 걸 알기에 쉽게 마음을 여는 걸 경계했지만, 막상 관계가 이어지면 작은 애정에도 온 마음을 달아하고, 사소한 갈등에도 소외와 고립감을 느꼈다. 누군가와 관계를 맺는 게, 생각해보면 해령에게는 늘 쉽지가 않은 일이었다. 그런데 어쩌자고 연서와의 관계를 촘촘히 그려가고 있는지, 그게 연서에게 과연 좋은 일인지, 해령은 스스로에게 묻지 않을 수 없어 슬퍼졌다.

아동보호소에 도착하자마자 소장이 해령과의 면담을 요청했다.

"연서가 엊그제 우리 자원봉사자분 손가락을 물었어요."

"네?"

가뜩이나 침울해 있던 해령이 놀라 물었다.

"상처가 깊어서 일단 병원에서 치료받도록 조처는 취했어요. 자원봉사자분이 순간적으로 머리를 밀쳐내는데도 아랑곳하지 않고 한참을 물고 있었다니까요. 바닥에 피가 뚝뚝 떨어질 만큼요. 그런데 연서가 더 걱정이에요."

"왜요?"

"다시 말을 안 해요."

"아······."

해령은 소침한 기색으로 허공을 응시했다. 잡히지 않는, 연서의 마음.

"평소에는 유순하다가 갑자기 공격적인 성향을 보일 때가 있어요. 정서적으로 불안정한 상황 탓이겠죠. 저희가 잘 얘기해볼게요."

그러면서 소장은 연서 상태가 안 좋으니 오늘은 일단 돌아가고 다음에 다시 방문하는 게 어떻겠냐고 했다.

"오늘 보고 가지 않으면 연서가 절 계속 기다릴 거예요."

해령이 오는 날이라는 걸 연서가 기억하지 못할 리 없었다. 연서를 꼭 보고 가고 싶다는 해령의 말에 소장은 더는 어쩌지 못하고, 알겠다며 아이를 불러주겠다고 했다. 대신 자원봉사자의 손을 깨문 일은 아이를 자극할 수 있으니 언급하지 말아달라는 부탁과 함께였다. 해령이 안내된 곳에 앉아 기다리자 조금 후에 연서가 문을 열고 들어왔다. 말없이 해령을 바라보기만 하는 아이.

해령이 연서의 손을 잡아 맞은편 의자에 앉혔다.

"괜찮니?"

"······."

"괜찮아. 괜찮아질 거야."

연서가 자기 손에 든 걸 보더니 눈썹을 치키며 의아해했다. 해령이 연서의 손을 감싸며 건넨 핫팩이었다.

"연서가 따뜻하게 지냈으면 좋겠어."

연서가 핫팩을 양손으로 감쌌다.

"며칠 전에는 왜 그랬어?"

그 일에 대해서는 말하지 말아달라는 소장의 당부를 뒤로하고 해령이 물었다. 연서는 대답하지 않았다.

"지쳤니?"

연서가 고개를 들어 해령의 눈을 바라봤다. 해령은 연서의 모습에서 몹시 지친 마음이 들 때면 습관처럼 몸을 웅숭그리던 자신의 모습을 보았다. 어딘가 모르게 자신을 닮은 아이.

"누군가를 기다린다는 건 그래."

"……"

"그렇다고 다른 사람한테 상처 주면 안 돼."

연서의 눈에 금세 눈물이 고였다. 연서는 멍한 얼굴이 되었다가 풀이 죽은 듯 어깨와 머리를 늘어뜨렸다. 자주 그런 모습이 되곤 하는 한 사람을 해령은 알았다. 바로 해령 자신이었다.

연서가 고개를 끄덕이자 그득했던 눈물이 흔들려 밖으로 넘쳐흘렀다. 몇 줄기의 투명한 눈물이 연서의 턱 밑까지 흘렸다. 어떻게든 침묵으로 감정을 눌러두려는 듯 연서는 가느다랗게 신음하며 어떤 소리도 내지 않으려 애를 썼다. 그러다 결국엔 울음을 터뜨리고 말았다. 마음속에 꾸역꾸역 욱여넣어두었던 감정들이 한순간 폭발한 듯 크고 서러운 울음소리였다.

자주 말문을 닫는 아이. 자신이 어떻게 될지 늘 불안해하는 아이. 어른을 불신하고, 언어를 제거해야만 자기의 감정이 전달된다고 믿는 아이. 그렇게 해서라도 자신의 존재를 알리려는 아이. 어떻게든 자신이 머무는 곳에서 떨어져나가지 않으려는 그 아이의 모습이, 엄마의 기대를 저버리지 않으려던 자신의 모습과 닿아 있다고 해령은 느꼈다.

"연서야, 우리 며칠만 같이 지내보지 않을래?"

해령은 몸을 낮춰 연서와 눈높이를 맞췄다. 연서의 눈가에 눈물 자국이 투명하게 번들거렸다. 연서는 두 팔을 허리춤에 내려뜨린 채 멀거니 해령을 바라보기만 했다. 연서가 아니라고 하면 해령도 더는 강요하지 않을 생각이었다.

연서가 고개를 까닥였다. 그리고 이어진 두어 번의 커다란 끄덕임. 눈으로 전해 오는, 연서의 마음. 언제나 타인의 기대대로만 살아온 자신이었다. 자기 말고는 다른 사람을 돌볼 여유가 해령에게는 없었다. 해령은 자기 앞의 연서가, 그 작은 타인이 다름 아닌 자기 자신임을 느꼈다. 손등 한중간에 연녹색 멍이 든 연서의 손을 붙잡고 해령이 다시 속삭였다.
"괜찮아, 괜찮을 거야. 걱정하지 마."
연서가 결심한 듯 고개를 끄덕인 다음 다른 손의 새끼손가락을 들어 올렸다. 허공으로 뻗어 오는 연서의 손가락에 해령이 손가락을 건 다음, 희미하고 엷은 웃음을 지었다. 아주 오랜만에 지어보는 낯선, 웃음이었다.

연서의 시선

 연서는 차창을 통해 계속 하늘을 올려다보았다. 가끔 눈부신 빛이 눈가를 찌르는 걸 피해가면서 하늘을 응시했다. 하얀 밀가루 반죽처럼 펼쳐진 구름이 천천히 흘러가는 걸 보며 연서는 모든 게 꿈같다는 생각을 잠시 했다. 그렇지 않아도, 눈을 감으면 아무것도 보이지 않듯이 내가 없으면 이 세상도 사라지는 게 아닐까, 궁금해하던 연서였다. 아빠도 엄마도 분명 어디엔가 있을 거라고 여겼다. 눈을 뜨고 있는 한 아무것도 사라지는 건 없을 테니까.

 하늘을 향해 있던 연서의 시선이 차 앞자리에 앉은 두 사람에게로 향했다. 운전을 하는 해원과 그 옆의 해령에게로.

두 사람은 말이 없었다. 간간이 말을 주고받을 때도 두 사람은 앞을 보면서 얘기했다. 자매라고 했지만, 연서의 눈에는 그렇게 비치지 않을 때도 있었다. 마치 책에서 같은 불이라도 색에 따라 온도가 다르다고 배운 것처럼 두 사람이 다르게 느껴지는 것이었다. 겉보기에 빨갛게 타오르지만 세기가 여리고 낮은 온도가 해원이라면, 해령은 강렬하게 타오르는 파란 불꽃 같았다.

차를 타고 오는 내내 해령과 해원은 사소한 일로 은근히 부딪쳤다. 몇 차례 옥신각신하던 끝에 잦아들었던 두 사람의 언쟁은, 운전을 하는 해원이 길을 잘못 들어 한참을 돌아가면서 다시 시작됐다. 해령은 내비게이션대로 운전하지 않는 해원을 타박했고, 해원은 언제나 그 방식이 옳은 것만은 아니라고 반박했다. 해원은 해령을 답답하게 여겼고, 해령은 진절머리가 난다는 표정을 짓다, 잊고 있던 게 막 떠오른 사람처럼 얼른 뒤를 돌아보았다. 연서는 눈을 감고 자는 척했다.

"연서, 자?"

조심스레 묻는 해원의 목소리였다.

"잔다."

해령이 이어 답하자,

"충고하듯 말하지 좀 마."

기다렸다는 듯 해원이 따져 묻는 걸, 연서는 가늘게 눈을 뜨고 쳐다보았다.

"애 자는데 조용히 말해."

해령이 뒤쪽을 곁눈질하자 연서는 다시 눈을 질끈 감았다.

"내비에 등록되지 않은 길도 있어. 기기가 항상 올바른 해답을 찾아주는 건 아냐."

"그만해 이제. 연서도 있는데. 그리고 지난번에도 내비 안내 무시하고 길 잃은 사람은 언니야."

두 사람은 침묵했다.

어느새 익숙한 풍경의 마을로 진입했을 때 연서는 가느다랗게 실눈을 떴다. 허옇게 쏟아지는 햇빛 때문에 보이는 모든 것이 희끄무레했다.

"깼니?" 어느새 해령이 뒤를 돌아보고 있었다. "이제 곧 도착할 거야."

해령이 몸을 앞으로 돌린 사이, 해원이 살짝 뒤를 돌아보며 말없이 미소 지었다. 연서는 고개를 돌렸다. 어쩐지 어색해서였다. 아빠는 언제나 심각하게 화가 난 사람처럼 보였고, 경찰서와 보호소에서 마주치는 사람들도 대개 무표정했다. 만나게 되는 사람들이 항상 신지하고 걱정스러운 얼굴로 자신을 바라봤던 걸 연서는 떠올렸다. 그러자 웃음 같은 건 함부로 지을 수 없는 것처럼 여겨졌다. 아빠와 함께 살았던 집을 지나칠 때는 악몽을 대하는 것 같아 연서는 눈을 감을 수밖에 없었다. 언젠가 입술이 터져 흘러나온 피에서 맡아지던 비릿한 냄새가 나는 것 같았다. 어쩌면 꿈이었을지도 모르는 기억이었다. 다시 기억하고 싶지 않지만, 분명히 그곳에 있었던.

차가 정차한 곳은 낯선 집 앞이었다. 새로 칠한 듯 벗겨진 곳 하나 없는 담청색 지붕 위에서 네잎클로버처럼 둥글둥글한 구름이 연서를 내려다보고 있었다.

"여기야."

문이 열리며 그 앞에 선 해령이 웃음 띤 얼굴로 말했다. 차에서 내릴 때 연서는 조금 막막한 심정이 되었다. 보호소를 떠나 잠시 들렀다 가는 양 조심조심 시간을 보내면 될지, 아니면 정말 며칠 놀러 온 사람처럼 이곳저곳을 기웃거리며 지내면 되는 건지 갈피를 잡을 수 없었기 때문이었다.

"편하게 지내면 돼, 연서야."

연서의 마음을 안다는 듯 해령이 방긋 웃으며 말했다. 담쟁이덩굴이 휘감은 낮은 담장 사이 작은 대문을 지나 안으로 걸어 들어가는 동안 거센 바람이 몰아치는 통에 연서는 걸음을 멈추고 팔등으로 눈을 가렸다. 잠시 뒤 누군가의 손길이 느껴져 연서가 거슴츠레 눈을 뜨자 하얀 손이 다가와 눈가의 바람을 막아주었다. 고개를 들어 위를 보니 구름 낀 하늘 밑으로 두 쌍의 눈길이 자신을 내려다보고 있었다. 해원은 연서의 머리를 쓰다듬었고 해령은 흐트러진 옷가지를 매만져 주었다. 그러는 동안 그들의 머리칼이 바람에 사납게 흩날리는 걸 연서는 가만 바라보았다.

"비가 오려나 봐."

해원이 하늘을 올려다보며 말했다.

"그러게."

"어제 라디오에서 그러더라. 비가 오면 사람들이 밖에 나가는 일이 줄어서 오히려 티브이 시청률이 높아진대."

그들이 말을 주고받는 동안 연서는 손을 뻗어 바람을 만져 봤다. 손짓을 따라 바람이 구르고, 하늘이 시시각각 표정을 바꾸는 것 같다고 생각했다.

"연서는 비가 좋아? 싫어?"

갑자기 해령이 물었다. 다른 생각에 빠져 있던 연서는 질문이 뭐였는지 되새김했다.

"에이가 좋아요."

별생각 없이 뱉은 말에 두 사람이 동시에 웃음을 터뜨렸다. 해령이 그사이 연서의 손을 잡고 그리 넓지 않은 뜰을 지나 현관으로 들어섰다. 연서는 금방 자신의 대답이 잘못되었다는 것을 알았지만, 두 사람은 자꾸만 실없이 웃었다. 연서는 그들이 웃음을 참으려는 모습이 신기해 간간이 훔쳐보았다. 사람들이 자기로 인해 웃음 짓는 걸 본 적이 별로 없기 때문이었다.

집 안은 넓진 않았으나 온기가 느껴지는 공간이었다. 물건들은 가지런하게 정돈된 편이었고, 2인용 소파 위에는 자줏빛 체크무늬 담요가 놓여 있었다. 실로 매듭을 지어 만든 장식이 벽에 여러 개 걸린 마루에서 방 안쪽을 바라보자 책상 위에 놓인 장식등에서 주황색의 불빛이 은은하게 흘러나오고 있었다. 차가운 어둠을 싫어하는 사람의 집처럼 느껴졌는데 연서는 그게 마음에 들었다.

해령이 연서의 짐이 든 캐리어를 방 한쪽에 놓아두며, "며칠간 지내게 될 곳이야"라고 했는데, 연서는 무의식적으로, "혼자 여기 갇혀 있기는 싫은데요" 했다가, 막 실수를 저지른 사람처럼 "여기서 조용히 있으면 돼요?" 하고 바꿔 말했다.

해령이 연서 눈높이에 맞춰 몸을 수그린 다음, "누구도 너를 가둬놓고 그러지 않아" 하고 안심시키듯 말했다. 아빠가 서너 시간씩 방에 밀어 넣은 채 밖에서 문을 잠가버렸던 기억이 머릿속에 반짝 어른거렸기 때문에 연서는 자기도 모르게 인상을 썼다. 방에 가장 오래 갇힌 것은, 아빠가 두 번째로 데려온 아주머니를 엄마라고 부르지 않았을 때였다. 첫 번째 아주머니와 다르게 두 번째 아주머니에게는 그러고 싶지 않았다. 하지만 반나절 넘게 방에 갇혀 있다 나와 아빠에게 온몸을 길고 얇은 합판 조각으로 맞고 난 이후에는, 어떤 말도 꺼내지 않았다. 연서는 빈방에 혼자 있기 싫었다. 그곳이 어디라도.

"문제가 하나 있다면" 하고 해령 뒤쪽에 선 해원이 말을 꺼냈다. "우리가 이 방에서 다 함께 자야 한다는 거야, 다른 방은 지금 사용할 수가 없거든."

해원의 말투가 거슬린다는 듯 해령이 돌아보며 인상을 썼다.

"그게 문제는 아니지."

"사실은 사실대로 얘기해야지." 해령에게 그렇게 말한 뒤 해원이 연서에게로 고개를 돌렸다. "여하튼 비좁아도 함께 지내야 해. 그럴 수 있지?"

"언니."

해쓱해진 얼굴로 일어선 해령이 해원을 향해 돌아섰다.

"우리가 연서한테 양해를 구해야 하는 문제지. 그렇게 말하면 일방적으로 참으라는 말처럼 들리잖아."

해령이 연서에게서 등을 돌린 채 해원에게 속삭이듯 한 말이었지만, 연서는 다 알아들었다.

"전, 좋아요."

해원이 고개를 옆으로 내밀어 바라봤고, 해령도 뒤를 돌아봤다. 두 사람은 더 이상 서로에게 아무 말도 하지 않더니, 갑자기 할 일이 생각난 사람들처럼 분주하게 움직이기 시작했다. 해원이 부엌에서 무언가를 씻고 정리하는 동안 연서는 해령과 함께 방에 들어갔다. 해령이 연서의 캐리어를 펼치며 "너, 제법 똑 부러지던데" 하고 미소 지었을 때, 연서는 자기 때문에 어른들이 티격태격하는 모습은 보고 싶지 않아 그랬다는 말은 하지 않았다. 그런 모습은 아빠와 아빠가 엄마라고 부르라고 했던 아주머니들 사이에서 이미 많이 겪었으니까. 애처럼 굴지 마, 라며 항상 무서운 얼굴로 엄숙히 말하던 아빠의 모습이, 연서는 자꾸만 떠올랐다.

뒷모습

스페인으로 떠나기 일주일 전이었다.

경모는 인수인계할 자료들을 정리하다 말고 창가로 다가가 섰다. 무심코 창밖을 내려다보는데 횡단보도를 건너 시장 쪽으로 가는 익숙한 뒷모습의 해원이 보였다. 시장으로 들어가 인파에 묻혀 보이지 않을 때까지 경모는 해원을 눈으로 좇았다. 해원이 떠난 자리에는 검은 그림자만이 남아 길게 늘이져 있었다. 언제나 해원이 가고 나면 그 자리에 남아 있던 그림자였다. 경모에게 해원의 뒷모습은 그렇게 각인되어 있었다.

아버지의 임종을 지키기 위해 자전거에서 내려 집으로 뛰어가던 모습부터, 잡목이 가득한 숲 그늘로 사라지던 모습, 성당을 나와 함께 버스를 타고 내린 후 돌아서던 모습, 성당을 나가지 않고부터 멀리서 바라볼 수밖에 없던 모습까지. 그때마다 휘발되지 않은 감정이 그녀가 떠나고 없는 자리에 홀로 남았다. 그 그림자 이미지는 말하자면 해원에 대한 경모의 남겨진 감정이 만든 것인지도 몰랐다. 누군가의 뒷모습을 그렇게 진지하게 바라보지 않았다면 자신의 뒷모습에 대해서도 생각하지 않았을 것이다. 경모는 자신의 뒷모습에 미련을 두고 싶지 않았다. 그림자가 없는 사람처럼, 모든 걸 끊어내기 위해서 경모는 기도했다. 기도는 경모에게 있어 자신을 비우는 행위였다. 그러면 편안해지곤 했다.

스페인 아빌라의 수도원에서 일상적으로 지나치던 코르크참나무 숲길과 나무 위로 솟아올라 평원을 향해 날아가는 새들과 웃자란 식물들 속에서 가끔 경모는 어떤 상실의 감정을 느끼고는 했다. 평온 속에도 슬픔은 있었고, 내밀하게 감춰진 열병 같은 그리움과 공허가 함께 융기하듯 마음에서 일어나곤 했다. 간혹 뭔가를 잃어버린 듯한 상실감이 병처럼 찾아와, 그 평화와 평온 속에서 경모를 앓게 했다. 그때마다 경모는 그 슬픔과 상실의 근원을 떨쳐내고자 기도했다.

한때, 그게 불가능하다는 것 때문에 경모는 괴로워한 적이 있었다. 수사가 된 이후 처음으로 한국에 돌아와 해원을 마주쳤을 때였다. 서서히 여름이 끝나가던 무렵이었다. 도로를 뜨겁게 달구면서 거품처럼 솟아나던 열기도 사라지고 힘이 다한 푸른 이파리들이 바람에 산란하게 흔들리던 모습을 우두커니 바라보던 해원을 경모는 기억했다. 바라보는 것들과 다르게 사납기만 한 마음을 어쩌지 못하던 자신의 모습까지. 그때 경모는 모든 걸 끊어내리라 다짐했다. 심지어 부모에게까지 그런 말을 서슴없이 뱉으면서. 상처는 다시 안에서 곪았다. 그때 경모는 어렴풋이 깨달았다. 자신의 내면이 끊어내고 싶어 하는 대상은, 다름 아닌 해원이라는 것을. 괴로움 때문에 경모는 기도했다. 그때의 기도가 자신을 만들었다고 경모는 생각한다.

하지만 다시 돌아온 이곳에서 우연히 해원을 만난 후 경모가 남모르게 괴로워한 건, 도려내지 못한 채 시들었던 해원에 대한 감정이 또다시 불꽃처럼 피어나 마음에서 너울댔기 때문이었다. 신과의 영적인 일치를 꿈꾸는 것 이면에 어쩌지 못하는 해원에 대한 감정도 존재하는 걸 경모는 부정할 수 없었다. 두 가지의 마음이 자기 안에 공존하는 걸 경모는 견딜 수 없었기에, 한쪽의 마음을 시우기 위해 아무 미련 없이 해원에게서 멀어져야 한다고 다시금 굳게 다짐했다. 다만 한 가지 걱정되는 건 어머니를 돌보는 일이었는데, 그에 관해서는 스텔라 수녀가 도움을 주겠다고 해 경모는 한결 마음을 덜 수 있었다.

"아니마구룽 씨 기억해요? 그 사업주가 아니마구룽 씨한테 얼마간의 돈을 받고 이직에 합의하기로 약속했어요. 날강도 같은 인간이죠."

스텔라 수녀가 어금니에 힘을 주면서 웃었다. 욕한 건 둘 사이 비밀이라는 듯이. 그런 사람이었다, 스텔라 수녀는. 센터에서 일하는 사람들의 형편을 꿰뚫고 있어 그들 중 누군가 곤란을 겪으면 필요한 걸 내어주고, 행동이 그른 사람을 욕하는 데도 주저함이 없어 보는 이들을 시원하게 만드는 사람이었다. 그러고 나면 언제 그랬냐는 듯 입을 조물거리며 웃는 스텔라 수녀를 대하고 있으면, 비밀을 공유하는 모종의 공범이 된 듯한 기분이 드는 것과 동시에 남모르게 통쾌한 감정을 느끼곤 했다.

"아니마구룽 씨가 가족센터에서 연결해준 복지재단에서 방문요양사로 일하게 됐어요. 그래서 말인데 어머님을 그분이 돌봐드리게 하면 어떨까 싶어요. 아니마구룽 씨의 인성이나 성품에 대해서는 신부님도 잘 아실 거고요."

"아니마구룽 씨라면…… 괜찮은 사람이지만, 그렇게까지 신경을 써주지 않으셔도……."

"그렇다면 다행이에요. 아마 처음에는 해원 간사님이 동행하실 거예요. 아니마구룽 씨가 우리와 관련이 된 사람이기도

하고, 해원 간사님이 그쪽 마을을 잘 아니까요. 신부님 어머님도 안다고 하던데요."

고맙다는 말을 하려던 차에, 생각지도 않게 해원의 이름이 언급되자 경모는 순간 낯을 붉혔다.

"다들 자기 일을 하는 거예요. 부담스럽게 여기지 않으셔도 됩니다. 어머님 소식은 제가 간간이 챙겨드릴 거예요."

스텔라 수녀가 경모의 안색을 살피더니 안심하라는 듯 덧붙였다. 경모는 면구한 기색을 감추지 못한 채 꾸벅 고개를 숙였다.

"감사합니다, 수녀님."

"신부님은 이곳 걱정은 하지 마시고, 영육 간의 건강을 챙기세요. 모든 게 하느님의 뜻 아니겠어요."

스텔라 수녀의 말을 들으며 경모는 마음을 내려놓았다. 경모가 신의 길을 따르며 알게 된 것이라곤, 인간의 개별 의지만으로 이룰 수 있는 건 없다는 사실뿐이었다. 이제 떠나도 되는 시기가 다가온 것 같았고, 떠나는 마음이 그렇게 무겁지 않아도 될 것 같다는 생각이 든 찰나 해원의 모습이 잠시 경모의 미릿속에 어른거리다가 사라졌다.

퇴근 후 저녁 무렵 경모는 정욱을 만났다. 시장 한편의 노포에서였다. 정욱은 유난히 스무 살 무렵의 이야기들을 많이 꺼냈는데, 오래전 일이라 드문드문 기억을 잃은 과거의 일들 속에서 경모는 방황했다. 어쩌면 그동안 의도적으로 지난 시간의 일들을 잊으려 애썼나 싶을 정도로.

"이젠 정말 안 오는 거야?"

이야깃거리를 찾지 못해 침묵이 자주 오간 후 정욱이 물었다.

"그러려고."

부연 설명은 필요할 것 같지 않아 경모는 짧게 답했다. 경모로서는 의지가 곧 자신의 미래였다. 그렇게 다짐하지 않으면 유약해지고 마는 마음이었다.

"혹시, 해원이는 따로 안 보고 가니?"

보지 않으려고 해도 보이는 해원에 관한 말들. 경모는 고개를 저었다.

"응."

"그래, 그 편이 나을지도 모르겠다."

정욱이 객쩍게 웃고는 맥주잔을 들었다.

"우리도 이제 오래 못 보겠네…… 아쉽다."

경모와 건배하고 정욱은 잔을 입으로 가져갔다.

"접어두면 돼."

"뭘 접어?"

"언젠가 만나야 한다는 생각. 영혼의 존재가 되어서 볼 수도 있는 거지."

이번에는 경모가 잔을 들어 내밀었다. 별 싱거운 소리를 다 한다는 듯 정욱이 웃었다. 그러다 정욱의 얼굴이 굳어졌다. 경모의 눈두덩 주위가 불긋한 걸 보고 나서였다.

"정욱아. 나 한 가지만 부탁해도 되겠니?"

"부탁? 나야말로 고맙지, 그게 뭔데."

정욱이 호기로우면서도 궁금해하는 표정으로 물었다.

그 부탁을 하고 나서야 경모는 오랜만에 취기가 돌도록 마셨다. 경모는 한국에 돌아와 술을 마신 적이 없었다. 정욱과도 이런 자리는 처음이었다.

돌아오는 길, 경모는 세상의 끝에 다가선 기분이었다. 그때도 마찬가지였다. 수도원에 입회하기로 결심했을 때. 굳이 외국에 본원을 둔 수도원에 들어가야겠다고 생각했던 건, 국내에서는 얽힌 관계와 사람들부터 자신을 완전히 떼어낼 수 없을 거라는 두려움 때문이었다. 절벽 끝으로 몰아가듯 돌아오기 쉽지 않은 곳으로 스스로를 밀어낸 경모였다. 수도원에 입회하기 전 경모는 종종 죽음을 떠올렸다.

신의 자리로 들어선 지 꽤 오랜 시간이 지났고 많은 것들이 변했지만, 그 속에서도 변하지 않는 하나가 있었다. 그건 해원을 생각하는 마음이었다. 온전히 갖고 있을 수도, 내려놓으려 애를 써도 그 어느 하나 뜻대로 되지 않는 것이었다. 관계의 끈을 아예 잘라내고자 돌아오기 어려운 먼 곳으로 떠나도, 떼어낼 수조차 없고 어느새 그리움으로 못이 박힌 마음. 그 상태 그대로 굳어 화석처럼 하나의 형상이 되었다가, 마치 잃어버린 무엇인가가 퍼뜩 생각나듯 떠올려지곤 하면 한없이 물러 바다처럼 흐르는 감정이 되는 그것은,

사랑이었다.

언젠가 육신은 사라져도 영혼으로라도 남아 닿기를 바라는, 불가능한 소망과도 같은 하나의 마음이었다.

그것이 때로는 내면의 어두운 마음을 밝히는 하나의 촛불이 되기도 한다는 걸, 경모는 어느 순간 알았다. 자신을 과거와 단절시켜서라도 끊어내고자 했던 그 감정에 대해 오래 고민했던 경모는, 이제 더 이상 그것을 인위적으로 어떻게 할 수 없음도 더불어 알게 됐다. 침묵 속에서 내면의 모순과 감정을 비밀스럽게 껴안고, 아직 채 보이지 않는 인생의 끝으로 향할 것이라 경모는 다짐했다.

어쩌면 오랜 시간이 지난 후에 해원에 대한 생각과 그리움도 옅어질지 몰랐다. 내내 지워지지 않던 또렷한 감정도 언젠가는 소멸해 기억조차 하지 못하는 것처럼. 그렇기에 형체 없이 사라질 그때까지는 적어도 해원을 마음에 간직하기로 하고 놓아두기로 하자 마음이 편해졌다.

무엇보다 그건 운명처럼 신의 길로 나아가면서, 예전에 꿈꾸었던 미지의 길을 닫아놓은 것에 대한 얼마간의 억울함을

상쇄할, 신에 대한 경모의 내밀하고 작은 저항에 다름 아니었다.

*

떠나기까지 사흘을 남겨놓고 경모가 해원과 함께 마지막 일정으로 향한 곳은 임대차 갈등을 겪는 한 파키스탄 이주민의 레스토랑이었다.

표면적으로는 건물 주인이 계약 만료 전 식당 월세를 올려달라는 요구로 인한 갈등이 주요인이었지만, 이면에는 이슬람을 종교로 가진 이주민들이 레스토랑을 중심으로 문화권을 형성하는 것에 대한 우려와 혐오가 복잡하게 얽혀 있었다. 계약 만료 전 월세를 40퍼센트나 올려달라는 건물 주인의 요구는, 레스토랑으로서는 받아들이기 어려운 문제였다. 상가임대차보호법에서도 재계약 시 5퍼센트 이상 월세를 올릴 수 없도록 돼 있었다. 40퍼센트라는 것은 계약 만료 전에 자진해서 나가라는 것과 마찬가지였다. 건물 주인이 월세를 올려 받으려는 데는 다른 이유도 있었지만 이슬람을 종교로 가진 무슬림들이 자주 몰려오는 탓에 상가 이미지가 나빠져 다른 가게 임대에 지장을 준다는 게 가장 큰 이유였다. 건물 주인은 중재에 나선 센터 측에도 여러 번 합의나 조정의 여지가 없음을 밝힌 상태였다. 남은 방법이 소송뿐인 상황에서 일련의 해결책을 모색하고자 해원과 경모가 레스토랑까지 찾아온 것이었다.

두 사람이 도착했을 때 레스토랑 출입구 쪽이 공사 중인 것처럼 여러 개의 구덩이가 심하게 파헤쳐져 있었다. 레스토랑 주인은 임대인이 인부들을 동원해 해머 드릴로 파놓은 것이라고 했다. 레스토랑이 영업 중임에도 출입문 쪽으로 손님들이 들어갈 엄두를 내지 못하도록 한 것이었다.

"요즘 들어서야 장사가 잘되기 시작했는데, 여기 건물주가 우리 허락을 하지 않아요. 그냥 나가라는 거예요."

레스토랑 주인이 능숙한 한국어로 말했다.

"바퀴벌레 쫓는 것처럼 우리를 구석으로 몬다니까요. 아마 우리 죽을 때까지 이럴 거예요."

그러면서 레스토랑 주인은 권리금을 포기하고 나갈 생각도 해보지 않은 건 아니지만 임대인의 차별적이고 폭력적 처사에 그저 맥없이 물러서고 싶지 않았다는 말을 덧붙였다. 하지만 개인 사유지에 권리를 행사하는 임대인을 제지할 방법이 딱히 없다는 게 가장 큰 벽이었다.

그때 직원으로 보이는 파키스탄인이 레스토랑으로 뛰쳐들어오며 주인에게 소리쳤다.

"또 왔어요!"

모두의 시선이 창밖으로 향했다. 레스토랑 앞에 포클레인 한 대와 검은색 모자와 회색 점퍼를 동일하게 갖춰 입은 10여 명의 사람들이 서성이고 있었다. 그들 중 하나가 확성기로 건물 가스 배관 해체 공사를 시작할 예정이라고 소리쳤다.

"밥줄 끊겠다는 얘기나 마찬가지죠."

주인은 앞치마와 모자를 벗어놓고 밖으로 나갈 채비를 했다. 그 뒤를 따라나서려는 해원의 팔을 경모가 낚아채듯 붙잡았다.

"지금 나서기엔 위험해."

"괜찮아, 놔줘."

손을 뿌리치고 밖으로 향하려는 해원의 팔을 경모는 놓지 않았다.

"이러지 말아줘."

해원이 붙잡힌 팔을 들어 올리며 경모를 노려봤다.

"저 사람들 철거 전문으로 하는 용역원들이야. 잠시 피해 있으면 좋겠어. 양측이 잘 협의하도록 내가 나서볼게."

"안셀모 신부님."

해원이 해쓱한 얼굴로 경모에게 바짝 다가섰다.

"신부님은 갖고 있던 뭔가를 뺏겨본 적 없죠?"

경모는 해원의 그 말을 듣고 아득해졌다. 밖으로 뛰쳐나가는 해원을 저지하지도 붙들 수도 없었다. 해원은 어느덧 하얀

게 빛을 내리쏘는 광원의 한가운데로 스며들듯 사라졌다. 사라진 해원의 뒷모습을 무념하게 바라보다가 경모는 퍼뜩 정신을 차린 사람처럼 따라 뛰기 시작했다. 언제나 바라보기만 했던 해원의 뒷모습을 향해서였다. 경모가 출입문을 열고 나왔을 때 이미 바깥은 아수라장이었다. 식당 주인은 우르두어로 시종 소리를 질러대며 자신의 멱살을 바투 움켜쥔 용역들과 실랑이를 벌이고 있었고 해원은 상가임대차보호법과 권리금회수방해금지 구호를 외치며 용역들 바로 앞에서 악을 썼다. 서로의 몸을 밀어대던 용역과 직원들 간에 주먹다짐이 시작되자 흙이 튀고 기물이 부서지는 소리가 났다. 흥분한 용역 중 하나가 해원의 멱살을 잡고 옆으로 끌어내는 것을 보고 경모가 무작정 달려들었다. 용역의 허리를 어깨로 힘껏 밀쳐내고는 바닥에 나동그라진 순간이었다. 여러 사람의 발이 경모의 얼굴과 복부로 쏟아졌다. 처음에는 둔탁한 소리만 들릴 뿐 아픔을 느끼지 못했으나 조금 후부터 경모는 머리 쪽부터 복부와 다리까지 통각을 느끼지 않은 곳이 없었다. 그때 어디선가 해원의 목소리가 희미하게 들린 것 같았다.

야, 이 새끼들아!

용역들 사이를 비집고 들어오는 해원의 얼굴이 점점 선명해졌다.

"안경모!"

악다구니를 쓰며 쓰러진 경모에게 달려드는 해원을 용역들은 차마 손대지 못하고 몇 걸음 뒤로 물러섰다.

"괜찮아? 괜찮아?"

다급하게 묻는 해원의 얼굴을 올려다보며 경모는 어떤 흔들림을 느꼈다. 닿을 수 없고 닿아서도 안 되는 사람이 자신에게 닿아 있으므로. 어떻게 해야 할지 모르는 사이, 그해 여름, 해원이 한 말이 떠올랐다.

—상처는 괜찮니?

—괜찮아.

엷은 웃음을 짓던 해원.

—괜찮은데 안 괜찮아. 그냥 꼭 블랙코미디 같아.

—나도 이제 괜찮아.

어깻죽지의 상처를 내보이던 경모.

—우리, 같은 날 생긴 상처.

묘한 동질감과 내밀한 감정이 들숨과 날숨으로 뱉어지던 여름.

"괜찮아. 그냥 꼭 블랙코미디 같아."

몸을 반쯤 일으키며 경모가 말했다. 알 듯 모를 듯한 표정을 짓는 해원의 얼굴을 보며 경모는 왠지 안도의 기분을 느졌다.

"이렇게 맞아도 돼 사제가?"

"그러라고 있는 거야."

"뭘 그러라고 있어."

"타인의 안전을 위해 헌신하는 게 사제야."

퍽이나 우스갯소리를 한다는 듯이 경모는 실없이 웃었다. 그런 경모를 보며 해원이 한숨을 내쉬고는 한마디를 했다.

"그래, 넌 그런 애였지."

문득 경모는 해원이 아주 오랜만에 자신을 알아본다는 느낌을 받았다. 아니, 오랜 시간의 저편에 있던 해원이 현재의 자기 앞에 당도한 것만 같았다. 몹시도 찬 바닥 위로 전해 오는 서늘한 여름의 냄새와 함께.

빈자리에 남은 것

경모가 스페인으로 떠나기 직전 센터에 들러 사람들과 인사를 나눌 때 해원은 그 자리에 없었다. 불법 체류자 신분의 베트남 이주 노농자 두 명이 숙소에서 일어난 화재로 병원에 이송된 일 때문에 급하게 현장으로 달려갔기 때문이었다. 가건축물을 주거용으로 사용하는 게 법에 저촉됨에도 불구하고 외국인 노동자들의 숙소로 이용하는 일이 빈번했다. 해원은 불법 체류자 관련 사건이나 사고가 벌어질 때마다 그게 혹시 타오의 일은 아닐까 싶어 예민해졌다. 해원은 곧 떠날 경모에게 연락을 해볼까도 잠깐 생각했지만 그러지 않기로 했다. 경모에게서도 연락은 오지 않았다.

경모가 센터를 떠난 뒤에도 일상은 그대로였지만, 해원의 마음은 어딘가 텅 비어 심 없는 볼펜을 들고 뭔가를 하염없이 써 내려가는 심정이 되었다. 하지만 아무것도 쓰이지 않는 그런 기분. 가림막처럼 곳곳을 가로막거나 펴져 있던 눈이 녹은 자리에 찬 흙을 뚫고 꽃을 피워낸 식물에 자주 눈길이 갔고, 의미 없는 풍경과 사물을 오래 쳐다보는 버릇이 생겼다. 떠오르는 상념들을 되도록 무심하게 지나치려 애쓰면 애쓸수록 마음은 어딘가에 자꾸만 들러붙었다. 피부에 닿는 공기에 전과 다르게 봄이 자라나는 따스한 기운이 스며 있었다. 어쩔 수 없이 자꾸 떠오르는 기억들이 있었고, 시간의 흐름이 그것들을 자연스레 흘려보내주기를 해원은 담담히 바랐다.

일상 속에서 희미하게 잊어가는 듯했던 경모를 다시 선명하게 의식하게 된 건, 경모의 집을 찾아가면서였다. 방문요양사로 일하는 아니마구릉과 또 다른 요양사 한 명과 동행해서였다. 경모의 집을 방문하기로 한 것은 오래된 일이 아니었으나, 해원은 일상에 파묻힌 나머지 그곳에 가기로 했던 것조차 깜빡 잊고 있었다.

경모의 집 앞에서 초인종을 누르자 한참 후에 문이 열렸다. 현관문 안쪽에 한 노인이 보행기에 몸을 의지한 채 서 있었다. 해원은 한눈에 경모의 어머니임을 알아봤다. 아련히 경모를 쳐다보던 기억 속 그의 어머니를 이제는 늙수그레한 모습으로 마주한다는 게 해원을 서글프게 했다. 경모의 어머니가 한동안 무미한 눈길로 일행을 둘러보더니 천천히 입을 뗐다.

"해……원……이니?"

마치 오기를 기다렸던 것 같은, 어눌하지만 반가움이 깃든 말투였다.

"네, 어머니. 저 해원이에요."

극도로 건강이 악화됐던 경모의 어머니는, 지속적인 치료 이후 지금은 혼자 몸을 움직일 수 있을 정도까지는 호전된 상태라고 했다. 그 사실은 전에 경모와 함께 외근을 한 뒤 센터로 돌아가면서 들어 알게 된 것이었다.

─이제 곧 스페인으로 가겠네.

해원이 버스가 오는 쪽을 바라보며 말했다. 경모는 오도카니 서서 정류장 간판을 올려다보고 있었다.

─보이는 건 다 이렇게 눈에 담으려고 해.

그렇다는 말 대신 사방을 둘러보며 경모가 말했다.

─그래야 돌아가서도 꺼낼 게 많으니까.

어쩐지 기운이 빠진 목소리였다.

─어머님은 몸이 좀 어떠셔?

경모가 짐짓 놀란 표정으로 돌아봤다.

―스텔라 수녀님에게 들었니? 괜찮아. 꽤 나빴다가 꾸준히 재활병원 다니면서 지금은 많이 좋아지셨어. 조금씩 거동도 하는 편이지만 혼자 힘으로 할 수 있는 게 아직까진 많지 않아서…….

―걱정되는구나.

해원의 말에 경모는 긍정도 부정도 하지 않고 도로 한가운데를 응시했다. 멀리 옆모습을 드러낸 버스가 곡선으로 휘어진 길을 돌아 점차 가까이 다가왔다. 하지만 기다리던 버스가 아니었으므로 해원과 경모는 그대로 서 있었는데, 조금 후 버스가 떠나고 나서도 경모의 시선은 여전히 버스가 지나온 길에 박혀 있었다. 도로는 고요하고 한적했다. 도로변 나무들처럼 파리하고 쓸쓸해 보이는 경모를 바라보다 앞으로 다시 돌아오지 않을 길로 향한다는 게 어떤 것인지 해원은 문득 궁금해졌다. 그의 얼굴에 자전거에 앉은 채로 몸을 돌리던 모습이, 풀숲 저쪽에 서서 두려운 표정을 짓던 그 소년의 모습이 언뜻 비치는가 싶더니, 어느새 수도원에 들어가기 전 막연하고 슬퍼 보이는 표정으로 고개 숙이던 모습으로 비쳐 보이다, 다시 완연한 거리감이 느껴지게 행동하던 수사의 모습이 되었다가, 어머니를 끊어내겠다며 사납게 다짐하던 그때의 모습으로 시시각각 변해갔다. 한때 모든 것을 정리하고 싶어 하던 그가, 다시 돌아오지 않을 길을 향해 떠날 날을 앞두고 있다는 게 잘 믿어지지 않다가 결국에는 안쓰럽게 여겨지는 것이었다.

―어머님 돌봐주실 분이 따로 있는 건 아니지?

―……어떻게든 잘되겠지.

경모는 입으로는 짐짓 웃음을 띠었지만 눈매는 서글퍼 보였다. 그는 아무렇지 않은 듯 보이고 싶어 하는 것 같았지만, 그러면 그럴수록 점점 더 얼굴이 상기되었다.

―우리 엄마 돌아가신 건 아실까?

―그건 아실 거야. 내가 전에 말씀드린 적도 있어서.

―그랬구나. 그럼 혹시, 내가 가서 인사 좀 드려도 돼?

뜻밖이라는 표정을 지으면서도 경모가 순하게 웃었다.

―……되고말고.

스텔라 수녀에게 경모 어머니를 돌봐줄 요양사로 아니마구릉 얘기를 꺼낸 건 해원이었다. 아니마구릉이 센터의 도움으로 전 직장과의 관계를 정리하고 요양원으로 이직한 지 얼마 안 되는 때였다. 한 복지재단에서 만든 신생 요양원이어서 고객이 필요한 시점인 데다가 센터에서는 아니마구릉의 적응 상태도 안정적으로 확인할 수 있어 좋은 선택지였다. 경모 역시 아니마구릉의 인성이나 됨됨이에 대해 모르지 않아 어머니를 믿고 맡길 수 있다는 게 큰 장점이었다. 아니마구릉은 성실하고 외향적이어서 누구와도 소통을 잘했다. 홀로 적적한 상태에서 말할 상대가 필요할 경모 어머니에게도 적격이었다.

해원은 다만 아니마구릉이 경모의 어머니를 돌볼 수 있도록 주선한 얘기는 경모에게 하지 말아달라고 스텔라 수녀에게 부탁했다. 경모 집과는 멀지 않은 곳에 사는 해원이 종종 경모 어머니의 안부를 확인해 알리면, 스텔라 수녀가 경모에게 그 소식을 전해줬으면 좋겠다는 말과 함께. 스텔라 수녀는 해원이 왜 비밀로 하려는지에 대해서는 묻지 않았다. 대신 해원과 경모가 진작에 아는 사이일 뿐 아니라, 한때 감정이 오갔다는 것을 굳이 얘기해주지 않아도 짐작한다는 듯, 한쪽 눈을 찡긋하고 미소를 지어 보이는 것으로 대답을 대신했다.

같이 방문한 요양보호사와 아니마구릉이 경모의 어머니를 돌보는 동안 해원은 집 안을 둘러봤다. 경모의 집은 고요했다. 불필요한 물건이나 사용하지 않는 것들은 모두 정리했는지 소박하고 간소한 세간살이였다. 거실을 지나다 해원의 눈길이 머문 곳은 경모의 방으로 기억하고 있는 곳이었다. 오래전 자신이 아끼던 것들을 친구들에게 나눠주며 어머니에게 일갈하던 그 작은방이었다. 벽 한 면을 그득 채웠던 책장과 침대는 사라지고 없고, 그때도 있었던 오래된 책상만이 덩그러니 놓여 있었다.

책상 위에는 외국에서 여행하다 사 온 것 같은 그리스도정교회 양식의 십자가와 작은 성모 마리아상, 정물이 그려진 조그마한 액자, 보라색 초와 장식들이 놓여 있었다. 고개를 돌려 방 안을 둘러본 다음 거실로 나가려는데 무엇인가 햇빛에 얼비쳐 눈이 부셨다. 사금파리들이 한데 뭉쳐 희디희게 반짝이는 것처럼 보였다. 손으로 눈가를 가린 후, 옆으로 비켜서 바라본 그곳에는 마디마다 알알이 빛줄기가 박힌 묵주 팔찌 하나가 놓여 있었다. 해원은 아무 생각 없이 책상 위로 번져 얼룩진 빛 무늬를 훑다 고개를 돌렸다. 거실로 나가며 천천히 방문 손잡이를 끌어당기던 해원은 묘한 기시감 때문에 다시 방 안으로 들어갔다. 그러고는 한동안 책상 위의 묵주 팔찌를 내려다보았다. 시야에 맺힌 묵주 팔찌의 묵주 알들을 해원은 시선으로 하나씩 세어나갔다. 감청색과 에메랄드빛 묵주 알들이 차례로 교차해 엮여나가다 나무 십자가로 이어지는 묵주 팔찌였다. 가만히 책상 위를 응시하던 해원은 불현듯 솟아오른 기억에 하마터면 그곳에서 소리를 내지를 뻔했다.

묵주 팔찌에 달린 나무 십자가와 묵주 알들이 12년 전 경찰서에서 보았던 것과 놀랍도록 닮아 있었다. 건민이 해원의 집 근처에서 괴한에게 폭행을 당한 일로 경찰서에 불려 간 날 본 것이었다. 폭행을 당할 때 가해자의 손목에서 잡아당겨 끊어냈다는 그 나무 십자가와 묵주 알들. 한없이 적요한 그 공간에서 해원은 심장을 조이며 격렬히 분투해 오는 내적 갈등으로 혼란스러웠다. 아마도 그것을 보기 이전으로는 다시 돌아갈 수 없을 것만 같은 예감 때문이었다.

해원은 묵주 팔찌를 집어 들었다. 우연일 거라고, 그저 흔하게 볼 수 있는 묵주 팔찌에 불과할 뿐이라며 이리저리 돌려 보던 해원은 떨리는 손으로 그것을 내려놓았다. 12년이나 지난 일이었다. 그해의 파편들이 시간을 훌쩍 뛰어넘어 여기에서, 경모의 방에서 발견될 이유가, 없었다.

해원은 뒷걸음질 치다 서서히 돌아섰다. 선명하게 떠오른 과거의 기억들이 현재의 자신을 괴롭히게 두고 싶지 않았다. 하지만 해원의 마음은 여전히 의심으로 일렁였다. 외면하려 할수록 오히려 생기를 띠고 어른거리는 묵주 팔찌에 해원은 자꾸만 시선을 뺏겼다. 그러다 별안간 떠오른 경찰서에서의 또 다른 기억 때문에 해원은 완전히 발걸음을 멈췄다. 가느다랗게 몸이 떨려왔다.

─성물방에서 직접 만들어 판 두 개 중 하나라고.

묵주 알들을 눈으로 헤아리던 경찰의 낮은 음성이었다.

―한 사람이 두 개 다 사 갔다는데, 그게 누구인지 도무지 특정이 돼야 말이지.

했던, 경찰의 말이 머릿속을 관통해 지나갔다. 그 사실이 그때와 다름없이 지금도 유효하다면, 그중 하나는 건민에 의해 끊어진 채 경찰서에 증거로 수집되고, 나머지 하나는…… 지금 여기에 있는 것이라는 확신에 가까운 의심이 해원의 가슴을 팔딱이게 했다.

해원은 차오르는 감정을 어쩌지 못하고 그 자리에 주저앉아버렸다.

셋의 낮과 밤

연서는 어렴풋이 들려오는 목소리에 선잠을 깼다. 매일 밤 듣던 라디오 속의 목소리는 아니었다. 해령과 해원이 연서를 사이에 두고 누워 주고받는 목소리였다.

"언니 생각은 그대로인가 해서."

"나한테 먼저 묻고 데려온 건 아니잖아."

"난 결심이 선 상태니까."

"그러지 않았으면 좋겠다고 하면?"

연서는 대화를 들으며 해원과 해령의 관계가 알쏭달쏭하다고 생각했다. 자매이면서도 때로는 남남처럼 보이기도 하고, 아주 친밀한 사이처럼 대하다가도 어떤 순간에는 서로

냉랭하게 얘기를 주고받는 것이 그랬다.

"그럼, 내가 따로 집을 알아볼게."

짙어진 어둠 속에 알 수 없는 긴장이 흐르는 걸 연서는 느꼈다.

"그럴 필요 없어. 나, 서울로 돌아갈까 생각 중이니까."

침묵을 깨고 해원이 말했다.

"왜?"

"떠나야 할 것 같아서."

"여기서 평생 살 것처럼 얘기할 때는 언제고. 무슨 일 있어?"

해령이 물었다.

"기억에 사로잡혀 사는 게 싫어서. 조금 놓여나고 싶다는 생각을 요즘 많이 해."

"왜 갑자기 그런 생각을 하는데."

"과거의 시간이 나를 점점 옥죄는 것 같아서. 여기에는 없는 사람, 그리고 잡히지도 않고 해결할 수 없는 기억이 자꾸 괴롭혀서 힘들어."

"엄마까지 포함해서 하는 말이야?"

정적이 이어지는 동안 연서는 조심스럽게 침을 삼켰다. 둘의 목소리는 낮고 별다른 게 없었는데도 서로 뾰족한 창을 겨눈 것처럼 느껴졌다. 두 사람의 이야기는 거기서 중단됐고, 한참을 기다려도 목소리가 들리지 않자 연서는 다시 잠에 빠져들었다. 그사이 꿈결처럼 누군가의 목소리가 들린 것도 같았지만 연서는 눈을 뜨지 않았다.

이튿날 해원이 출근한 뒤 연서는 해령을 도와 집안일을 정리했다. 해령이 몇 번이나 그럴 필요가 없다고 했지만 연서는 굳이 나서서 거들었다. 세탁한 옷들을 개키며 해령이 넌 태어난 곳이 어디야, 하고 물었을 때 연서는 언젠가 자신이 아빠에게 물었던 걸 떠올렸다.

"고향이요?"

"그래, 고향."

해령이 웃으며 고개를 끄덕였다.

"아빠는 사는 데가 고향이라고 했어요."

"아빠가 그렇게 말했어?"

"네."

잠깐 뜸을 들이더니 해령이 말했다.

"그럼, 연서는 가흘면이 고향이네."

연서는 그런가, 하는 표정으로 고개를 갸웃했다. 사는 곳이 자주 달라졌기에 연서는 딱히 기억에 남는 공간이 없었다. 그래서 새로 이사를 간다고 해도 살던 집에 별다른 미련이 없었다. 집이 어디든, 어디에서든 좋은 기억은 그렇게 많지 않았다. 아빠가 집을 나간 건, 마지막으로 할머니가 살았던 가흘면에 오고 나서였다. 아빠가 돌아오지 않자 연서는 불안하고 무서워졌다. 아빠를 원망하고 싫어해 영원히 사라졌으면 좋겠다고 생각한 순간도 분명 있었다. 하지만 진심은 아니었고 혼자 남겨지는 건 더 싫었다. 혹시나 그런 마음 때문에 벌을 받느라 아빠가 돌아오지 않는 건 아닐까, 이대로 버림받는 건 아닐까, 두려움에 떨었다. 집 밖으로 나가서 울었던 건 그런 이유 때문이었다.

"그런데, 혹시 연서가 좀 불편해할 만한 질문을 해도 될까? 대답하기 싫으면 안 해도 돼."

"괜찮아요. 하세요."

"보호소에서 연서가 선생님 손 물었던 거 기억하니?"

연서는 금방 침울한 얼굴이 되어 고개를 끄덕였다.

"왜 그랬는지 언니한테 말해줄 수 있어?"

연서가 해령을 빤히 올려다보다 마지못한 듯 입을 열었다.

"어른들끼리 얘기하는 걸 들었어요."

"어떤 얘기?"

"아빠를 찾지 못할 거라고요. 실종이라고…… 집도 경매로 팔렸다고."

"그런 얘기를 들었니?"

"네. 어른들은 제가 어린아이라 못 듣는 줄 알아요. 다 알아듣는데."

"그게, 기분을 나쁘게 했어?"

"아뇨. 그냥 무서웠어요. 아빠 못 찾고 집도 없으니까, 이제 다른 데로 가라고 할까 봐요."

연서는 해령에게만큼은 솔직하게 마음을 털어놓았다.

"걱정 마. 이제 그럴 일은 없어. 언니가 약속할게."

해령이 다가와 연서의 어깨를 감싸안았다.

"괜찮아요. 어른들끼리 해야 할 말이란 거 알아요. 제가 들어버려서 문제지."

"어른들 말이 들려?"

연서가 고개를 끄덕였다.

"언니들 말도 다 들리는걸요." 자랑처럼 말했지만, 연서는 괜한 말을 한 건가 싶어 갑자기 불안해졌다. "아니에요, 들은 적 없어요."

"연서야, 괜찮아. 우리가 뭐라고 했는지 말해볼래?"

잔뜩 긴장한 얼굴로 연서가 해령을 빤히 쳐다봤다. 해령이 말했다.

"혹시, 그 얘긴 못 들었니?"

"무슨 얘기요?"

연서는 금방이라도 울 것 같은 표정이 되어 물었다.

"우리가 연서 너와 함께 살고 싶어 한다는 얘기."

"여기서요?"

뜻밖의 말에 연서가 고개를 치켜들며 말했다.

"응."

"언제까지요?"

"아빠가 돌아올 때까지."

"아빠가 돌아오지 않으면요?"

"그럼, 계속 함께 사는 거지."

그러고 보니 연서는, 간밤 어슴한 잠결에 들은 두 사람의 목소리가 꿈이 아닐지도 모르겠다는 생각이 들었다.

―넌, 연서 어떤 면이 그렇게 좋은데?

꿈속에서 연서는 누군가 그렇게 묻는 걸 들었다.

―단순히 뭐가 좋다는 감정이 아니고. 뭐랄까, 연서는 그냥 나 같아.

익숙한 해령의 목소리였고,

―어떤 면에서?

다른 목소리는 해원의 것이었다.

―상처받지 않은 척하는 거.

연서는 어떤 감정도 표정에 담지 않는 게 익숙했다. 얘는 왜 이렇게 아무 표정이 없어요? 이웃 누군가가 그렇게 물으면 아빠의 얼굴이 굳으며 칙칙해졌다. 그런 날 아빠는 집에 돌아와 혼을 냈다. 남들이 널 보며 왜 그렇게 묻는지 알기는 알아? 계속 그럴래? 아빠는 혀를 찼다. 혼이 난 뒤에도 연서는 얼굴에 슬픈 표정이 드러나지 않도록 애썼다. 아빠가 또 왜 얼굴이 그 모양인데! 하며 싫어할 수 있으니까. 차라리 표정이 없는 게 아빠를 덜 화나게 했다.

―그런데, 내가 연서를 원한다고 해도, 연서는 그렇지 않을 수도 있어.

―어째서?

―사람이 다가오는 걸 불안해하니까. 아빠조차도 자신을 학대했는데, 아빠 아닌 다른 누가 자신을 보호해줄 수 있다고 생각하겠어. 그러면서도 연서는 아빠를 미워하지 못해. 버림받을까 두려워하니까.

―혹시, 그런 느낌 가진 적 있었어?

―있었어.

―나도 그래.

서로 다른 조각 같던 두 사람의 모습이 연서는 갑자기 한 조각처럼 느껴졌다. 아마 꿈이기 때문일까.

―그래서 두려워. 우리랑 닮은 모습의 연서와 함께 산다는 게. 계속 과거의 기억을 환기하게 될까 봐…….

해원이 말끝을 흐리고는 몸을 뒤척였다.

―이해해. 나는 그동안 상처를 다른 무언가로 덧칠하며 살아왔어. 아무것도 아니란 듯이. 연서는 그렇게 살지 않을 기

회를 만들어주고 싶어. 그렇게 살고 싶어. 지금은 그게 내 삶의 유일한 의미야. 나 자신을 위해서라도 연서가 필요해.

"연서는 어떻게 생각하니?"

연서는 해령의 물음에 바로 답하지 않고 머릿속을 맴도는 질문을 해야 할까 망설였다.

"그런데요……."

고민 끝에 연서가 입을 열었다.

"만약 같이 살다 제가 불편해지면…… 그때 언니는 어떻게 할 건데요?" 해령이 뭐라 대답도 하기 전이었다. "보호소로 다시 보낼 건가요?"

해령의 얼굴이 굳어졌다가 완만히 펴지기 시작했다.

"그럴 일은 없어, 연서야."

"정말요?"

"왜냐하면…… 넌, 또 다른 나처럼 느껴져."

"네?"

"스스로를 아끼지 못했던 어린 시절 나 같아. 연서가 자신을 보호하고 아낄 수 있도록 돕고 싶어. 내가 나를 보살피듯 그렇게 네 곁에 있을게. 그러니 걱정하지 않아도 돼."

해령의 말을 들으며 연서는 간밤의 꿈 같았던 두 사람의 대화를 천천히 떠올려보았다.

"꿈이 아니었나 봐요."

"뭐가?"

"어젯밤 언니들이 주고받던 말이요."

"우리 얘기가 들렸니?"

연서는 고개를 끄덕였다.

"그런데 해원 언니는 반대하잖아요."

"들었구나?"

"네. 그런 거 같아요."

해령의 굳은 얼굴에 당혹스러움이 번지는 걸 연서는 보았다. 섣부르게 아는 척한 걸까 싶으면서도 연서는 이번에는 무슨 일이 있어도 자신의 생각을 똑 부러지게 전달하고 싶었다. 예전처럼 어른들 눈치를 보느라 하고 싶은 말을 참거나, 표정을 숨기는 일은 하고 싶지 않았다.

"해령 언니."

"응, 얘기해."

"저는 언니랑 같이 살고 싶어요."

말이 끝나자마자 해령이 연서를 끌어안았다.

"고마워, 고마워……."

그새 눈가가 붉어진 해령이, "누군가와 함께 산다는 건 서로 마음을 합해야 한다는 거니까, 해원 언니의 마음을 기다려보자" 말했고, 둘은 그 사실을 비밀로 하기로 했다.

저물녘, 평소보다 조금 일찍 해원이 집에 돌아왔다. 해원은 퇴근하는 길에 장을 봐왔고, 해령은 익숙한 듯 음식을 만들었다. "오늘은 내 차례야. 내일은 해원 언니고. 모든 건 나눠서 해야 해." 해령의 말을 들으며 연서는 곁에서 도왔다. 언젠가 자기에게도 차례가 돌아오기를 간절히 기다리면서. 아니, 차례가 주어지기를 기대하면서.

해원, 해령과 함께 며칠 지내는 동안 연서는 비로소 숨을 쉴 것 같았다. 얼마 전까지만 해도 급격하게 달라지는 환경과 사람들에게 매번 숨 가쁘게 적응해야 했기 때문이었다. 두 사람과 함께 보낸 지난 며칠의 시간을 떠올려보면서 연서는 마음속에 오래 간직하고 싶다는 생각을 했다. 그런 마음이 드는 건 처음이었다.

연서에게 가장 좋았던 건, 두 사람과 함께 밤마다 라디오를 들으며 잠이 드는 일이었다. 연서는 가장 먼저 눈을 감았지만 가장 늦게 잠이 들었다. 매번 한밤중에 라디오를 끄는 사람이 연서였다. 연서는 해원과 해령이 자기가 라디오를 끄는 줄은 꿈에도 모를 거라는 사실이 은근 재미있었다. 무엇보다 이 집에서 자신이 할 일이 있다는 게 연서는 기뻤다.

내일이면 보호소로 돌아가야 한다는 걸 연서도 알았다. 정말 함께 살 수 있을지는 기다려봐야 안다고 했다. 연서는 해령과 해원의 집이 아닌 다른 곳에서는 살고 싶지 않았다. 평생을 보호소에서 살아야 한다고 해도 마찬가지였다. 연서는 언제나 그렇듯 마음을 내려놓기 위해, 기대하지 않기 위해 노력했다. 연서에게 있어 하루하루는 늘 버겁고 또 마음대로 열리지 않는 닫힌 문에 불과했지만, 좋은 기억의 집을 이미 마음 안에 지어놓았기에, 결과가 나오기까지 시간이 조금 걸리더라도 견디는 게 어렵지 않을 것 같았다.

Delivery Failure Notice

해원은 경보에게 보낸 메일이 되돌아온 것을 확인하고 착잡한 마음을 금할 수 없었다. 수신인이 존재하지 않는 이메일 주소라는 회신 내용을 보고 마음이 더 어수선해졌다. 경모가 자신의 이메일 계정을 아예 없앤 것 같았다. 심란한 마음을 가누지 못해 밖을 내다보는데 마침 해령이 마당을 서성이고 있었다.

"눈 와."

해원을 알아보고 해령이 나지막이 말했다. 허공을 유영하듯 느리게 내리는 눈송이들이 수건을 쓴 해령의 머리를 하얗게 뒤덮고 있었다. 연서가 아동보호소로 돌아간 뒤 해령은 부쩍 쓸쓸해 보였다. 해원은 그런 해령의 뒷모습에서 엄마를 떠올렸다. 수건을 머리에 쓴 채 밭일을 하다 말고 어딘가를 하염없이 바라보던 엄마의 그 눈길을 해원은 기억했다.

─너 배웠다고 이 엄마 무시하는 거냐 지금.
엄마의 눈에 고인 눈물이 방울방울 떨어지던 그때.
─내 일은 내가 알아서 해.
해원은 엄마의 슬픔을 알면서도 자주 그렇게 말했다.
─엄마처럼 살고 싶지 않아.
하지 말아야 할 말도 했다.
─밥상머리에서 꼭 그렇게 말해야겠니?
엄마가 굳은 얼굴로 혀를 찼다.
─엄마가 먼저 시작했어.
─네가 그렇게 구니까 그런 일을 당하지.
─……내가 그래서 이혼했다는 거야?
─좀 더 잘했지 그랬어. 이렇게까지 되기 전에.

그게 엄마의 진심이 아니라는 걸 해원은 잘 알았다. 속상한 감정이 때론 분노로 표현된다는 것도. 어느 순간 엄마는 마음보다 뾰족한 말이 먼저 나가는 사람이었다. 특히 자식들에게는. 그렇게라도 자극받지 않으면 이 험한 세상을 어떻게 살아가겠냐는 듯이. 그런 엄마를, 해원은 모르지 않았지만,

─그래서 엄마는 아빠한테 그렇게 맞고 살았어?

해원 자신도 모르게 후회할 말을 뱉어내곤 했다. 전남편인 K도 아빠와 별다를 게 없는 사람이었기에, 수시로 이어진 폭력과 멸시 끝에 선택한 이혼이었기에, 해원은 자신을 비난하는 말을 견디지 못했다. 가슴 깊숙이 묻어둔 울분이 갑자기 솟아오르곤 했다. 모두가 다 상처뿐인 말들을 주고받는 나날들이었다. 엄마는 입을 악다문 채 자리에서 일어섰다. 그때 해원은 엄마가 차라리 무슨 말이라도, 화라도 내주기를 바랐지만, 엄마는 그러지 않았다. 그럴 때면 해원은, 멀어지는 엄마의 뒷모습을 바라보다 한없이 동굴 속으로, 심연으로 떨어져 내리곤 했다.

"이제 물 안 새나 봐?"

해령이 지붕을 올려다보며 물었다.

"정욱이가 수리해준 이후로는 한 번도."

그랬다. 눈과 비가 사흘 걸러 내렸는데, 그간 지붕에서 한 번도 물이 새지 않았다.

"여기 실면서 왠지 엄마에 대한 기억을 고쳐 쓰는 것처럼 느껴져……."

해원은 해령의 가느다란 목소리가 엄마와 닮았다고 생각했다.

"언니는 엄마 보고 싶지 않아?"

마음을 쉬이 드러내지도 감정적인 표현도 좀처럼 하지 않는, 해령답지 않은 물음이었다. 예상치 않은 물음에 해원은 예민한 칼끝이 가슴을 후비는 것처럼 통증을 느꼈다. 겨우 봉합해둔 엄마에 대한 죄책감이 실밥을 뚫고 터져 나올 것만 같았다.

"연서 위탁 결과, 아직 안 나왔지?"

해원이 말을 돌렸다. 그러곤 손바닥에 옅게 밴 땀을 바지춤에 닦았다.

"아직."

"너무 마음 쓰지 마. 잘될 거야."

"고마워."

"그런데, 해령아."

해령이 돌아봤다.

"난, 곧 떠나려고."

"……결심한 거야?"

"응."

진작부터 집을 떠나야겠다는 생각을 하긴 했지만, 연서가 다녀간 뒤로 해원은 결심을 굳혔다. 엄마에 대한 부채감이 엄마의 공간에서 산다고 해서 지워지는 것은 아니었다. 그건 해령에게도 마찬가지였다. 자신의 존재나 뜻만으로 채울 수 없는 해령의 결핍도 분명히 존재했다. 시시때때로 엄마의 부재를 확인하며 두 사람이 함께 산다는 건, 그간 떨어져 생활한 시간만큼이나 어려운 일이었다. 무엇보다 해원은 과거로부터 이어져온 해묵은 짐을 내려놓고 가벼워지기를 원했다. 더불어 해령에게 안식이 될 만한 집을 물려주고 싶었다. 그동안 뭔가를 원해본 적 없던 해령이었다. 그런 해령이 연서와 함께 살아가기를 바라는 것이었다. 자신을 닮았다는 아이, 연서. 해원은 이제 이 집이 해령과 연서에게 미래를 꿈꾸게 하는, 조금은 따뜻한 공간이 되기를 바랐다.

"우리, 더 좋은 사이가 되기 위해 조금 떨어져 지내자."

해령은 아무 말 없이 앞에 선 해원을 가만히 응시했다.

해령은 그럴 필요가 없는데도 여전히 해원과 같은 방에서 잠을 청했다. 매일 밤 엄마가 듣던 교통방송을 켜놓은 채였다. 그렇게 누워 있으면 해원도 왠지 엄마와 함께하는 듯했다. 그날 밤, 기척에 눈을 떠보니 자리에서 일어나 앉은 해령이 소리 죽여 울고 있었다.

"왜 그래, 이디 아파?"

이불을 걷어내고 해원이 다가갔다. 흐느낌을 그치지 않는 해령의 어깨에 손을 두르고 나서야 해원은 알았다. 아파서 우는 게 아니었다. 드러내지 않고 말하지 않던 해령이 끝내 참지 못하고 터뜨린 슬픔이었다. 해원이 등을 쓰다듬으며 "괜찮아?" 하고 묻자 해령이 해원의 어깨에 머리를 기댔다.

"엄마한테만 잘해주지 못한 거 같아."

해원은 그렇게 생각하는 게 자신만이 아님을 비로소 알았다. 한 공간에서 서로를 위안 삼아 각자의 밤을 보내며 아픔의 시간이 쉬이 사라지기를 바랐지만, 어떤 것도 잊히지 않은 채 그저 엄마의 삶을 외면하거나 한결같이 마음을 다하지 못했다는 사실로 해령도 괴로워하고 있음을 해원도 알게 된 것이었다.

꺼내 보인 적 없던 자신의 속을 해령이 대신 꺼내놓은 것 같아 해원은 까맣게 타는 마음으로 해령을 안았다. 그런 밤들이었다. 화해하지 못한 과거의 기억들이 언제고 가슴에 날아와 꽂히는 날들. 폭우로 복구할 수도 없이 무너진 제방을 바라보는 느낌으로 살아가는 날들. 어떻게 보면 그것이 삶과 죽음을 가르는 경계인 것 같다고도 해원은 생각하며 해령을 더 꼭 안아주었다.

*

해원은 경모의 연락처나 다른 이메일 주소를 알아내기 위해 센터 구석구석을 다니며 물었지만, 아는 사람이 없었다.

스텔라 수녀는 수도원을 통해 소식을 전할 뿐 메일이나 SNS, 전화로 연락할 방법은 없다고 해원에게 말하면서, 어쩌면 그게 경모의 의지를 보여주는 게 아니겠냐고 했다. 그가 어떤 식으로든 외부 세계로부터의 접촉을 끊고 지내기를 간절히 원하는 것 같다고.

해령과 버스를 타고 세정의 집으로 향하는 길에 해원은 창밖에 드문드문 핀 꽃을 발견했다. 해원은 닫힌 창문을 열었다. 막막하고 차가운 겨울의 암막을 걷어내기라도 할 듯 땅을 뚫고 나와 핀 꽃에 봄이 묻어 있었다. 봄은 엄마 인생의 마지막 계절이었다. 그해 봄이 막 당도하기 전 엄마는 집에 온 해원에게 집 앞마당에 노란 복수초가 꽃을 피웠다며 신기해했다.

―춘화라고 하지 않니. 추운 겨울 낮은 온도를 견디지 않고는 꽃을 피울 수 없는 거야. 인생의 절망을 겪어보지 않고는, 행복을 꽃피울 수 없는 거 아니겠니.

그 알 듯 모를 듯한 말을, 해원은 그냥 시큰둥하게 넘겨버렸다.

너한테도 언 땅을 딛고 꽃을 피울 날이 오지 않겠니.

엄마가 이런 식의 화법으로 말하는 사람이 아니라는 게 그때의 해원을 서글프게 했다. 엄마는 언제나 비관으로 미래를 단속하는 사람에 가까웠다. 섣부른 희망의 언어를 피워냈다가 예상치 못한 난관에 더 큰 실망을 겪게 될까 두려워하는 사람이었다. 모녀의 관계 지형은 비가 거의 오지 않는 건기의 대지와 같았다. 티끌만 한 불씨에도 바짝 메마른 나무들이 불쏘시개 역할을 하며 온 대지를 태우는 것처럼 작은 일 하나에도 서로의 내면을 황폐하게 만드는 그런 관계라고 해원은 생각해왔다. 그런데 그 뜻밖의 말이 황량하기만 했던 내면을 다독이는 걸 해원은 낯설게 받아들였다. 반대로 자신 또한 엄마의 속을 헤아려본 적이 많지 않다는 사실에 새삼 놀랐고, 왜 진작 서로를 보듬지 못했을까 하는 후회의 마음도 뒤늦게 머물렀다.

그때는 엄마가 오래 앓아온 복통과 식욕부진을 대수롭지 않게 여기던 시기였다. 심해진 황달 증세로 병원을 찾은 후 췌장암 말기 판정을 받은 지 불과 3개월 만에 돌아가실지도 몰랐기에, 엄마에게 조금 더 따뜻하게 다가가자는 마음은 미완으로 남을 수밖에 없었다.

해원은 창밖으로 고개를 살짝 내밀고 버스와 함께 달렸다. 다시, 엄마의 계절이 다가온다는 걸 바람과 꽃의 기운으로 알 것 같았다. 봄이 다가온다는 건 그래서, 해원에게 있어 애도 섞인 기다림의 시간이었다.

해원이 오랜만에 세정의 집을 찾은 건 텃밭에 파종할 씨앗을 받기 위해서였다. 정욱과 세정이 모처럼 집에 함께 머무는 주말이었다. 둘 사이는 이전보다는 완연히 나아졌고, 중간중간 대화하면서도 서로를 자극할 말은 삼가는 게 보였다. 서걱거렸던 일상이 안정적으로 자리를 잡아가는 듯해 해원은 안도했다. 네 사람은 집 앞 널평상에 둘러앉아 함께 차를 마셨다.

"갑자기 초여름 날씨네."

세정이 햇빛에 부신 눈을 찡그리며 말했다. 이따금 쇄 불어온 바람이 나무 이파리들을 흔들다가 일렁이듯 다가와 네 사람의 머리카락이며 옷가지들을 펄럭였다.

"집 정리하는데 이게 있더라."

해원이 집에서 가져온 걸 내밀었다. 세정과 정욱의 이름과 사진이 담긴, 이제는 어느 정도 빛바랜 결혼 청첩장이었다.

"이게 있었어?"

세정이 청첩장을 받으며 기꺼워했다.

"너희들 결혼식 때 못 가서 미안해."

"아냐, 무슨 말을 그렇게 해. 게다가 오래전 일을."

집에서 세정과 정욱의 결혼 청첩장을 발견했을 때, 해원은 무심코 엄마를 떠올렸다. 그때는 이혼하고 얼마 지나지 않아 집에 와 있던 때였다. 세정이 보낸 결혼 청첩장을 물끄러미 바라보던 엄마의 뒷모습이 선명했다. 엄마는 해원이 그들의 친구라는 것을 알면서도 결혼식에 같이 가자는 말을 하지 않았다. 엄마가 함께 가자고 해도 갈 생각은 없었던 해원은 내심 서운했다. 엄마의 그 침묵이 어쩌면 자신의 이혼을 부끄럽게 여겨 그런 건 아닐까 생각했기 때문이었다. 하지만 시간은 무심해서 때로는 기억의 감정을 무화시키곤 했다. 실은 내가 상처받을까 봐 같이 가자는 말조차 꺼내지 못한 게 아닐까, 이제야 해원은 생각했다. 너무 늦게 도착한 '이해'의 마음이었다.

"자매들과 같이 있으니까 또 어머님 생각나네. 어머님, 우리가 얼마나 좋아했는데." "우리 여기 다시 내려오고 나서 가장 잘해주신 분이 너희 어머니셨어."

정욱의 말을 세정이 옆에서 거들었다. 그 말들이 마음에서 울려 해원은 뭉클해졌다. 단 한 번도 자신은 엄마에게 좋다고, 좋아한다고 말한 적이 없다는 걸 순간 떠올리고 나서였다.

"고마워요."

해원이 하려던 말을 해령이 대신 했다. 부부가 차린 점심까지 얻어먹으면서 꽤 오랜만에 평온함을 느꼈지만, 해원의 마음 구석구석까지 다 그런 건 아니었다.

"무슨 일 있니?"

수심에 잠긴 걸 용케 알아보았는지 정욱이 물었다. 세정과 해령이 과일을 가지러 주방으로 간 다음이었다. 해원은 정욱을 바라보며 말할까 말까 망설이다 이내 고개를 저었다.

"아니야, 아무것도."

"괜찮아, 얘기해. 너 고민 있잖아."

해원은 두 무릎을 양팔로 그러안은 다음 골똘한 생각에 빠졌다.

"혹시 경모한테 연락할 방법 아니?"

결심한 듯 해원이 그 말을 꺼냈을 때 정욱은 약간 당황한 듯 자세를 고쳐 앉았다.

"중요한 얘기니?"

"뭘 좀 물어봐야 할 게 있어서. 그런데 연락할 수단을 다 없애버린 것 같아."

"없앴을 거야. 그러겠다고 하더라고. 잠시만."

정욱이 벌떡 일어서더니 집 안으로 들어갔다. 잠시 후 정욱이 메모지 하나를 갖고 나왔다.

"이게 뭔데?"

정욱이 내민 메모지를 보며 해원이 물었다.

"경모가 남기고 간 거야. 꼭 연락해야 할 일이 생기면 그 주소로 하라고 하면서. 혹시 어머님에게 무슨 일이 생기거나 할 수 있으니까. 그것 말고는 연락할 방법이 없을 거야."

"근데…… 이걸 나한테 알려줘도 되는 거야?"

"글쎄. 하지만 중요한 얘기일 거 같아서. 욕은 내가 먹으면 되지 뭐."

해원은 메모지를 만지작거리다 이내 가방에 넣었다. "고마워."

정욱은 별일 아니라는 듯 손을 내저었다. 그곳에서 세정이 준비한 디저트까지 마저 먹고 돌아오는 길, 해원은 경모에게 편지를 보낼지 말지 곰곰이 생각했다. 내내 고민하던 해원은 해령이 텃밭에 파종하는 동안 식탁에 앉아 편지를 쓰기 시작했다.

경모에게.
햇살이 방 안에 가득 퍼지기 시작했어. 경모 너에게 할 말을 찾다가 발끝으로 타고 오르는 빛을 그저 가만히 두었더니 목까지 차오르는 거 있지. 그 빛 속에서 타오르고 싶은 욕망이 왜 드는지 모르겠어. 지금껏 내가 쌓아온 시간이 때로는 바람에 흩날리거나 언제고 쉽게 사라지고 말 홀씨 같다는 느낌이 자주 나를 괴롭혀. 그 무의미하고 진부한 가벼움을 견뎌가는 게, 정말 옳은 삶일까.
네가 있다는 스페인의 아빌라가 어딘지 구글 지도에서 찾아본 다음 짚어보기도 했어.
그곳은 아득히 멀리 있더구나.
너는 그곳의 고요 속에 머물겠지.
나는 한때 우리가 같은 신을 믿었다는 게 믿기지 않아. 나는 이제 신을 믿지 않으니까. 나는 이 세계를 의미 있게 만들어 가는 건, 인간의 의지라고 생각해왔어. 신은 관조할 뿐 어느 것에도 관여하지 않는다 여기면서. 그렇지 않다면 우리 개인의 삶과 불행은 왜 지속되는지 이해할 수가 없었거든. 약자가 핍박당하고, 착취당하고, 불행을 여과 없이 맞이하는 이들에게는 왜 신이라는 견고한 지붕이 없어 그렇게 쉽게 무너지고 마는 것인지에 대한 의문이 늘 가시지 않았어.

나는 그 관조의 신에게 오래전 염증을 느꼈어.

하지만 이제는 조금씩 알 것 같기도 해. 고통 속에서 잠든 사이 어둠 속으로 스며든 빛을, 불행과 불운으로 겹겹이 쌓아올린 탑의 틈으로 이끼처럼 배어든 희망을, 죽음 외에는 사는 의미를 생각할 수 없는 순간 걸려 넘어져 돌아보게 하던 생에의 욕망을. 나를 구한 건, 나 스스로의 의지가 아니었다는 걸 알아. 사람을 구하는 건 신이 아니라 어쩌면 타인의 선의인지 모르겠어. 그리고 그 안에서 아주 작은, 신의 기침과 같은 기척을 느낀다는 것만큼은 부정할 길이 없어. 어떤 불가해한 일들 속에 신이 깃들어 있다는 사실 역시. 지금껏 이어진 우리의 우연한 만남도 그렇지 않았니. 그 만남의 조각들이 모여 현재로 흐르고 있다는 사실에 이유 없이 놀라기도 하고.

나는 너의 방에 있었어.

너의 손목에 끼면 제법 잘 어울렸을 에메랄드빛 묵주 팔찌가

빛에 비쳐 눈가에서 어른거리는 동안 잊은 줄 알았던 과거의 감각이 깨어났어. 그 밤, 한 사람이 한 사람의 몸을 돌로 내리치고 때리는 걸 떠올리거나 상상할 때마다 끊겨 흐트러진 묵주 알들처럼 부서져 피 흘린 채 바닥에 뒹굴던 나의 의식이 말이야.

오래 궁금했어.

그 묵주 팔찌의 주인이 나와는 상관없는 사람이기를 바라면서.

하지만 이제 나는 꼭 너에게 묻고 싶어.

말해줘.

그게 너였니?

해원.

시간 속에 머무는 일

 아빌라의 수도원에서 경모의 시간은 단순함 속에 흘렀다. 삶이 시간과 공간의 형식 속에 간소하게 자리 잡는 걸 느끼며 경모는 안도했다. 다시 스페인의 수도원으로 막 돌아왔을 때 경모는 육체적으로나 정신적으로 모두 지친 상태였다. 면도날처럼 날카롭게 자신을 깎아내지 않고는 신과 마주할 수 없었으므로, 경모는 한동안 힘든 노동을 자처했다. 그러다 보면 정화되는 것 같았으며 점점 시간의 흐름 위에 몸과 마음이 길들여지는 걸 알 수 있었다. 발화하지 못하고 못내 담아둔 생각의 더미를 뜨거운 햇빛에 말리며 경모는 스스로를 비워갔다. 신은 관념 속에 있지 않고 대지 위에 있었다. 신은 멀리 지평선 너머의 보이지 않는 끝에 머물렀으며, 시시각각 다른 모양으로 바뀌어 지나는 구름 속에, 배어 나오는 땀에 일상적으로 존재했다. 경모는 그런 순간에 머물 수 있다는 게 비로소 기뻤다.

하지만 그런 경모의 마음을 한 통의 편지가 흐트러뜨려놓았다. 수도원 주소는 정욱 말고 아는 사람이 없었다. 그런데 어째서 해원의 편지가 이곳에 도착한 것인지 경모는 알 수 없었다. 정욱이 자신의 부탁을 어기고 해원에게 수도원 주소를 알려준 게 아니라면, 설명할 수 없는 일이었다.

망설임 끝에 편지를 열어본 경모는 자신의 존재가 시간의 진창 속으로 함몰되는 느낌 때문에 비명을 질렀다. 겨우 빠져나온 것만 같던, 혹은 외면하고 싶었던 과거의 기억들이 다시 살아나, 하나하나의 낱장으로 펼쳐져 눈앞에서 형형히 빛나는 듯했다. 그 기억들이, 마치 자신을 둘러싼 채 멱살을 잡고 재촉하는 채무자들처럼 느껴져 경모는 괴로웠다. 경모는 자신이 수도원에 입회한 이유를 다시금 돌이켜볼 수밖에 없었다. 그것이 순수한 성심에서였는지, 회피였는지, 그 진정성마저 다시 스스로 되묻게 만드는 편지였다.

―경모 넌, 괜찮은 거지?

세정이 묻고 있었다. 해원의 편지는 수사가 된 이후 처음 한국으로 돌아갔던 때의 기억으로 경모를 데려다놓았다. 모든 것을 끊어내야 한다며 집으로 가 물건들을 나눠주고 어머니에게 가차 없는 말로 상처를 남겼던 바로 그날 저녁이었다. 착잡한 마음을 안고 들어간 선술집에서 세정이 그렇게 물었던 걸로 경모는 기억한다.

　―힘들 때, 너에게는 신이 있잖아.

　아마도 세정이 위로의 뜻으로 건넨 말일 거라고 당시에도 생각한 듯했지만,

　―그분은 도피처가 아니야.

　그때 돌연 얼굴을 붉히며 답했던 걸 경모는 기억했다. 그러고는 자신을 뚫어지게 바라보는 해원과 세정, 정욱을 의식하며 경모는 고개를 주억거렸다.

　―미안해. 너무 진지하게 얘기해버렸네. 마음의 평안을 얻는다는 건 성인에게만 허락된 은총일 뿐, 나에겐 아니야. 고통이야말로 내가 가는 길의 증거고.

　왜 그렇게 얘기했을까. 경모는 지금에 와서 그렇게 말한 걸 후회했다.

　―그렇구나.

　정욱이 이해한다는 듯 동조하며 술잔을 들어 경모의 잔에 부딪쳤다.

　―고통에는 방향과 의도가 없는 것 같아. 그저 우리 곁에 와서 안긴 것일 뿐. 그걸 인정하면…….

―어떤 고통은 가슴에 찍혀. 덧칠할 수도 없이 선명히 새겨져서 복구할 수 없는 것도 있어.

해원이 경모의 말에 끼어들어 반박하듯 말했다.

―그렇게 가슴에 남은 일이 있어?

세정이 해원에게 물었다.

―우리 집 근처에서 건민에게 일어난 일.

―아아. 그렇지, 그 일.

정욱과 세정이 기억한다는 듯 고개를 끄덕였다. 갑자기 경모는 정신이 또렷해지는 걸 느꼈다. 피가 온몸의 혈관 속을 빠르고 기민하게 도는 것 같았고 심장은 얇은 피질로 덮인 것처럼 선명한 박동 소리를 내며 뛰기 시작했다.

―그때 범인은 못 잡았지?

정욱이 넌지시 해원에게 물었다.

―그랬지. 그런데 그 일, 나 때문인 것 같아서, 죄스러워.

―죄스럽다고?"

의외라는 듯 경모가 물었다. 그런 경모를 해원은 낯설어하는 표정으로 바라봤다.

―난 그래.

―해원이 넌 피해자였어. 그러니, 그러지 마.

마치 화난 사람처럼 무뚝뚝하게 말했다는 걸 경모는 뒤늦게 알았다. 늦은 오후 집에서 어머니에게 그랬던 것처럼 다

스릴 수 없는, 스스로와 불화하는 마음의 발로였다.

―사람이 다쳤어. 나와 관련된 일로.

경모의 가슴속으로 던져진 해원의 말이 작은 파동을 일으켰다.

―죄스럽다고 여긴다는 건, 너도 책임이 있다는 얘기처럼 들려. 그것 때문에 고통스러워할 필요가 뭔데. 그냥 그 애가 받을 벌을 받았다고 생각하면 안 되겠어?

―나는 다치거나 해를 입지 않았으니 그저 감사하다고 여기면 되는 건가. 참 다행이라고 여기면서 타인의 일에는 아무 관심조차 두지 말자고 생각하면 되는 거냐고.

―그런 말이 아니라, 그 일을 어떻게 인식하느냐에 따라서 고통이 될 수도 아닐 수도 있다는 말을 하려는 거야.

―넌 그게 네 마음대로 돼?

―……뭐?

―고통이야말로 네가 가는 길의 증거라고 했잖아. 그런데 넌 왜 그걸 고통으로 생각해? 그게 마음처럼 선택할 수 있었던 거야?

경모는 할 말을 잊은 듯 잠시 멍하니 있었다.

―지금 되게 이중적인 거 알아, 안경모?

―야, 야. 둘이 갑자기 왜 그래.

정욱이 끼어들어 둘 간의 날 선 대립을 무마하려 애썼다.

대화가 더는 이어지지 않고 술자리도 곧 마무리되어 각자 헤어졌지만, 그날 확인한 둘 사이의 간극은 채 봉합되지 않은 상태였다.

해원과는 그게 마지막이었고, 7년 만에 우연히 센터에서 마주하게 된 것이었다. 차라리 다시 만나지 않았더라면 자맥질하듯 과거의 기억으로 빠져들지 않아도 되지 않았을까. 이대로 모든 마음을 비우고, 신의 길로 걸어 들어가 생의 끝에서 고요히 소멸하는 것을 꿈꿀 수 있지 않았을까, 경모는 자문하게 되는 것이었다.

기억을 감금하는 금고 같은 게 있다면, 그 안에 넣은 채 아무도 만지거나 꺼낼 수 없게 만들고 싶은 것이었다. 의식의 저 깊디깊은 바닥에 묻어두었던, 감춰놓은 기억의 조각들이 흙먼지를 털어내고 솟더니 눈앞에서 일렁였다. 그중 조각 하나가 떠올라 경모에게 물었다. 그 일이 아니었더라도, 수도원에 들어가려고 결심했을지에 대해서. 그것에 대해 생각하자 경모는 갑자기 몸서리가 쳐졌다. 돌의 뭉툭한 곳을 손바닥에 올려놓고 뾰족한 부분이 위로 가게 돌려세워 단단히 감아쥐었던 감각이 손끝으로 저릿저릿하게 느껴져서였다.

건민이 집요하게 해원을 스토킹한다는 사실이 사람들에게 알려진 이후에도, 그가 그런 행동을 멈추지 않았다는 사실을 경모는 어렴풋이 짐작했다. 그즈음 마을에서 건민이 자주 눈에 띄었기 때문이었다. 마을 초입 정류장의 버스에서 내리는 건민을 처음 봤을 때는 그저 우연이라 생각하며 지나쳤다. 하지만 그 후에도 마을에서 건민을 연이어 목격한 뒤로 경모는 그의 그림자조차 예사로이 넘길 수가 없었다. 그의 발걸음이 한결같이 해원의 집 쪽으로 향해 그곳 언저리를 서성이거나 근처에 머무는 게 계속 신경이 쓰였고, 어느 시점부터는 인적이 드문 밤에 모습을 드러내기 시작한 것도 거슬렸다.

경모는 건민의 경로와 행적을 지켜보기 위해 그의 시야가 미치지 않는 곳에 숨어 관찰했다. 가끔은 무엇인가에 경도된 것처럼 건민을 좇는 데 집착하는 자신의 모습이 낯설기도 했다. 하지만 건민이 들어서지 말아야 할 곳을 침범했다는 사실만큼은 분명했다. 건민이 침범한 곳은 해원이 마땅히 보호받아야 할 주거지일 뿐만 아니라 크게 봐서는 마을 전체였고, 작게는 경모의 내면이기도 했다. 스토킹 가해 사실을 가볍게 무시하듯 대범하게 마을에 드나들며, 집요하게 해원 주위를 서성이는 그를 아무도 의식하지 않는 건 아니라는 걸 경모는 경고하거나 알려주고 싶었지만, 단지 경계하는 것 말고는 다른 방법이 없었다. 자신이 집 앞에 와 있다는 것을 휴대폰 메시지로 알리며 계속 나올 것을 강요하는지, 어느 날은 해원의 방 불이 급하게 꺼졌고, 또 어느 날은 나무 뭉치나 작은 돌조각 같은 걸 해원의 방 유리창에 톡톡 던져 기척을 알리기도 했다. 그런 건민을 경모는 그저 무력하게 바라봤다. 집 안에서 인기척이 나는 것 같으면 건민은 얼른 그 자리를 피했다. 어쩌면 건민이 맹목적으로 해원에게 집착한다기보다, 그 사실을 표면 위로 발설한 해원을 괴롭히는 데 목적이 있는 게 아닌가 싶은 의심마저 들게 만드는 집요함이었다.

그러는 사이 가슴속에 인 뜻 모를 분노가 자각하지 못할 만큼의 농도로 의식을 지배하다 원망으로 증폭되고, 다시 증오의 감정에까지 이르는 걸 경모는 미처 깨닫지 못했다. 아마 건민이 이전처럼 마을에 찾아오지 않고 해원의 생활 반경 내에서 서성거리지 않았더라면, 그렇다면 끝내 다잡을 수 없던 그 감정의 해일을 잠재울 수 있었을까, 하고 경모는 훗날 돌이켜보고는 했지만, 소용없는 일이었다. 일어날 일은 일어나기 마련이었다고, 모든 것이 신의 섭리 안에 있다는 사실 말고는 그날의 일을 설명할 무엇인가가 경모에게는 달리 없었다.

비가 유난히 많이 쏟아지던 그날, 경모는 습관적으로 해원의 집이 보이는 마을 둔덕에 올랐다. 해원의 집 근처 어디에도 건민의 모습은 보이지 않았다. 그러다 경모의 시야 한편에 어떤 형체의 움직임이 포착된 건 별생각 없이 막 돌아서려던 참이었다. 둔덕 밑 산으로 오르는 입구 쪽에서 우산을 쓴 채 웅크리고 앉아 있는 사람이 건민이라는 걸 경모는 단박에 알아보았다. 그의 고개가 가리키는 방향은 해원의 집 쪽이 아니라, 갈래길로 갈라져 마을 입구 쪽으로 난 길이었다. 그가 여느 날과 달리, 집 근처에 먼저 도착해서 해원을 기다린다는 사실이 경모를 불안하게 했다. 반드시 해원을 만나고 말겠다고 작정한 사람처럼 건민의 뒷모습은 왠지 결연해 보이기까지 했다.

마침내 해원이 모습을 드러낸 건 마을 입구 쪽에서가 아니라 그 반대 방향에서였다. 마을 뒤편으로 한참을 돌아온 모양이었다. 마치 마을 입구 쪽에서 건민이 기다린다는 걸 아는 사람처럼. 길을 따라 걸어오는 해원의 모습이 빗속에서 드러나자 건민이 움츠렸던 몸을 서서히 폈다. 해원이 갈래길을 벗어나 집 쪽으로 몸을 틀기 무섭게 건민이 앉은 자리에서 뛰쳐나갔다. 건민의 검은색 우산과 해원의 주황색 우산이 서서히 가까워지는 것을 경모는 위에서 내려다보았다. 우산에 가려 알 수 없는 두 사람의 얼굴을 보려고 고개를 이리저리 돌려가면서. 아래쪽을 내려다보는 경모의 얼굴을 빗방울들이 내리치듯 때렸다. 두 개의 우산이 겹칠 듯 마주 선 지 얼마 되지 않아 해원의 주황색 우산이 좌우로 번갈아 격렬하게 흔들렸다. 주황색 우산이 한쪽으로 움직일 때마다 검은색 우산이 막아서듯 같이 움직였다. 실랑이하듯 우산끼리 맞부딪치기를 반복하던 그때, 해원이 우산을 땅바닥에 세차게 팽개쳤다.

경모의 의식은 사선으로 내리붓는 빗속을 뚫고 이미 해원에게로 가닿아 있었다. 경직된 해원의 얼굴에서 비를 쓸어내고 비에 맞지 않도록 다시 우산을 씌우고 건민이 접근할 수 없도록 막아야 했지만, 몸은 여전히 제자리에 붙박여 있었다. 경모는 해원에게로 다가갈 수가 없었다. 해원과는 이제 상관없는 사람이라는 마음이었다가, 해원과 자신을 멀어지게 한 게 바로 건민이라는 사실에 분노가 일었다가, 그럼에도 해원에게 아무 전후 사정도 묻지 않은 채 관계를 망쳐버린 건 결국 자신이라는, 뒤늦은 절망과 초라한 감정이 찾아와 몸을 결박해버린 것처럼.

"이제 그만해!"

찢기듯 갈라진 해원의 외침이 비명처럼 들려왔고,

"내 말 좀 들어달라고, 제발!"

호소하듯 으름장을 놓는 건민의 목소리가 뒤이어 허공으로 퍼졌다. 세찬 빗소리보다 더 큰 두 사람의 외침이 교대로 오고 가더니, 더는 못 참겠다는 듯 지나치려는 해원의 손목을 건민이 붙들었다. 해원이 온몸을 뒤틀어가며 붙잡힌 손목을 빼내려 애쓰는 동안, 건민은 해볼 테면 해보라는 듯 완강히 버텼다. 머릿속의 전원이 끊어진 듯 경모의 의식이 하얗게 암전된 것도 그때였다.

"이거 놔!"

외치며 온 힘을 다해 건민의 손을 뿌리친 해원은 그 반동 때문에 바닥에 미끄러지듯 넘어졌다. 잠시 허공에서 손을 허우적거리던 건민이 해원을 잡아 일으켜주려 다가가자 그녀는 징그러운 벌레를 대하듯 소스라치며 일어서 집 쪽으로 달려갔다. 건민이 그 뒤를 쫓다 손으로 해원의 어깨를 부여잡고, 붙들려 멈춘 해원이 어깨를 기울이며 손을 떼어낸 후 다시 몸을 돌리고, 건민이 해원의 팔 한쪽을 급하게 움켜잡는 상황이 반복됐다. 그러다 기어코 팔을 붙잡힌 해원이 전율하듯 외쳤다.

"제발, 가!"

기세에 눌린 듯 당황한 표정의 건민이 그제야 해원의 팔을 놓았다. 멍하니 해원이 집 쪽으로 뛰어가는 걸 바라보던 건민은 그녀가 집에 거의 다다랐을 때야 번쩍 정신이 든 듯 뒤늦게 따라 달렸지만, 해원이 집 안으로 들어가는 걸 막을 수는 없었다. 그녀가 집에 들어가고 나서도 건민은 그 자리에 오래 서 있었다. 그는 불안한 눈초리로 주위를 훑어보며, 종종걸음으로 뒷걸음질 쳐 집과 얼마간 거리를 두었다. 하지만 곧장 어딘가로 가진 않았다. 할 일이 남은 사람처럼 초초하게 휴대폰을 훑고 메시지를 보내고 어딘가로 전화를 걸기도 했다. 더 세차게 내리붓는 빗속에서 사위는 어둠 위에 검게 덧칠을 한 것처럼 캄캄해졌고, 간간이 번개가 칠 때마다 번쩍이는 전광이 그의 얼굴을 스칠 뿐이었다.

막 결심을 끝낸 경모가 둔덕 밑으로 한 걸음 발을 내딛자 움푹 땅이 패었다. 물을 잔뜩 머금은 흙이 경모의 뒤꿈치에서 파헤쳐지듯 불쑥불쑥 튀어 올랐다. 경모의 머릿속에는 오로지 한 가지 생각밖에 없었다. 건민의 행동을 중단시키지 않는 한, 마을에 접근조차 못 하도록 누군가 막아서거나 조치를 취하지 않는 한, 지금처럼 계속 해원을 괴롭힐 거라는 생각이었다. 둔덕을 다 내려왔을 무렵 경모는 검회색 점퍼에 달린 모자를 뒤집어썼다. 평지에 발이 닿자마자 경모는 뛰기 시작했다. 해원을 자전거에 태우고 전력을 다해 그녀의 집까지 달렸던 것처럼 그렇게 내달렸다. 인기척을 느끼고 뒤돌아서던 건민을 경모는 머리로 들이받으며 함께 나뒹굴었다. 건민의 가슴께로 엎어진 경모는 감아쥔 주먹을 건민의 얼굴을 향해 내질렀다. 그의 턱에서 둔탁한 소리가 났다. 하지만 뒤이어 건민이 두 발을 뻗어 복부를 세차게 걷어차는 바람에 경모가 벌렁 나자빠졌다. 그 틈을 타 힘겹게 몸을 일으킨 건민이 경모에게 달려들었다. 경모가 건민의 목을 손아귀로 움켜잡고 늘어진 끝에 다시 그의 가슴 위로 올라탔다. 한동안 엎치락뒤치락하는 사이 경모는 등에 극심한 통증을 느끼고 허리를 활 모양으로 굽힌 채 옆으로 쓰러졌다. 바닥에 엎어져 돌아보니 건민이 손에 커다란 돌을 쥐고 있었다. 경모는 건민이 몸을 추스르기 전에 그의 손에 쥔 돌을 품으로 덥석 감싸안았다. 사활을 걸고 건민에게서 돌을 뺏을 때의 그 감각을 경모는 아직 기억했다. 손톱이 으깨질 정도로 필사적으로 잡아 뺏은 그 둔탁하고 큰 돌의 느낌을. 누구라도 죽일 수 있을 것 같은 느낌의 무게와 섬뜩함을. 경모는 뺏은 돌을 머리 위로 높이 들었다. 기지개를 켜듯 높이 들어 올린 돌을 건민의 얼굴을 향해 조준했다.

그때 푸르스름한 빛이 빗속에서 허공을 갈랐다. 몇 초 간격으로 창백한 섬광이 잇따라 번쩍이자 사위가 점멸하듯 환해졌는데, 그때 경모는 누워 자신을 정면으로 바라보는 건민의 두 눈과 시선이 마주쳤다. 동공이 확장된 채로 자기 앞에 선 사람이 누구인지를 분명히 알아본 눈빛이었다. 시간차를 두고 뇌성이 들려왔다. 경모는 있는 힘껏 돌을 내리쳤다. 경모의 귀청이 울릴 정도로 건민이 비명을 내질렀다. 입술을 벌벌 떨며 자신의 얼굴 옆 흙에 박힌 돌을 힐끗대는 건민의 얼굴이 희미하게 보였다.

"왜 그랬어?"

입속으로 스며 들어오는 빗물을 머금으며 경모가 숨 가쁘게 물었다.

"경모…… 너, 경모 맞지? 나, 나한테 지금 왜…… 왜 이러는 건데."

"해원이한테 왜 그랬어."

"해원…… 그 애 때문에 이러는 거야? 네가 무슨 상관……. 아, 아, 그렇지. 너도 해원이 좋아했지."

조소인지 흐느낌인지 모를 소리로 건민이 내뱉는 말을 경모는 숨을 씩씩거리며 들었다.

"알잖아. 너하고 나한테 양다리였던 거 몰랐어? 진짜 교묘한 아이라니까. 날 완전히 정신 나간 스토커로 만든 거 알고 있냐. 가까이 있으면 해를 입고 만단 말이지. 저년 저거 진짜 별로라는 거…… 너도 잘 알잖아. 그래서 너도 사귀다 도망친 거 아냐?"

그 말을 들은 순간이었다. 건민이 자신을 알아봤다는 당혹감조차 온데간데없이 사라지고 분노와 증오의 감정만이 한꺼번에 끓어올랐다. 지금껏 그래본 적 없던 괴물 같은 소리를 내지르며 건민의 배에 올라탄 경모는 얼굴을 주먹으로 힘껏 내리치기 시작했다. 그러는 동안 어째서인지 경모는 서서히 체념의 감정에 빠져들었다. 다시 돌아갈 수 없는 순간과 기억에 대한 체념이었다. 해원과의 여름이 밝은 빛 속에서 흔들렸다. 경모는 그 계절의 기억을 떨쳐내고자 팔을 휘둘렀다. 하지만 그 순간 자신의 마음을 환히 꿰뚫어 보는 듯하던 해원의 눈빛이 생생히 떠올랐다. 생동의 열기 속에서 해원이 언뜻 보인 슬픔에 자신이 얼마나 무너졌는지를 경모는 말한 적이 없었다. 해원의 얼굴에 담겨 있던 건, 살아가는 동안 드러낼 수 없었던 자기 안의 어떤 것이었다. 경모는 그 감정을 솔직하게 드러내지 못했다. 해원을 의심하기까지 하면서 자신의 자아와 마음을 지키는 데만 골몰했다. 그 마음이 만들어낸 광기가 경모를 여기까지 인도한 것인지도 몰랐다. 그것이야말로 집착이며 상처라고 생각하자 경모는 스스로가 소름이 끼칠 정도로 견딜 수 없어졌다. 마음대로 되지 않는 자기 안의 괴물을 죽여버리고 싶었다. 타인을 죽이고 싶은 욕망과 자신을 죽이고 싶은 욕망이 하나임을 경모는 그때 깨달았다. 경모는 그런 생각을 하며 건민을 향한 주먹질을 멈추지 않았다.

경모는 산 아래가 훤히 보이는 언덕 위 끝에 섰다. 산 중턱의 구불구불한 길을 헤치며 손수레를 끌고 가는 농부에게 저물녘의 주황색 빛이 차츰 번져가고 있었다. 이어지는 길은 한적했고, 길 아래로 보이는 수도원도 평화로워 보였다. 주위를 둘러보며 경모는 해원의 말대로 고통은 자신이 선택한 게 아니었다는 걸 인정했다. 경모는 해원의 집 근처에서 그 일이 있고 난 후 꽤 오랫동안 칩거했다. 건민이 자신을 알아봤기에 곧 경찰서에 불려 가게 될지 모른다는 생각 때문에 몹시 겁이 난 것도 사실이었지만, 이상하게도 그런 일은 일어나지 않았다. 건민으로부터는 그 어떤 고소나 고발도 없었다. 그리고 얼마의 시간이 지나 건민이 가족과 함께 서울로 이사를 갔다는 소식을 듣게 되었다.

사건의 당사자인 건민이 종적을 감춰버리자, 그 일 역시 종결되지 못한 채 미완으로 남게 되었다. 시간이 흐르면서 건민에 대해 얘기하는 사람도 점차 희소해졌지만, 경모는 좀처럼 죄책감과 자기혐오에 빠져 헤어 나올 수 없는 시기를 보냈다. 그러다 차마 성당으로는 갈 수 없어 마을에서 멀리 떨어진 수도원으로 향하곤 하던 어느 날, 그곳에서 고해성사를 통해 자신에게 일어난 모든 일을 고백했다.

─수해가 나서 온통 물에 잠긴 마을을 떠올려보시겠습니까. 수위가 오르며 물에 잠기고 있는 마을을 벗어나 살 방법은 구조 보트를 기다리는 것 말고는 없습니다. 하지만 보트에 탈 수 있는 인원은 제한되어 있어, 이번에 타지 못하면 다음 보트가 올 때까지 기다려야 합니다. 어떻게 하시겠습니까. 다른 사람들을 위해 양보하겠습니까? 이제 두 번째 보트와 세 번째 보트가 차례로 사람들을 싣고 갑니다. 이때도 다른 사람들보다 나중에 가겠다고 하시겠습니까. 혹시 자기 자

신을 보잘것없다고 여기거나 그럴 권리가 없다고 생각하실 건가요. 하지만 마지막 보트까지 오고 나면요. 그때도 손을 들지 않겠습니까? 손을 내밀어야죠. 손조차 내밀지 않는 사람을 신이 어떻게 구해주겠습니까. 신에게도 손을 흔들고 내밀어야 해요. 도움을 요청하는 손을 내밀기 전까지 신은 형제님이 무엇을 원하는지 아무것도 알 수 없어요.

칸막이 옆으로 울리는 사제의 얘기를 들으며 경모는 고해실 문창살 사이로 비쳐드는 희미한 빛을 바라봤다. 작고 연약한 빛이었다. 자신의 마음처럼 힘없이 어딘가에 그저 고요히 머물러 있는.

—제 안에 성소가 있습니다, 신부님.

작게 뱉어진 그 말이 자신의 몸을 휘감는 걸 경모는 느꼈다. 마치 오래전부터 그 사실을 마음속에 품고 있던 사람처럼 덤덤한 말이었다. 경모는 곧 그 말이 자신의 운명이 될 것임을 예감했다. 앞으로의 일은 알 수 없지만, 오직 그 믿음만이 자신의 길이 될 거라는 사실만은 알 수 있었다.

경모는 걸으며 그때의 기억을 떠올렸다. 수도원에 들어온 이유를 생각할 때마다 과거의 일을 떨쳐낼 수 없었는데, 그때의 기억을 끊어내고 싶어 하는 모순이 경모에게 늘 맴돌았다. 그것이야말로 말할 수 없는 내면의 고통이었음을 경모는 이제야 인정하는 것이었다. 경모는 걸음을 멈추고 귀를 기울였다. 기도 시간을 알리는 수도원 종탑의 종소리가 멀리서 들려오고 있었다.

이어지는 삶

 여름이 다가올 때까지도 경모의 답장은 오지 않았다. 꽃씨들이 허공에서 나풀거리며 눈가를 어지럽히고 햇빛에 달아 피부가 그을리는 계절이었다. 해원은 허공에 눈길을 두었다가 불현듯 마음이 과거의 어느 지점에 멈춰 있다는 것을 깨닫고 정신을 차리고는 했다. 계절에 따라 생장하고 변화를 거듭하는 것은 자연뿐만은 아니었는데, 해원은 유독 자신만이 시간의 흐름에 몸을 내맡기지 못하고 자꾸만 뒤를 돌아보는 것처럼 느껴졌다.
 연서의 위탁부모에 선정되었다는 소식을 들은 해령은 별 내색 없이 웃어 보이기만 했다. 좋은 일이든 나쁜 일이든 감정 표현이라고는 거의 없는 해령에게 그 정도의 반응은 꽤 특별한 편이었다. 해원은 가끔 해령과 함께 연서를 보러 갔다. 이제 연서는 스스럼없이 해원을 큰언니라고 불렀다.

"그래도 보호자인데 언니라고 불러도 괜찮을까?"

호칭에 관해 걱정하는 해원을 보고 해령은 별거 아니라는 듯 신경 쓰지 말라고 주문했다.

"호칭으로 관계를 규정하는 사이는 싫어."

돌려 말하거나 무심히 대하던 습관은 없어지고 불호를 명확하게 말해 이따금 해원을 놀라게 하는 해령이었다. 해원과 살면서 해령은 자기 입장을 분명히 해야 살기 편하다는 걸 터득한 사람 같았다. 연서는 그새 많이 컸고, 더 밝아진 모습이었다. 언뜻언뜻 해맑은 기운이 얼굴에 번지기는 해도, 연서는 여전히 자기 키만큼의 그늘을 그림자처럼 드리우고 사는 아이였다. 해원은 그런 연서에게서 뜻 모를 동질감을 느꼈고, 해령 역시 다르지 않을 거라고 생각했다. 서로의 익숙하면서도 다른 모습을 편안하게 바라보며 살아갈 수 있다는 게 해원은 기적처럼 여겨졌다. 예전에 손을 내밀어 연서의 손을 잡으면 뜻밖에 차가운 기운만이 전해졌지만, 요즘은 아니었다. 연서의 손끝에서부터 뭉근히 퍼지는 온기가 잡은 손을 타고 흘렀다. 연서가 자기를 보살피고 관심을 나눠주는 사람들의 기운으로 사는 아이 같다는 생각을 하게 된 건, 그런 사람들의 온기를 영양분처럼 채우고 있다가 다시 전해주는 그 느낌 때문이었다. 어쩐지 해원도 조금씩 그런 연서의 일부가 되는 것 같았다. 언젠가 해령과 자신이 이 세상에서 사라진다고 해도, 같이 살았던 온기가 연료처럼 연서에게 남아 살아가는 데 유용하게 쓰일 수 있을 거라고 생각하면 안심이 되기도 했다. 해령은 연서와 같이 살 준비를 하느라 눈에 띄게 바빠졌다. 엄마의 흔적 외에는 채울 것이 없어 보였던 집에 낯선 생기가 돌았다. 들뜬 열의를 가지고 뭔가를 마련하고 알아보는 해령의 모습에서 해원은 안도를 느꼈다.

정욱은 군청 일을 그만두고 농사를 짓기 시작했다. 청년 창업농에 선발되어 영농정착지원금을 받았다. 아직 초보 농사꾼이지만 정욱의 희디희었던 얼굴은 금세 햇볕에 농익어 단단한 구릿빛 피부로 변했다. 세정은 이전처럼 야간 근무는 하지 않았지만 가끔 주말에 출근했고, 그러면 정욱이 집안일을 했다. 여전히 아이를 가질 계획은 없었으며 대신 강아지 둘과 밖에서 지내던 길고양이 몇을 집 안팎에서 키우기 시작했다. 정욱은 세정이 출근할 때마다 리조트까지 트럭으로 데려다준다고 했다. 자기가 마다하는데도 굳이 그런다며 불통의 고집만큼은 어쩔 수 없는 사람이라고, 세정은 해원에게 농담 섞인 불만을 터뜨리고는 했다.

가끔 이유 없이 가슴이 답답할 때가 있었는데 그럴 때면 해원은 유독 타오를 떠올렸다. 자신의 마음에 불을 밝혀준 타오가 어디선가 빛을 감춘 채 지내지 않을까 생각하면 해원은 막연히 슬퍼졌다. 어둠에 익숙한 모습으로 힘들게 살아가는 건 아닌지 걱정스러운 마음이 가시지 않았다. 타오를 생각하면 가끔, 일상의 평온이 의미 없이 느껴지곤 했다. 해원에게 타인과 마음을 주고받는 것을 알려준 타오와 정작 함께할 수 없다는 건 쓸쓸한 일이었다. 이제 해원은 그 이상으로 누군가를 편견 없이 대하는 것에 대한 두려움이 생겼다. 자신이 누군가를 완벽히 안다는 것이, 그 사람을 좋아한다는 것이 정작 당사자에게 도움이 되는 일인지를 거듭 자문해야 했기 때문이었다. 어디를 가도 해원은 어딘가에 있을 타오의 뒷모습을 시선으로 좇는 버릇이 생겼다.

그렇게 일상의 삶을 이어가던 해원에게 어느 날 생각지도 않은 편지가 도착했다.

경모로부터였다.

해원에게.

혹시 기억하니? 언제까지 도망갈 거냐며 내게 물었던 순간을 말이야. 나는 그때 막다른 곳에 다다른 기분이었어. 애써 모른 척했을 뿐, 여전히 어딘가로 도망치는 중인 것 같았거든. 더 멀리 도망가고 싶어도 나는 언제나 제자리였어.

이제는 내가 너의 물음에 대답해야 할 때인 것 같아.

그래, 그때 나는 그곳에 있었어.

비가 심하게 내리던, 세찬 빗소리가 모든 소음을 잡아먹던 그 밤을 나는 분명히 기억해. 그리고 또 한 사람이 거기 있었던 것도 기억하고. 맞아, 건민이. 언젠가부터 나는 그 애를 주시하고 있었어. 아마도 우리 마을에 나타난 순간부터였을 거야. 건민이 너의 집 앞을 서성거리는 걸 본 이후로 나는 그 애가 걸으면 따라 걷고, 멈추면 같이 멈추면서 눈을 떼지 않았지. 누군가를 그렇게 몰래 지켜본다는 사실이 마음에 걸렸지만, 한시라도 그 애를 지켜보지 않으면 안 될 것만 같았어. 그때 내가 어떤 마음이었는지는 나도 잘 모르겠어. 이미 나는 건민에게 증오에 가까운 적의를 느끼고 있었으니까. 너와 사귄다는 거짓 소문을 퍼뜨리는 것으로도 모자라 너를 음해하고, 스토킹으로 괴롭히는 걸 보며 적의가 차츰차츰 차오르다 못해 증폭됐던 것 같아. 하지만 이미 나는 너에게서 멀어진 뒤였지. 그 거짓 소문을 믿어버린 건 다름 아닌 나였으니까. 진실이 무엇인지도 모른 채, 지레짐작한 것으로부터 상처를 입을까 두려워 서둘러 등을 돌린 게 나라는 사실이 그제야 나를 절망케 했어. 나는 나 자신으로부터 도망간 패배자였어.

그럼에도 그 애의 행동을 멈춰야 한다는, 끝내야 한다는 생각만큼은 변함이 없었어. 어쩌면 내 안의 좌절감을 건민에 대한 분노로 투사했는지 모르겠어. 네가 보았다는 그 에메랄드빛 묵주 팔찌를 들고 나는 너의 고통을 떠올렸어. 고통의 신비 제1단을 묵송하며, 너의 고통을 끝내기 위해서라도 건민에게 경고해야 한다고 생각했어. 신의 이름으로 그 애에게 마땅한 벌이 내려지도록 해야 한다고 믿었던 게 얼마나 어리석은 일이었는지, 나는 시간이 조금 더 지난 후에야 깨닫게 되었어. 건민이 다시는 찾아오지 못할 만큼 혼을 내주면, 너의 고통도 제거되고 모든 게 끝날 줄 알았어. 어차피 그건 옳은 일이니까. 내가 기도하는 사람을 위해 행하는 일이니까. 그렇게 하면 내 안의 좌절도 쉬이 가라앉을 거라 여겼어.

하지만 그 일이 벌어진 그날 이후 나는 알게 됐어. 그건 신의 뜻이 아니라 단순히 나의 저급한 욕망이 벌인 일이라는 걸. 신 대신 누구도 다른 누군가를 벌할 수 없다는 사실을, 죄야말로 인간이 빚어낸 오만 때문이라는 것을. 그 일로 내 안의 참혹한 욕망과 죄책감을 마주하게 되리라고 나는 미처 생각하지 못했던 거야. 고통이 시작된 건 그때부터였나 봐. 그 고통이 나를 현실로부터 유배시킨 건 아닐까 생각해. 내가 벌인 일에 대한 죗값을 그렇게라도 치르지 않으면 살아갈 수 없다는 듯 그 고통이 내게 끊임없이 현현해 왔기 때문에.

그날 밤 건민이 분명히 나를 알아봤다는 걸 이제 나는 얘기해야 할 것 같아. 나는 지금도 그 애의 눈빛을 똑똑히 기억해. 하지만 건민은 나를 본 적 없는 것처럼 함구했지. 경찰에게도, 그 누구에게도. 왜 그랬는지는 지금까지도 잘 모르겠어. 그리고 이제 와 이런 사실을 말하는 나를 용서해줄 수 있겠니. 나 역시 그때 건민에게 그런 일을 범했다는 사실을 누구에게도 고하지 못했으니까. 아주 오랫동안 아무에게도. 그래, 그 일 이후 나는 오래 도망쳐온 것 같아. 수도원이 내가 겪은 고통과 죄책감으로부터의 도피처에 불과한 것은 아닐까 생각하면 괴로워져. 나는 여태껏 진실로부터 떠나 있었어. 가장 두려운 건, 죄를 저지르고도 습관적으로 진실을 숨기며 아무렇지 않은 척 살아가는 거야. 너의 편지를 받지 않았더라면, 나는 어쩌면 그 두려움으로부터 벗어나지 못한 채 살아가야만 했겠지. 아무리 작은 죄라도, 진실을 말하지 못한 채 묶여 있는 한, 그 어떤 죄에서도 자유로울 수 없다는 사실을 나는 지금에야 알아. 너에게 오래, 솔직하지 못해 미안해.

그러니, 자유로워지기를 해원.

한때는 한 사람을 생각하는 것도 기도가 될 수 있다고 믿었어. 하지만 이제는 그렇게 생각하지 않아. 그것마저도 나의 이기심과 집착이라는 걸 이제 알아. 해원이 네가 상처를 여미고, 삶의 한가운데로 나아가기를 바란다고 말해주고 싶었어. 하지만 그렇게 말하지 못했지. 언제나 네 앞에서 나의 마음은 발길을 잃어. 내가 사랑이라고 믿었던 것 안에 숨겨진 잔인하고 거짓된 욕망과 괴물을 이제는 잘라내려고 해.

부탁이 있어, 해원아.

나를 용서해줄 수 있겠니. 그리고 서서히 잊어줄 수 있겠니. 잊음으로써 나를 용서해주기를 바란다. 그것이 나의 운명이자, 남은 삶 속에서 속죄할 수 있는 유일한 길이라는 나의 고백을 받아주었으면 해.

경모.

해령과 해원의 계절

　해령은 떠날 준비를 마친 해원을 보며 마음이 착잡해졌다. 그러나 말린다고 말려질 사람이 아니었기에 그런 해원을 해령은 억지로 붙잡지 않았다. 실은 예전부터 해원이 어딘가 정착해 살 거라는 상상을 해령은 해본 적이 없었다. 어린 시절부터 집과 마을을 떠나고 싶어 했던 해원이 해령은 더 익숙했다. 해원은 언제나 머물러 있기보다 떠나는 편이 더 많았고, 불합리를 못 견디며, 자기 삶의 모순을 주로 깨뜨리려 애쓰는 사람이었다. 해원에게 말한 적은 없지만, 그런 그녀를 해령이 아주 오래전부터 부러워한 건 사실이었다. 돌이켜보면 해원은 늘 무엇인가를 쫓아 떠나는 쪽에 가까웠으며,

해령은 머무는 편을 택하는 사람이었다. 떠나겠다는 해원을 말리지는 않았지만, 그렇다고 애틋해지지도 않았다. 그 이별의 방식이 어느덧 당연한 듯 익숙해진 때문이었다.

해령이 아이를 위탁받아 키운다는 소문을 들은 유정이네 아주머니가 접이식 손수레에 박스들을 싣고 찾아왔다.

"우리 마을에 아이가 생긴다니, 이런 경사가!"

아주머니가 싣고 온 박스에는 옷가지들이며 책들이 가득했다. 연서 또래의 손녀가 쓰던 것들이라고 했다.

"고맙습니다."

"뭘."

그게 무슨 대수냐는 듯 손사래를 치던 아주머니가,

"너 태어나고 나서 네 엄마가 그래. 해령이 웃는 걸 보느라, 도낏자루 썩는 줄도 모르겠네. 얼마나 좋으면 아주 싱글벙글하면서."

또 옛날얘기를 꺼내며 웃었다. 조금 민망해졌지만, 가만 생각해보니 엄마가 살아 있을 때는 들을 수 없는 얘기였겠네 싶어 해령은 또 서글퍼졌다.

"너도 아이한테 그럴걸."

"설마요. 아이도 큰데요."

쑥스러워하듯 말하는 해령의 어깨를 아주머니가 쓸어내렸다.

"사랑은 빚지는 거야 그지? 내리사랑이라잖아. 빚진 사랑을 물려주는 거. 받은 걸 그 아이한테 나눠주면 돼. 그게 갚는 거지. 하늘에서 그 모습 보면 네 엄마도 좋아할걸."

"그럴까요?"

"그렇다니까."

아주머니가 호통을 치듯 말하곤 웃었다.

P와 파혼한 이후 해령은 한때 정신과 치료를 받으러 다녔다. 그즈음 안팎으로 계속된 시련에 마음 둘 곳이 없었기 때문이었다. 파혼 여파를 수습할 겨를도 없이 해령은 일을 하며 계속되는 태움에 시달렸고, 엄마가 파혼 일로 크게 속상해하는 걸 보며 빨려 들어간 죄책감에서 헤어 나오지 못했다. 점점 커지는 무력감과 우울에서 벗어나고 싶어 찾아간 병원이었다.

—평소 화 잘 못 내시죠?

—그런 편이에요.

—화를 낼 일이 있어도 대부분 괜찮다고 하는 편이고요?

—네……. 그냥 신경 안 쓰려고 하는 쪽이에요.

몇 개의 질문을 던지고 대답을 경청하던 의사는 심리검사 결과지를 펼쳐놓고, 해령의 현재 상태가 겹겹의 문으로 닫혀 있는 것과 비슷하다고 했다. 지나치게 타인의 감정을 살피고 의식하는 경향이 내면의 자아를 통제한다는 설명과 함께였다. 다른 사람이 교묘하고 정교하게 설계된 층층의 문을 하나씩 열고 해령의 마음속으로 들어가기는 쉽지 않을 거라고 의사는 말했다. 그 문 안쪽에는 온몸을 웅크린 자아가 벌벌 떨고 있어 몸을 덥혀주고 옷을 입혀주고, 문밖으로 데리고 나가 별도 보게 해주고, 식물처럼 성장할 수 있게 해줘야 한다고 했다. 그런 말들을 해령은 기억했다.

불행하기만 했던 엄마, 그래서일까 말 잘 듣는 자신에게 기대를 거는 엄마, 를 보며 해령은 언제나 무기력했다. 성인이 되면서 독립했지만, 심적으로는 엄마의 곁을 떠나지 못했다. 자신이 엄마의 기대를 충족하는 것이 그녀의 삶을 보상하는 길이라 여겼다. 그래서였을까. 엄마가 돌아가시고 나서는 그럴 필요가 없었으므로, 해령은 자신의 삶에서 의미를 찾을 수 없었다. 남은 것도 앞으로 나아갈 의지도 없는 상태, 어떻게 되든 상관없는 상태, 그 무기력 자체가 해령이었다.

연서를 만난 건, 무기력의 바다 한가운데서 목적지를 잃고 둥둥 떠다니던 때였다. 해령으로 하여금 살아야겠다고, 살고 싶다는 생각을 하게 만든 것은 연서가 처음이었다. 연서 앞에서는 마음을 가린 겹겹의 철제문이 가볍게 휘어지고 녹아 형체 없이 사라지는 느낌이었다. 그러면서 해령이 마주한 건 연서라는 이름의 자기 자신이었다. 상처와 결핍 가득한 자신의 모습이 연서에게 있었다. 해령은 연서를 소유하는 것이 아니라 자신을 내어줌으로써 그 애가 자기와 다른 모습으로 향하게 도와주고 싶었다. 세상은 어차피 타인의 욕망대로 흘러간다고 생각한 해령이었으나, 이제는, 마음이 가는 대로 살아보는 것에 기대를 걸고 싶었다.

유정이네 아주머니가 돌아간 후, 해원이 퇴근하며 막걸리를 사 왔고 해령이 미나리전을 부쳐서 나눠 마셨다. 알코올이 들어간 김에 해령은 자신이 정신과 치료를 받은 이야기를 꺼냈고, 해원은 놀란 표정을 지었다.

"나처럼 뻔뻔해지면 그런 감정 겪을 일 없어."

해령은 해원의 말에 황당해하다가 곰곰이 생각해보더니 틀린 말은 아니어서 고개를 끄덕였다. 미나리전은 엄마가 좋아하던 음식이었는데, 엄마가 해줄 때처럼 향긋하지 않다는 해원의 말에 기분이 상한 해령은 아무 말도 하지 않고 젓가락을 내려놓았다. 잠시 침묵이 흐른 후 갑자기 해원이 고개를 떨구며 말했다.

"미안해……."

"뭐가?"

"너 힘들 때 도움 하나 준 거 없는데도 얄밉게 말해서."

"아…… 아니야."

해놓고 해령의 눈시울이 붉어졌다.

"사는 게 뭐라고."

"그럴 여력이나 있었나 뭐, 서로."

위로인지 한탄인지 모를 말을 주고받다 막걸리를 목으로 넘기던 해령이 해원의 말에 왈칵 눈물을 쏟고 말았다.

"난 네가 다 견뎌낸 줄 알았어. 미안해."

해령은 대꾸도 못 한 채 연신 눈가를 손등으로 훔쳤다.

"연서랑 잘 지내고 있어. 가끔 보러 올게."

"약속 지켜."

그러곤 또다시 침묵이었다. 조금 지나 해원이 먼저 잔을 내밀었다.

"잘 살아."

"잘 가."

해령이 잔을 마주쳤다. 김빠진 콜라처럼 묽고 밍밍한 이별이었다. 어디로 향하느냐는 물음에 해원은 대답을 주저하더니, 그저 자신한테 집은 엄마와 살았던 이곳뿐이라고 했다. 나머지 인생을 어느 한곳의 주거지에 고정해놓지 않고 살기로 했다며.

"같이 살며 미안해하지 않고, 떠나서 그리워할게. 나 이해하지?"

과연 해원다운 말이었고, 술은 다 떨어졌고, 뭔가를 더 진전시키고 싶은 생각이 해령은 간절했으나, 해원의 권유대로 거기서 멈추기로 했다. 식탁을 대충 치운 다음 잠자리에 들었다. 라디오 전원을 켰으나 해원은 평소보다 일찍 잠이 든 것처럼 보였다.

　새벽의 어슴푸레한 기운에 살짝 눈을 떴을 때 해원은 먼저 일어났는지 자리에 없었다. 해령이 마루로 나가 보자 거기 두었던 해원의 짐도 다 없어진 상태였다. 해령은 마루의 창을 열고 바깥을 두리번거렸다. 해원이 떠났다는 사실을 가만하게 체감했고, 그리고 이제 집에 혼자 남은 자신을, 아니 새로운 한 사람을 기다리는 마음으로 남은 자신을 고요히 바라봤다.

5개월 후, 여름

　버스가 정차한 동안 해원은 창밖을 바라보았다. 길에는 하오의 강한 햇빛이 쏟아지고 있었고, 고성들이 늘어뜨린 그림자를 사람들이 밟고 지나갔다. 짙푸른 낙엽수 이파리가 일렁이며 아우성을 쳤다. 사람들의 옷차림은 가벼웠고 그들 사이에서 간헐적으로 터지는 웃음소리가 선명하게 들렸다. 유난히 눈길을 끄는 건축양식에서 시선을 떼지 못한 채 고개를 돌리다 갑작스럽게 내리꽂힌 빛살에 눈을 찔렸다. 그 잔상 때문에 순간 시야가 새하얗게 탈색됐다. 해원은 강렬한 태양빛이 아빌라라는 도시 전체의 인상을 결정짓는 것 같다고 생각했다. 마치 한국에 있을 때보다 태양에 더 가까워진 느낌이었고, 꼭 그만큼 해원의 기분도 가벼워진 것 같았다. 비가 한동안 오지 않는 건기이기 때문인지 사람들의 작은 발걸음에도 흙먼지가 크게 일었다.

기사가 시동을 걸었다. 해원은 아직 차에 오르지 않은 한 사람을 기다리며 초조하게 창밖을 내다보았다. 그때 버스 앞문으로 누군가 다급히 계단을 오르는 소리가 들렸다. 해원이 고개를 빼 바라보자 한 남자가 버스 기사에게 연신 고맙다는 인사를 하고 있었다. 그런 다음 남자는 트렁크를 손에 든 채 앞자리에서부터 빈 좌석을 확인하며 뒤쪽으로 걸어 들어왔다. 이제야 안심이 된다는 듯 해원은 의자에 몸을 기댔다. 어느새 버스의 맨 뒤까지 다다른 남자가 짐칸에 트렁크를 올린 다음 해원의 옆자리에 앉았다.

"한국인이신가 봐요."

해원이 웃으며 남자에게 말을 건넸다. 이제 떠나려는지 버스 문이 닫히는 소리가 들렸다.

"수도원 성직자 생활을 그만두고 떠나온 지 얼마 되지 않은 사람이죠."

아직 숨이 찬 듯 조금 헐떡이는 목소리로 말한 남자가 긴장한 시선으로 버스 앞쪽을 바라보았다. 그의 귀밑머리 아래로 진득한 땀이 느리게 흘러내렸다.

"세례명이 있나요?"

"안셀모."

그제야 남자가 해원에게로 고개를 돌렸다. 오랜만에 바라보는 경모의 얼굴이었다. 버스가 방향을 바꾸는 바람에 빛이 고스란히 그의 얼굴을 덮쳤다. 급하게 손으로 눈가를 가리는 모습에서 해원은 처음 경모를 만났을 때를 떠올렸다. 자전거 안장에 앉아 몸을 돌린 채로 햇빛을 막아내던 경모의 상기된 표정이 그것이었다. 그 계절의 기억을 지구 반 바퀴를 돌아서도 회상하게 될 줄 해원은 미처 알지 못했다. 그 시절 경모의 모습은 계절이 순환하듯 무시로 찾아드는 기억이었다. 같은 날 다른 자리에 난 상처를 내보이던 순간, 서로의 숨결이 닿았던 입맞춤의 감각 같은 것들이 오랜 시간을 돌고 돌아 둘 사이의 공간에 부유하는 풀씨처럼 잔잔히 내려앉았다.

"어디로 향할까요?"

막연한 물음이었다. 아빌라로 떠나올 때처럼 기약 없고 막막한. 해원은 도착지를 묻는 게 아니었다. 그들의 인생이 향할 곳에 대해 묻는 것이었다. 경모가 입가에 희미한 미소를 머금었고, 심지인 양 타고 흘러와 해원의 마음에 따뜻하게 번졌다.

"여름으로요."

경모의 시선이 해원을 지나쳐 창밖으로 향했다.

"우리의 여름으로."

해원 역시 경모의 시선을 따라 밖으로 고개를 돌렸다. 빛의 빛깔에 더 가까워지고 싶은 바람이 담긴 것 같은 흰 벽 틈으로 사람과 차가 지나다녔다. 바람이 세차게 불었고 해원은 그 바람을 따라가고픈 욕망을 느꼈다. 그 바람을 따라가면 태양의 백색 빛은 더 선명해지고, 내 그림자는 빛의 길이에 따라서 들쭉날쭉해질 테지. 내가 내 그림자를 혹시 밟고 있어도 아마 그림자가 눈치채지 못할 정도일 거야. 해원은 속으로 그렇게 속삭였다.

이미 해원과 경모는 여름의 한가운데 있었다. 다시 돌아보거나 돌아오지 않을 계절을, 길을 떠나고 있었다. 목적지는 있지만 되돌아올 곳은 없는. 버스가 몹시도 심하게 덜컹거렸고, 해원과 경모는 그 길이 그리 안전하지 않을 것임을 직감했다.

작가의 말

 어느 여름날이었다. 그때 나는 제주를 여행하는 중이었고 한적한 길을 하염없이 걷고 있었다. 옆으로 간간이 차가 지나가는 것 말고는 별다른 일 없이 고요한 한낮이었다. 손차양으로 햇빛을 겨우 막아내며 뜨겁게 달궈진 거리를 걷고 있는데 저만치 앞에서 교복을 입은 한 무리의 학생들이 우르르 쏟아져 나왔다. 이제 막 수업을 마치고 나온 고등학생들처럼 보였다. 그런 그들을 맞기라도 하듯 사방에서 바람이 일고 휘늘어진 나뭇가지들이 한데 일렁였다. 교문을 나와 버스 정류장으로 모여든 학생들이 금세 거리를 가득 메웠다. 어쩔 수 없이 그들 사이를 조심조심 지나쳐 가려던 그때 느릿하게 마주치는 것들이 있었다. 소란거리는 말소리와 파도타기 하듯 연이어 터지던 말간 웃음과 저마다 다른 표정의 아이들 얼굴이었다.

그 순간 아이들 틈에서 내가 어렴풋이 느낀 감정은 어떤 이질적인 서글픔이었다. 알 수 없는 감정의 연유를 찾고 싶어 잠시 제자리에 멈춰 선 것도 같다. 누군가 툭 하고 터트린 웃음 너머 맺힌 그늘을 목격하기도 하고 얼음장처럼 차가운 얼굴로 허공을 응시하는 누군가의 표정을 지나쳐서일까. 희디흰 햇살과 파릇한 수목의 일렁임에도 감춰지지 않는 아이들의 허기진 마음이 문득 내게 닿은 것도 같았다. 돌아보면 이 소설의 이야기가 내게로 스며든 순간이 있다면 아마도 그때이지 않을까, 생각하게 된다. 버스 정류장에 모여든 아이들 사이에서 멀찍감치 떨어져 있던 경모가 해원을 알아보는 순간이 그 속에서 떠올랐기 때문이다. 그래서인지 이 소설이 내게서 시작되었다기보다는 어딘가 이미 존재하는 이들의 이야기를 그려냈다는 편이 더 적절할 것 같다. 어쩌면 쓴다는 것은 뭔가를 그려간다는 것과 다름없지 않을까. 형상화되지 않은 어떤 이들의 삶을 문장과 이야기로 구체화한다는 점에서 그렇다.

나는 소설가로서의 자의식이나 욕망을 의식하기보다 단순히 사람들의 삶을 이야기로 그릴 수 있다는 것만으로 깊은 충일감을 느낀다. 그리고 그 이야기가 필요한 누군가에게 닿기를 소망하며 살아가는 것으로 삶이 단출해질 수 있기를 바란다. 그렇게 되어가는 과정이 다소 버겁고 힘이 드는 일이라고 해도, 그것이 소설가로서 내게 지워진 책무임을 요즘 나는 더디게 알아가고 있다.

　사람의 삶은 무엇으로 채워지는 걸까. 행복과 불행이 상시 교차하고 때로는 방향조차 가늠할 수 없는 고단한 삶 속에서 인간은 어떤 의미를 갖고 살아가는 걸까. 살아간다는 게 의미가 있긴 한 걸까. 태어나는 순간부터 홀로 존립할 수 없고 반드시 누군가의 돌봄을 통해서만 성장을 시작해야 하는 인간에게 타인이란 어떤 존재일까. 인간의 삶은 타인으로 인해 채워지는 걸까, 아니면 스스로 의미를 찾아가는 걸까. 어쩌면 우리는 타인과의 관계라는 굴레 안에서 상처받으면서도 기대와 사랑으로 삶을 채워가는 건 아닐까. 때로는 타인과 불화하면서 또 때로는 타인에게 헌신하면서, 그렇게 삶의 의미를 찾아가고 있는 게 아닐까. 꽤 오래전부터 해온 생각을 이 소설에 담았다. 소설을 쓴다는 건 어쩌면 그런 내적인 물음에 답해가는 과정이라 느껴지기도 한다.

　이 책의 출간을 선뜻 허락해준 나무옆의자 이수철 대표님께 감사드린다. 제법 오랜 시간 동안 나의 글과 세계를 헤아리며 이번 소설이 나아갈 방향을 함께 고민하고 제시해준 하지순 편집주간님께 특별히 고마움을 표하고 싶다. 함께 애써주신 구경미 편집자님과 더불어 나무옆의자 관계자분들께도 감사드린다.

이제는 나뿐만 아니라 나의 소설과 동행하며 깊고 예리한 시선을 내어주고, 응원을 마다하지 않는 동행자 유진 씨에게 이 기회를 빌려 감사의 마음을 전하며, 늘 버팀목이 되어주는 서울과 창원의 가족들에게 사랑의 마음을 건네고 싶다.

소설 속에서 유영하고 물결치며 어느덧 여기에 이르렀다. 이 소설이 잘 쓰인 소설인지는 비록 알지 못해도, 적어도 이 소설의 첫 문장을 쓰기 시작한 후로 이제 마침표를 찍기까지의 과정에 후회는 없다. 이 소설을 통해 그런 마음을 꺼내놓을 수 있게 되어 외롭지 않다.

이 소설이 당신의 여름으로, 데려가주기를 바라며.

우리의 길은 여름으로

초판 1쇄 발행 2025년 9월 17일

지은이 채기성
펴낸이 이수철
주 간 하지순
편 집 구성미
디자인 박예진
영업관리 최후신
콘텐츠개발 전강산, 최진영, 하영주
영상콘텐츠기획 김남규
제 작 서동관
관 리 진호, 황정빈, 전수연

펴낸곳 (주)픽셀앤플로우
출판등록 제2025-000171호
주소 (10449) 경기도 고양시 일산동구 호수로 358-39 동문타워1차 703호
전화 02) 790-6630 팩스 02) 718-5752
전자우편 namubench9@naver.com
인스타그램 @namu_bench

ⓒ 채기성, 2025

ISBN 979-11-993819-6-4 03810

* 나무옆의자는 (주)픽셀앤플로우의 문학 브랜드입니다.
* 이 책의 전부 또는 일부 내용을 재사용하려면
  사전에 저작권자와 출판사 양측의 동의를 받아야 합니다.
* 잘못 만들어진 책은 구입하신 곳에서 바꾸어드립니다.